遥かな夏に

佐々木譲

Job Sasaki

新潮社

遥かな夏に

その若い女性は、彼をまっすぐに見つめて訊いたのだった。

あなたは、わたしの祖父ですか？

1

本庄裕也《ほんじょうゆうや》の向かい側に腰掛けているのは、初対面の若い女性だ。何度かのメールのやりとりのあとに、きょうここで会うこととなった。

彼女は、喫茶店のテーブルの上に置かれた新聞記事のプリントアウトを示して言った。

「メールにも書きましたが、わたしの祖母が、この映画に出演していました」

五十年近くも前に制作されたが、忘れ去られ、フィルムも紛失したと伝わっていた映画についての記事だ。数カ月前の、全国紙の文化面に載ったものだ。そのプリントが最近見つかったと、記事は報じていた。

記事の一本はこういう見出しだ。

「幻の映画『逃げた祝祭』フィルム見つかる」

彼女はほかにも、図書館などで調べたのだろうか、その映画に関する当時の新聞記事も手に入れて、ファイルホルダーに入れていた。

その記事をざっと見せてもらって、裕也は自分がその映画に勤め先の職務として関わったころのことを、あらためて思い起こした。二十代後半の、まだ映画青年の気質を残しつつ、勤め人生活に入っていた時期のことを。流通系の企業に入社し、各部署での研修をひととおり終えて、宣伝部に配属されていた時期だ。

　彼女は最初にネットで接触してきたとき、書いていた。自分はいま、この映画に出演した祖母のことを知りたくて、関係方面を訪ねて、映画にまつわる情報を集めている。差し支えなければ、祖母のこと、映画のことを聞かせていただけないでしょうか。

　彼女が書いていた祖母の名は、安西早智子《あんざいさちこ》。

『逃げた祝祭』の出演者のひとりだ。

　シンガー・ソングライターで、映画の中で主題歌を歌った。俳優として演技している部分もある。監督がその安西早智子を、本人自身の役で起用したのだ。

　強く記憶に残っている出演者だったが、その後の消息は知らなかった。

　たしかに少しは関わりがありましたと裕也は返信し、自分が勤めていた企業とその映画との関わりについて書いてやった。主演女優が会社の広告のモデルとして契約していたし、会社が、というか当時の社長が、音楽や演劇、映画などの文化事業の支援に積極的だった。まだメセナという言葉は一般的ではなかった時代だけれども、その独立系プロダクションによる映画の制作費もいくらか出したのだ。自分は企業側の担当者として、その映画の制作に関わった、と。

　そうすると、もう少し詳しくお話を聞けないだろうかと返信が来た。直接お目にかかれるならうれしいのですがと。

　自己紹介として、彼女はお芝居をしていると書いていた。無名であるし、パートタイムの仕事をしているが、舞台女優だと。

　自分はもう七十代のなかば、メールの文面から、老人相手の詐欺めいた話とは思えなかった。

それで、会うことはかまわないと、裕也は返信したのだった。自分の若いころの記憶を若い世代の、とくに自分が生きた世界に近接した場所にいる誰かに話すことは、このごろの自分の愉悦であったから。

それに、あの映画は、商業的には不幸で失敗した作品と思われている。そもそも、映画はまともに公開されなかったのだ。なのに悪評だけは立った。やがて忘れられ、誰に語られることもなくなった。存命の監督や主演男優のフィルモグラフィには記されているはずだが、現在の業界の関係者でその映画を観た者はほとんどいないのではないか。だから裕也は、その映画についても語りたい、語ってもいいという思いがあった。

ただ、安西早智子については、自分もよく知らないとは明確に書いた。それでもよいなら、と。お願いします、と返信が来た。どこでも指定の場所に出向くとのことだったので、裕也は自分の住む東京都板橋区の、最寄りの駅に近い喫茶店で会うことを提案した。昼間二時に。五月の平日だ。

三分前に店に着くと、彼女はすでに来ていて、裕也の顔を見るとすぐに椅子から立ち上がった。裕也は、自分は髪が薄く、黒いセルフレームのメガネをかけていると伝えていた。すぐにわかったようだった。

彼女のほうは、歳は二十代前半だろうか。肩ほどの長さの髪で、少し古風な顔だちだった。カジュアルな服装で足元はスニーカー、活動的な生活を窺わせた。このあとアルバイトに行くのかとも思った。

彼女は、あいさつのときに名刺をくれた。

横書きの、シンプルなデザインのものだ。

大宮真紀《おおみやまき》

その下に、小劇場に分類される劇団の名が印刷されている。旗揚げから四十年くらいは経っている劇団ではなかったか。メールでも、彼女、大宮真紀は自分はその劇団に所属していると書いていた。

裕也はさほどお芝居を観てきたほうではないが、それでもこの劇団の公演には知り合いの俳優がときどき出演していたので、三十代のころ何作か観てもいた。

裕也も名刺を返した。とうに定年して、いまは無職だから、勤め先も肩書もない、シンプルな名刺だ。

本庄裕也

大宮真紀の名刺を出してきたその若い女性は言った。

「本庄さんが、この『逃げた祝祭』についてブログに書かれていることを読んで、メールを差し上げた次第でした」

大宮真紀が、自分が裕也にメールを出したその理由について、メールに書かれていたことを繰り返すように簡単に語った。

裕也も自分がどのような立場で、その映画に関わったかを語った。

「わたしは、映画業界で働いていたわけではないんです」裕也は最初の勤め先であった流通業界の大手の会社の名を、あらためて彼女に伝えた。「その本社宣伝部にいた。その会社では、あの映画の主演だった女優さんを、広告のモデルにも使っていた。その関係もあって、ほんの少しあの映画に出資し、女優さんの芸能活動を応援する意味で、映画に関わった。わたしはその実務担当でした。制作から公開に向けてのさまざまな場面で、わたしもお手伝いした」

「監督さんたちとか、主演の方々とも、親しくはされたのでしょうね？」

「仕事としてね。撮影現場に差し入れに行ったりしたこともあります」

「じつを言うと、祖母はこの映画に出演したあと、故郷《いなか》に戻り、未婚のまま母を産みました」

驚いた。知らない事実だったのだ。安西早智子は、未婚のままこの真紀という女性の母を産んだ？

というか、自分は映画完成後の安西早智子のことは何も知らなかった。消息も聞かなかった。引退した、ということなのかどうかもよくわからないまま、時が過ぎていた。

彼女、安西早智子は、未婚のまま子供を産み、シンガー・ソングライターとしての活動は、そこでやめたということになるのか？

裕也は訊いた。

「安西早智子さんのお故郷《くに》というのは？」

「茨城です」真紀は続けた。「祖母は、わたしの母にも父親が誰か語らぬままに亡くなりました。両親にも、どういう男性なのか、いっさい明かしてはいなかったそうです」

「まったく？」

「そう母から聞いています」

どういう事情があったのだろう。自分の両親にも、子供の父親の身元を明かせないとは。ふつうに考えれば、男が既婚者で自分たちは絶対に結婚できない場合だが。いや、それでも、相手は既婚者なのだ、とまでは明かせるか。

メリル・ストリープの主演したコメディで、地中海のリゾート地で短期間に三人の男性と関係を持ったために、娘の父親が特定できない、という設定の映画があった。半世紀近くも昔の、地方の保守的な家庭の娘であれば、そのような事情は絶対に秘密にしなければならなかったかもしれない。あるいは、真紀の祖母が、メリル・ストリープの場合よりもずっと無軌道に生きた時期のことであったのか。

考えをまとめきれずにいると、真紀は続けた。

「この映画のフィルムが見つかったという記事が出て、最初は、映画の出演者であった祖母のことをよく知りたいと単純に思っただけだったんです。母から聞いている以上のことを知りたいと。祖母が結婚しなかった理由とか、相手はどんな男性で、祖母はどんな恋をしたのか。どんな事情があって、祖母はシングルマザーの道を選んだのか。でも、どんどんいま、知りたいことが増えています」

「安西早智子さんは」裕也は、自分の若いころを思い出して言った。「あなたも承知のとおり、あの当時、シンガー・ソングライターだった。渋谷や新宿でときどきライブをしていた。安西早智子さんは、あの映画の中で主題歌を歌った。女優として演技した部分もあった。歌手としていわゆるメジャーではなかったし、ＬＰのアルバムも出してはいなかったけれど、一部では人気のあるシンガーだった」

「なのに祖母は、どうしてとつぜん歌手活動をやめたのか。歌を作ることも歌うこともやめたのか、無性に知りたくてたまりません」

「どうしてだったのだろう」裕也自身も気になりだしていた。「子供を産んで、歌どころではなくなったのだろうか」

「自分の才能や将来に見切りをつけたから、ということだったのでしょうか？」

「わからない。音楽の世界にはまったく疎いけれども、まだこれからというひとだったと思う」

「新聞記事を読みましたが、『逃げた祝祭』はスキャンダルになって、事実上公開もされなかったそうですね。詳しい事情はご存じでしょうか？」

裕也は言葉を選びつつ答えた。

「中身が性的な題材だった。いや、暴力もある。主演の女優さんは、いわゆる体当たり演技をしたと評判になった。スキャンダルと言われたのは、たぶんその部分だった。わたしの会社の宣伝部でも、上のひとたちはそこに困惑した」

「でも、未公開なのですよね？　試写会で観たひとたちが、悪く評したのでしょうか？」

「ろくに観たひとはいないんだ。ベルリン国際映画祭にも出品されたのだけど、いまで言うポリティカル・コレクトネスの視点からも審査員たちから疑問を出されて、最後には正式出品作ではない、という扱いになった。このことは、知っているのかな？」

「当時の新聞記事で読みました。ネットでも、そのことに触れている文章は見つけましたが」

「ベルリン映画祭でも上映されたんだ。ただ、失格処分を受けたことが日本で報じられると、もっといろいろ叩いてくるひとが出た。脚本が盗作だと言われた。映画の中の音楽の使い方が、著作権法違反だとも非難された。そんなこんなで劇場公開がいったん中止となり、未公開のまま、忘れられた」

「事実はどうだったんです？」

「わたしは、主演女優を応援した企業の側の人間です。見方にはバイアスがかかっていますよ」

「かまいません」

「あの映画は、業界から足を引っ張られたんだ。あのときは、日本映画製作者協議会からの二本の推薦作が予選で蹴られて、独立系の『逃げた祝祭』が正式出品作となった。それに業界の一部は怒ったらしい。競争相手から『逃げた祝祭』のあることないことを内幕話として流されて、ろくに観たひともいないのに、国辱映画という評価となってしまったんだ。この言葉、知っている？」

「いいえ」

「若松孝二という監督が」

「若松監督の名は知っています」

「若松監督がやはりベルリンに出品した作品が、ぼろくそに叩かれて、国辱映画と言われたことがある。あの映画の制作の十年くらい前のことだ。六〇年代なかばだ。残念なことに、『逃げた祝祭』の関係者は、若松監督ほどタフには戦えなかった。公開自粛、根も葉もない噂にも反撃できなかった。最初決まっていた配給会社が手を引き、けっきょくそのあと引き受ける会社も出て来なかった。ミニシアターがいまのようにたくさんある時代でもない。一般には未公開となって、そのまま忘れられた。監督が業界で再起するまで十年以上かかったはずだ」

「じっさいのところ、スキャンダラスな作品でした？」

「いいや。問題の性的な表現は、むしろ穏当なものだった。七六年に、世界ではどんな映画が公開されていたかを考えても、まるでスキャンダラスなところなどない」

「祖母はどんな役だったのですか？」

「新宿のライブハウスで歌うシンガー・ソングライター。つまり早智子さんそのままの役で出ていた。多少、女性主人公と同じ場面でお芝居するところもあった。演技するのではなく、本人として出たのだから、とても存在感があって、印象的だった」

「不思議なんですけど、『逃げた祝祭』は、ある記事では、ベルリン国際映画祭で上映とあり、べつの記事では、ベルリン国際映画祭で門前払いになったとも書かれていました。事実はどちらなんでしょう？」

「七六年の映画祭に出品され、上映されたのは事実だ。でもいろいろごたごたがあって、予選審査に手続き上のミスがあったとして、出品作としては正式の記録からは削除された」

「祖母もベルリンに行った関係者のひとりだと、どれかの記事に書かれていました」

「ああ。行きましたね。わたしも会社の業務として同行した」

「本庄さんも？」

知らなかったようだ。たしかに映画業界の記事に、スポンサー側の担当者が映画祭に同行した事実など、書かれていなくてあたりまえだ。

「ええ。一行のツアーコンダクター兼広報担当のような役割で、同行しています。あのときは、プロデューサー以外海外旅行の経験がなく、英語のできるひともいなかった。わたしは、多少経験があった」

「監督さんと、原作者さんと、主演男優さんと、一緒に行かれた男性はこの三人ですね？」

「プロデューサーも行った」

「ほかの三人は、お若い方ばかりでしたね」

「そう。みな若かった。二十代なかばから後半。プロデューサーは、この若い才能に賭けたんだ、ということをよく言っていた。プロデューサー自身は四十代か。もう亡くなっているけれども」

真紀が確認した。

「映画祭は七六年ですね？」

「そうです。七六年の、第二六回映画祭に出品した」

「映画の撮影は、いつごろだったのでしょうか？」

「たしか七五年の九月くらいから、その年末までじゃなかったかな。飛び飛びに撮影があったはずだけれども、よくは知りません。関係者試写が年明けの二月だった。そのときわたしも初めて観た」

「七五年の暮れまで撮影があって、七六年のベルリン映画祭に間に合ったのですか？」

「どうしてです？」

「ベルリン国際映画祭は、二月に開催されるのではないのですか？　ベルリン映画祭のほうの記事で読みましたが」

「いいや、七六年の六月から七月にかけてだ。当時は夏の開催だった。ベルリン国際映画祭が二月の開催になったのは、七八年からだと思う。あのころは夏に開催されていた」

「七六年の六月から七月？」

「そう」

真紀は黙って裕也を見つめ、それから突然、何か思い当たったというように目をみひらき、言ってきたのだ。

「あの、ぶしつけな質問になりますが、もしかして本庄さんは、わたしの祖父ではありませんか？」

「は？」と裕也は、目をしばたたかせた。

最初真紀の言った言葉の意味がわからなかった。いや、わかった。ただ、なぜ自分がそう問われるのか、わからなかった。ここまでの彼女とのやりとりを考えても、その質問は唐突過ぎた。話題はべつのことだった。失われ、忘れられた一本の映画の話題だった。そしてその映画に出演していた若いシンガー・ソングライターのことだ。彼女の家系についてではない。

真紀が自分を凝視している数秒の後に、裕也は思わず笑っていた。冗談の質問とは思わなかったが、この場では笑わずにはいられなかった。言葉で否定すると嘘に聞こえそうな気もしたのだ。

「どうしてまた？」

否定したことにならない。まずい答えかただった。

真紀が言った。

「わたしの母の誕生日は、一九七七年の四月です」

裕也は元号に置き換えて理解した。

「昭和五十二年の四月？」

自分がベルリンに行った翌年のことになる。

「はい。昭和五十二年の四月十一日です」

「それが何か？」

「その二百八十日前と言うと、ほぼベルリン映画祭の時期です。一九七六年の六月末から七月の上旬あたり」

真紀は、直接的な言葉を使わなかったけれど、真紀の祖母が妊娠したのがその時期ということだ。

裕也は言った。

「七六年のベルリン国際映画祭は、たしかにそのあたりです。わたしは会社の出張で、『逃げた祝祭』の関係者のひとりとしてベルリンに他の関係者のお供をした。でも、わたしとあなたのお祖母さんにあたる早智子さんとは、とくべつ親しいわけではなかった」

真紀は無言で裕也を見つめてくる。その瞳には、まだすがるような思いがこめられているようにも感じられた。期待もあるだろうか。裕也にいまの言葉を撤回し、そうだと肯定して欲しいと、なお願っているかのようだ。

祖母の話を聞かせてくださいとメールで懇願されて、受け入れたことが真紀に誤解させたか？会うだけの因縁のある男だと思われたのだろうか。

まっすぐに真紀の目を見つめ返し、ほんの少しの誤解の余地もないように裕也は言った。

「わたしは、大宮さんの祖父ではありません」

「ごめんなさい」と真紀は我に返ったように狼狽した。「あ、と思ってしまったものですから、つい言葉にして訊ねてしまいました。失礼なことを言ってしまいました」

「早智子さんのその後のことという話でしたけれども、いちばん知りたいのは、そのことなのですね？　真紀さんのお母さんの父親は誰なのかという点」

「はい。でも、それがわかるとは、ついさっきまで期待していませんでした」

「というと？」

「いまお話ししたように、祖母はシングルマザーとして、結婚せずにわたしの母を産みました。父親が誰かを周囲の誰にも教えることなくです。祖母は母を久美子《くみこ》と名づけました。そしていまベルリン映画祭のお話を伺っていて、祖母の近くにいた男性のひとりが、本庄さんではないかと、いまふいに気づいたのです。ベルリンに同じ時期にいたということで」

裕也は真紀をたしなめるように言った。

「ひとり、ね？」

「はい」

「もう一度言うけれども、わたしは安西早智子さんとは、プライベートなつきあいは何もなかった」

「あの、わたしは本庄さんをとがめたり、なじるためにこの質問をしたのではありません。いまお話を伺っているうちに、ふいにその可能性に気がついたものですから、衝動みたいに言葉が出てしまったんです。ほんとうに申し訳ありません。ごめんなさい」

たしかに突拍子もない、ある意味では失礼な質問ではあったが、裕也には目の前の真紀が不快には感じられなかった。真紀は、ここまでの話しぶりから、賢く、十分に社会性のある女性と見える。厚かましくも図々しくもない。

裕也は訊いた。

「わたしの血液型を知りたい？」

「いいえ」真紀は首を振った。

「わたしはO型です」

「ごめんなさい。医学的な証拠が欲しかったわけではありません。本庄さんは、祖父ではありません」

裕也が答えた血液型で、医学的な可能性は否定されたか。

「でも、ベルリンに行った関係者の中に、早智子さんが恋をした相手がいるとは思っているということだよね？」

あまり露骨な、俗な言葉は避けたほうがいいと思った。恋をした、という表現が妥当だろう。

「そう、です」と真紀がうなずいた。「わたしはベルリン国際映画祭の開催時期を、真冬だと思い込んでいました。いま本庄さんから映画祭の時期を聞いて、わたしの祖父が絞られた、誰かわかると、ふいにひらめいたんです。ベルリン映画祭に一緒に行ったひとの中に、祖父がいるのではないかと。そして、結婚できずに子供を産んだことが、たぶん祖母の引退の直接の理由なんだろうと」

真紀の目がうるんできていた。

「申し訳ありません。こんなにプライベートなことでお時間をいただいてしまって」

彼女はテーブルの上のプリントアウトをまとめ始めた。話を切り上げる様子だった。

裕也は真紀を引き止めるつもりで訊いた。

「お母さんにも、早智子さんは、父親が誰かまったく話してはいなかったの？」

真紀は手を止めた。

「聞いていないそうです。パパは事故でなくなったの、と、小さな子供のころは話していたそうです。母は、それは嘘なんだろうと薄々気づいていて、やがて祖母は自分が大人になったときにはきちんと話すと約束してくれたそうです。でも、母が成人する前に、祖母は病気で亡くなってしまいました。母が十七のときです。乳癌でした。母は、その前後祖母の実家で、母から見て祖父母の家で高校生活を過ごしたんです。母は茨城で中学の教師になりましたが、学生結婚だったので、教師になった翌年にわたしが生まれました。母もついに自分の父親が誰か知ることはないままです。どんなに記憶をたどっても、祖母は母には父のことを何も語っていないそうです」

「名前は言わなかったにしても、どんなひとだったとか、どんな事情で結婚できなかったとかも話さなかったんだろうか？」

「ええ。わたしには、母がそれを隠しているようには見えません。ほんとうに知らないのだと思います。そしてもう長いこと、母は自分の父親が誰であったのか、話題にしたこともありません。そのことについて調べるつもりもなくしています」

「お祖父さんについて、まったく手掛かりはないのかな。手紙のやりとりとか」

「母もそれを気にしていましたが、祖母の形見の品を見ても、わからないそうです」

「ベルリン映画祭に一緒に行った関係者は七、八人いる。さっき言ったように、男性はわたし以外には四人だった。その男性たちの誰かには、もう会ったんだろうか？」

訊きながら、裕也は目の前の真紀の顔に、安西早智子の面影を探した。そんなに長い時間安西早智子の近くにいたわけではないが、その顔はいまでも思い出せる。年齢も、いまの真紀と一緒くらいだろう。長いストレートヘアで、少し古風にも感じられる、一重まぶたの美しい女性。

真紀の顔に、その面影はあるか？　一重まぶたの目は、似ていないこともない。口元もそうだろうか。意志の強さを感じさせる、一文字のくっきりとした唇。

自分は安西早智子とプライベートな交際はなかったが、映画がクランクアップした直後、案内をもらってライブを聴きに行ったことがある。新宿三丁目にある小さなライブハウスだった。安西早智子の曲は、都会に住むひとり暮らしの女性の孤独やつつましい生活を、ごく日常的な視点で切り取ったものが多かった。その年齢の女性が作る曲にしては、恋愛が題材のものは少なめだった。

真紀は赤い目のまま首を振った。

「いいえ。主演の男優さんは大御所ですし、祖母のことを聞かせて欲しいとは、おそれ多くて事務所経由でもメールできません。監督の事務所にはメールをしたのですが、返事はいただいていません。もちろん、メールを出したときは、みなさんに祖父である可能性があるとは夢にも思っていませんでした。でもベルリン国際映画祭が六月から七月の開催だったのならば、わたしの祖父はかなりの確率でそのときベルリンに一緒にいたひとだと、いまは思います」

言葉を切って、真紀が裕也を見つめてきた。「祖母と親しかった男性は誰か、ご存じではありませんか？」

裕也は答えた。

「わたしはベルリンでも、関係者たちとは距離を取っていた。スポンサー側からの派遣だから、裏方に徹していたんだ。スタッフや出演者さんたちがどのように過ごしていたのかは、よく知らない」

「主演の女優さんが、自殺されていますね？　藤原真智《ふじわらまち》さん」

「ベルリンから帰って来て一年後くらいだったろうと思う。あの映画がスキャンダルになったから、それで自分のキャリアが終わったと感じて自殺したのだろうと言われた」

「本当は違うのでしょうか？」

「わたしは事情をよくは知らない。そういえば、その女優さんの恋人も、ベルリンには来ていた。音楽関係のひとだったのではないだろうか。きちんと覚えていないけれども」

真紀はとうとう直接的に訊いてきた。

「繰り返しになりますが、本庄さんの目から見て、ベルリン映画祭に行った男性の中に、祖母と親しかったと思える男性は、いませんか？」

「ほんとうにわからない」裕也は逆に訊いた。「わたしは映画関係者でもなかったのに、最初のメールをもらって、かなり面食らった。いまの質問は、ここに来る前から思いついていたことではないんだね？」

「違います。ベルリン映画祭の時期を勘違いしていましたし。でもネットで調べた限りでは、『逃げた祝祭』に近いところにいて、事情をよく話してくれるのではないかと想像できるひとは、本庄さんだけでした」

「関係者は、まだ語りたくないかもしれない。監督も主演男優も、あの映画は自分の黒歴史だと思っているだろうな」

「フィルム発見の記事を読んだとき、国立映画アーカイブに観ることができるかどうか問い合わせました。でも、いつになるかわからないとのことでした。そのときに映画に関する付帯情報を教えていただき、資料もコピーしていただきました。そこで初めて、スポンサーの会社と、担当者のお名前を見たのです」

そこまでやっていたとは予想外だった。真紀の執念は本物だ。単純な一過性の興味ではない。

真紀が続けた。

「本庄さんのお名前は、公開に向けたプログラムに印刷されていました。それで本庄さんのお名前をネットで検索し、本庄さんのブログを見つけたのです」

「よく探し当てた」

「ネットで固有名詞を探していって、本庄さんご自身の映画ブログに行き当たりました。本庄さんは映画についてよく書いていらっしゃる。あの映画について投稿されていたこともあります。自由にコメントできる設定でした」

たしかに自分は、この年齢の日本人男性では少数派だろうが、ブログやSNSを使い、ときに映画の感想などをアップしている。『逃げた祝祭』についても、何度か書いたことがある。映画のレビューを書いたこともあるので、匿名でというわけにはいかない。

「それで」と真紀。「見ず知らずの者がメールしても、ご迷惑ではないだろうと勝手に想像してしまいました。どの程度あの映画に関わっていらした方かはわかりませんでしたが、周辺情報を聞かせていただくだけでも、ありがたいと思いました。何か手掛かりが見つかるのではないかと」

「この程度のことしか知らなくて申し訳なく思うけれども」

「ひとつ伺いますが、祖母が映画祭に行くのは自然なことだったのでしょうか。主演ではなかったのに」

「それは、誰か関係者を追いかけて行ったのではないか、という意味だろうか？」

真紀は苦笑した。

「わたし、何度も同じことを訊いてしまっていますね」

「あの時代、なにかきっかけがあれば、若いひとは誰もが海外旅行をしたがった。とくに早智子さんは、ギター一本で世界を歩けるひとだった。とてもいい機会に思えたんだろう。男についてきたという印象はなかった」

「おカネもかかったでしょうに」

「フィンエアーのエコノミーだった。主演の女優さん以外は、みなエコノミー・クラスで行ったんだ」

「通訳さんとか、コーディネーターさんなどは同行してはいなかったんですか？」

「通訳とコーディネーターは、ベルリン在住の女性にお願いした。藤原真智さんの女性マネージャーは一緒だった」裕也は逆に質問した。「お祖母さんのことを調べるきっかけは、そのフィルムが見つかったという記事だけ？　それとも以前から調べていたとか？」

ひと呼吸おいてから、真紀が答えた。

「ひとつ、祖父がわりあい近い世界にいるのではないかと思えることがありました」

裕也は首を傾けて先をうながした。

「わたしは舞台女優ですが、映画にも出るようになりました。初めて映画に出演したのは一年くらい前になるんですが」

真紀がその映画のタイトルを言った。『人形の街』という作品だという。裕也は観ていない。若手映画監督がコミックを映画化したもののはずだ。群像恋愛映画というジャンルなのだろうか。そもそも最近は、映画館に行くことも少なくなっていて、邦画を観る本数も減っている。年二十本観るかどうかだ。いまの裕也の生活では、ネット配信で観る数のほうが多かった。

真紀は続けた。

「その公開試写会のとき、劇場に花束が贈られてきました。わたしはごく小さな役でしたし、出演のことはほとんど告知もされていなかったのに、わたし宛ての花束が届いたのです」

「誰から？」

「匿名のひとです。一ファンから、とメッセージカードに書かれていました。わたしは、これは祖父からの花束ではないかと思いました」

「そう思った根拠は、何なんだろう？」

「母には、子供のころ、匿名のひとから何度か、チョコレートが届いたことがあったそうです。

小学校入学とか、中学入学とかの節目で。最後は成人になった年だったそうです。やはり名前なしで。母は、その贈り主が自分の父親だと信じています。チョコレートを贈って名前を隠さなければならないひとは、ほかに考えられません。どんな理由で隠すのかはわかりませんけれども」

「お母さんの場合はチョコレート。真紀さんの場合は、チョコレートではなく花束なんだね」

「はい。そのときに、考えたんです。祖母が誰にも語らなかった祖父は、まだ映画関係の世界に生きていて、その映画に孫娘が出たことを知って、花束を贈ってくれたのではないかって」

「真紀さんは、これまで舞台に出て、そういう贈り物をもらうことはなかったの？」

「一ファンから、と贈られたことはありません」

「お芝居はいつから？」

「大学に入ってからです」

「劇団に入ったのは？」

「大学三年のときでした」

裕也は真紀の名刺を見て訊いた。

「本名で、お芝居を？」

「はい」

「そうして一年前に公開試写会のあった、その映画に出たんですね？」

「はい。去年オーディションを受けて、撮影も去年のうちでした。まだ学生のときです」

「つまりこういうことか。真紀さんは、その映画への出演で、いわば映画業界のひとのアンテナに、その名前が引っかかるようになった。お祖父さんは、自分の孫の大宮さんだと気づいた」

真紀は、裕也の理解にほっとしたようにうなずいた。

「それで、花束が届いたのではないかと思うのですが。これって作りすぎのストーリーでしょうか？」

「なんとも言えないな。ほんとうにわたしは、早智子さんの身近にいたわけじゃないんだ」

「もしかして、祖母の人生の転機となったことが、ベルリン映画祭のときにあったのではないかと、いま本庄さんのお話を伺っているうちに、強く思うようになっています」

「一緒に行った男性のうちの誰かが、あなたのお祖父さんであると。でも、きょうひとり、そのリストから消えた」

真紀はばつが悪そうに言った。

「失礼なことを言ってしまいました。でも、祖母はそのころ、男性に恋をして、そしてなぜかすぐに別れたのです」

「恋をしたのはもっと早い時期だったのかもしれない」

恋ではなかったかもしれない、とは思うけれども、真紀にはそれは言わなかった。それは真紀だって想像できている。だったら、何も事情を知らない自分が、無理に悪い物語として語る必要はない。その想像を開陳する意味もない。

真紀が、話を切り上げますという口調になった。

「さきほど、映画祭に一緒に行った男性を挙げてらっしゃいましたね。プロデューサーは亡くなっているとのことでしたが」

「大宮さんのお祖父さんである可能性はあるけれど、花束を贈ってくれたひとではないね」

次の質問が出なかったので、裕也は言った。

「一緒に行った『逃げた祝祭』の関係者だけが、可能性のある男性ではないよ。映画祭には、世界中から大勢の映画人がやってくる。ベルリン映画祭は、世界三大映画祭のひとつで、あの年はコンペティション部門の作品がまず二十二本。その関係者だけで五百人くらいにはなったんじゃないかかな。いや、短編部門もあるし、ヨーロッパからは東京から大阪に行くくらいの感覚で大勢の映画業界のひとがやってくる。映画ジャーナリストもだ。あのときは、日本からコンペ作品ではない映画の関係者も来ていた。『逃げた祝祭』の関係者だけに、お祖父さんの候補を絞ることは無理があると思う」

「『逃げた祝祭』の関係者は、ほかの映画の関係者と親しくなりました?」

「ひとりひとりのことはわからない。監督や出演者にそれぞれ、よその国のプロデューサーたちから飯を食わないかという誘いもあったんじゃないかな。ホテルのバーに行けば、そこにもスタッフや俳優たちがいる。興味深いと思われた関係者なら、声をかけられる。大作映画であれば、ホテルの広間を借り切ってパーティをやる。そこに顔を出すことも可能だ」

「祖母も、そのような社交の行事に」

裕也は真紀の言葉をさえぎった。

「社交というより、ビジネスのための場だね」

「ビジネスですか？」

「そう。映画祭と言えば、ふつうのひとは、作品のコンペの場だと思っている。でも、制作側にとっては、別の面のほうが、じつは大きい。たとえば、才能を探す、一緒にやろうと誘う、こんな企画はどうだ、と売り込む。高く買ってくれというビジネスもある。自己紹介させてくださいと、少し強引な接触もある」

「祖母も、そのような場にはいろいろ出ていたのですね？」

「わからない。わたしは、裏方で、同時にツアーコンダクターみたいな役だったので、公式行事以外の場で安西早智子さんがどのような場に出ていたか、まったく知らないんだ」

「みなさんは、映画祭には何日いらしていたのですか？」

「オープニング・セレモニーの前日に入って、エントリー失格の処分が出た後、映画祭四日目に撤収を決めて、七月一日ころまでいた。そのあいだに、女優さんたちには声がかかっていて不思議はないな」

「それって、誘惑もある、という意味でおっしゃっていますか？」

「それも可能性としてだね。ビジネスの場ということも言ったけれども、やはり映画祭は、総体ではお祭りなんだ。映画関係者にとって、とても高揚感のある、ハレの場なんだ」

真紀はいったんテーブルに目を落としてから、また顔を上げた。

「母は、ごくふつうの東アジア系の顔立ちです。わたしもこのとおり。祖母はおそらく、たとえば白人男性と恋をしてはいないと思います」

「そうは言っていないけれども」

真紀は少し考えている様子を見せた。せっかく映画の関係者と会ったのに、収穫は何もなかった。次の調査につながって行くような情報もなかったと感じているのだろう。

裕也はコーヒーカップに手を伸ばして持ち上げ、口もとへと運んだ。あの映画について思い出しているうちに、古い記憶が次々と甦ってきて、ずいぶん饒舌に話してしまったような気がする。初めて会った若い女性に対して。

コーヒーをひと口飲んで、真紀が言った。

「ほんとうに、お手間を取らせました。ありがとうございます」

「これでいいの？」

「はい。また何か、別の角度から、調べられることを調べてみようと思います」

「花束を贈ってくれたひとは、わりあい簡単にわかりそうな気もする。つい最近のことなのだから」

真紀は微笑した。

「でも、祖父とは限りませんね。あの、最後にひとつだけ、本庄さんのことをお伺いしてかまいませんか？」

「うん」

「ブログを読んだときは、本庄さんは何かしら映画を作る側にいたひとなのかと思っていました。あのレビューで、映画が大好きであることがわかりますし、観方や分析も、たいへん深いものに感じました」

「何について書いたのを読みました？」

「『暗殺の森』『ミツバチのささやき』それに『離愁』とか。いえ、もっと読ませていただきましたが、『離愁』だけネット配信で観て、本庄さんのレビューの深さに感嘆しました。でも、ふつうのサラリーマンだったと伺って意外でした」

「あまり詳しく自己紹介はしていませんでしたね。映画の好きなホワイトカラーだったんです」

「きっと映画青年だったのですね？」

「学生のころは、そうだったな」

「ご自身も映画を作られたことはなかったのですか？」

「あります」たしかに自分は仲間と二本、八ミリ映画を作ったことがある。

「でも、映画に関わるお仕事に就かなかったのは、何か理由があるのですか？」

それは思いもかけない質問だった。映画青年が、映画とは無関係の業界に就職しても、それは特別に不自然なことではあるまい。世の中に生きるひとの大半は、どんなに深い趣味を持っていようと、その趣味世界の消費者として生きる。生産者、制作者の側で生きようとは、考えない。それができるのは、選ばれた者だけ。能力なり、天分がある者だけだ。

真紀の目を見つめて、何もないと答えようとした。考えたこともない。

嘘だ。

裕也はかすかに自分でも動揺を感じながら思い直した。考えたこともない、というのは嘘だ。自分はある時期、確実に映画を制作する側に進もうと思っていた。

真紀が不安そうに言った。

「わたし、また失礼なことを伺ってしまいましたか？」

「いや」と、裕也はわれに返り、逆に訊いた。「早智子さんは、出産後、完全に音楽をやめてしまったと言った？　ライブだけではなく、作曲自体も？」

「そう聞いています。おなかが大きくなって、東京を引き揚げてきてからは、一切音楽活動はしていなかったようです。ギターにも触れない生活になったようです」

「自主制作のカセット・テープも出していた。わたしも持っています」

「映画に出る前のものですね。祖母の遺品の中にありました」

「わたしは早智子さんから案内をもらって、ライブを聴きに行ったこともありますよ」

「いかがでした？」

「よかった、と月並みな感想しか言えないけど、監督は炯眼だと思った。このひとの曲を、作中で歌われる主題歌として使ったのだからと」

「でも、やはりひとりで子育てすることと、音楽活動を両立させることは難しかったんですね」

裕也は、テーブルの上の伝票を手元に引き寄せた。真紀が困ったような顔をするので、裕也は首を振って言った。

「お役に立てなくて申し訳なく思っているんだけど、大宮さんさえよければ、早智子さんの恋、というか、ベルリン映画祭のころのことを、一緒に調べてみたいという気持ちになっています。コネをたどって行けば、あのとき一緒に行ったひとの何人かを見つけることができそうな気がする。もしかすると、直接の関係者は、よく知っていたことなのかもしれない」

真紀が目を輝かせた。

「ご迷惑ではありません？」

「暇な年寄りだし、わたしも早智子さんの引退が気になってきています。なぜ音楽をやめたのか。出産と生活以外に何か理由があったのかどうか」

「祖母の実家に行って、遺品をもう一度見てみようかと思います。日記はなかったと思いますが、歌詞のメモ帳とか、手紙類」

「住所録とか」

「そうですね。探してみます」

「何かしらの手掛かりがあったら、またメールをください。わたしも、当たれるところには当たっておきます」

真紀がていねいに頭を下げた。

2

本庄裕也は、ひとり暮らしの集合住宅の自宅に戻ると、すぐに寝室に入った。

古い写真アルバムや、個人の旅行記録などのファイルが書棚にある。七六年のベルリン国際映画祭に行ったときの記録も、勤め先に提出した以外のものは残っていた。

当時の勤務先の名と年が記されたホルダーの中から、七六年のものを引っ張り出した。写真と、地図やガイドブック、いくつかの施設のチケットなどもまとめている。

居間に出て、食卓テーブルの上にそのホルダーを置くと、パソコンに電源を入れて、ネットラジオのクラシック専門局を呼び出した。静かな午後の部屋の中に、バロック音楽が流れてきた。

妻の純子《じゅんこ》は、二年前に亡くなっていた。知り合ったのは、裕也が職場を移ってからだ。同じ広告代理店にいて、同棲することはなしに、純子が三十二歳のときに結婚した。ふたりのあいだには、息子がひとりいて、いまは横浜で暮らしている。純子は子育てが一段落したあと、小さな広告プロダクションに入って、五十歳過ぎまで勤めた。そのプロダクションが倒産したあとは、フリーランスのライターとして働いていた。

裕也自身は、二度目の職場で六十五歳まで勤めて退職した。主に大手企業の、広告ではなくセールス・プロモーションの分野で仕事をした。キャリアの後半は、販売促進イベントの企画と運営が専門だった。

大宮真紀はなぜか意外そうであったけれど、映画青年と言えたかもしれない自分は、大学を出たあとは映画とは無縁に、堅気のホワイトカラーとして生きたのだ。

ただ、ある時期から、映画評を自分のブログに書くようになり、それが一部の業界人の目にも留まった。そのおかげで、何度かマイナーなヨーロッパ映画のパンフレットに本名で解説を書いたこともある。

真紀が自分の祖母の映画に関わった人物として裕也にたどりつけたのも、そのせいだ。映画周辺のごくごく小さな世界では、その名を知っている者も多少いないではなかったのだ。

七六年の写真アルバムの中に、『逃げた祝祭』に関する写真は七、八葉あった。当時はもうそうした写真は全部カラープリントになっていた。

同行した関係者との記念写真がほとんどだ。外国旅行に慣れない関係者を連れて、勤め先が裕也をツアーコンダクター代わりとして同行させたのだ。多少英語を話せたので、西ベルリン現地の事務的な交渉ごとなども、裕也がすることになった。裕也自身がベルリンを観光している余裕はなかった。関係者のうちの原作者の窪田順《くぼたじゅん》が持ってきたカメラでみなの記念写真を撮るのも、もっぱら裕也の役割だった。いまアルバムにあるのは、その窪田からもらったプリントばかりだ。

西ベルリンの、テンペルホーフ空港で降りたときの記念写真がある。それに、映画祭主会場のツォー・パラスト劇場エントランスでの記念写真。劇場はツォー駅に近い場所にあった。

レッドカーペットを歩く監督と主演のふたりの写真もある。ホテルの食堂のスナップ、壁とその向こうにブランデンブルク門が見える場所での写真もあった。

裕也はその手札サイズの写真をテーブルの上に並べて見つめた。

この写真の中に、大宮真紀の祖父がいる？　さっき真紀にも伝えたとおり、まだ壁があって、あまり行きやすい都市ではないベルリンだったが、それでも『逃げた祝祭』の関係者以外にも日本人はそこそこいたし、この写真の中にしかいない、と決めつけることはできない。ただ、男ひとりひとりを吟味することは必要だった。

全員の記念写真では、だいたいみなの並び方が決まっていた。どのときも主演の男女優ふたりが中心となる。ふたりを監督とプロデューサーがはさむ。

横に並んだ列の両端に、原作者と真紀の祖母にあたる若い女性。

主演女優の女性マネージャーは、写真に写らないことのほうが多かった。原作者の恋人と、主演女優の恋人は、手元にあるものの中では、映画祭を発つ最後の日にホテル前で撮った写真にしか写っていない。

裕也は大型ルーペで、写真をじっくりと見ていった。

関係者の名前は、だいたいパンフレットを見なくても思い出せる。

まず主演女優。藤原真智。

モデル出身で、裕也の勤める流通系企業の広告モデルも務めていた。その関係もあって、勤め先は『逃げた祝祭』の制作に少し出資したのだし、映画のプロモーションも応援したのだった。藤原真智はかなりお嬢さまっぽいキャラクターで、ときどきテンションが高めに感じることもあった。映画祭から一年ほど後に投身自殺している。

主演男優は、島崎洋司《しまざきようじ》。

大手の劇団の養成所出身だ。顔だちは渋く、演技力で評価されていた。映画には当時すでに十本以上の出演経験があったが、主演は『逃げた祝祭』が初めてだった。いまも活躍しているベテラン男優だ。

映画監督は、小坂部《こさかべ》卓《たく》。

『逃げた祝祭』の脚本も彼だ。

日活の出身で、商業映画を監督するのは、『逃げた祝祭』が三本目という若手。ふだんはひと当たりがいいのだが、撮影の現場ではときおり怒鳴ることもあった。芸術家肌だった。

映画の原作者は、窪田順。

『逃げた祝祭』で純文学系の有名な文学賞を受賞していた。大学生のときにすでに新人賞を受賞していて、才人と評判の若手文学者だった。裕也には、少し軽い男のように見えた。

プロデューサーは、宮永浩一《みやながこういち》。

もう故人だ。大映出身のプロデューサーで、七一年の大映倒産のときにフリーとなっていた。裕也は少し山師っぽい印象を持ったけれども、目利きだ、と業界での評判は悪くなかった。

藤原真智のマネージャーが、高橋秋子《たかはしあきこ》。真智の所属事務所から派遣されてきていた。三十歳くらいの年齢で、ベルリンに行った関係者の中では、もっとも常識人だったろう。

記念写真にはろくに写っていないが、真智の恋人と、窪田の恋人も関係者として同じホテルに泊まった。

真智の恋人は、栗橋涼一《くりはしりょういち》。

ロック・ミュージシャンだった。尊大で、生意気だった。映画祭の最中、真智と喧嘩した場面を見たことがあった。

原作者の窪田も、恋人を伴っていた。メグ、という名だったと思うが、フルネームは思い出せない。雑誌モデルだ。彼女は日本を一緒に出発したのではなく、たしか滞在中だというパリから合流したのではなかったか。少し気取りが鼻につく女性だった。

写真を見ていて、もうひとり、ベルリンでは映画関係者と言っていい人物がいると思い出した。女性だ。

村橋香奈子《むらはしかなこ》。五十代だったろう。ドイツ文学研究者で、原作者の窪田のつてで通訳とコーディネーターを引き受けてくれた。ドイツ語と英語が堪能だった。彼女は関係者と四六時中一緒にいたわけではなかった。公式行事のあいだとか、プレスとの会見や、映画祭事務局での聴取のときに関係者のそばにいたのだ。彼女も、もう鬼籍に入っていてもおかしくはない。最終日のホテル前での写真に一枚だけ写っていた。

そして、真紀の祖母の安西早智子。

シンガー・ソングライターで、助演というほど大きな役ではなかったが、本人も希望し、プロデューサーも承諾して同行してきたのだ。ギターを持ってだ。積極性があって、性格のいい女性、という印象があった。英語を少し話した。

それに、写真にはろくに写っていないが、自分がいる。本庄裕也。

これらベルリン国際映画祭に一緒に行った者のうち、真紀の祖父の可能性は全部の男性にあるか。つまり、宮永、小坂部、島崎。それに恋人と同じ部屋に泊まっていたとはいえ、窪田、栗橋もそうだ。

男性のうち、自分は除外できる。まったく心当たりもない。

いったん目を閉じて、裕也は自分の記憶を確認した。封じ込めていないか？　何かの拍子に、そうなっていたことは絶対にないか？　長いこと忘れていただけではないか？

それが苦々しかったり、惨めであった体験などは、記憶を封印して思い出さなかったことがある。一度ならずだ。しかし、きっかけがあれば思い出す。

写真の安西早智子を見つめていても、何も甦ってはこない。少なくとも、忘れたままでいたかったと思えるようなことは何も。

自分が安西早智子に会ったのは、映画の撮影が始まって一週間目ぐらいのときだ。新宿のライブハウスを使っての撮影だった。というか、彼女の名前そのままの役柄で出演したのだ。ステージでギターを弾きつつ映画の主題歌を歌ったあとに、早智子は客席にやってきて、藤原真智演じる、美由紀《みゆき》という金持ちの娘とひとことふたこと言葉をかわすのだ。

「京都じゃなかったの？」

「行ってた」

ここは原作にはなくて、監督の小坂部が書いた台詞だった。

このシーンの撮影が終わったあとに、裕也は小坂部に訊いた。

「アントニオーニですか？」

小坂部が驚いた顔で訊き返した。

「わかりました？」

「ええ」

そばにいた安西早智子が、裕也と小坂部を交互に見ながら言った。

「そうなんですか？」

小坂部が裕也を早智子に紹介した。

「スポンサーの本庄さん」

裕也はあわてて訂正した。

「出資側の会社の窓口というだけです」

早智子が自己紹介した。

「歌を作って自分で歌っています。安西早智子です」

早智子は黒いストレートヘアを伸ばしていて、化粧も薄かった。身長はあまり高くはない。地味なシャツとジーンズ。六、七年ぐらい前まで、つまり六〇年代には新宿には多かったろうと思える雰囲気のシンガー・ソングライターだった。一重の品のいい目で、鼻梁はすっきりと高く、全体には少し古風な顔だちだった。たしかに真紀には安西早智子の面影がある。

「いい曲でしたね」と、裕也は言った。

いま彼女が歌ったのは、その容姿から想像したような、六〇年代のアメリカ、イギリスのフォークソングっぽいものではなかった。少し中東か中央アジアの音階がまじったような、どこかエキゾチシズムも感じる曲だった。

「でしょう」と小坂部が言った。「歌詞がぴったりなんです。三回通って、ようやく出演してくれることになった」

こんどは安西早智子のほうが弁解するように、裕也と小坂部を交互に見ながら言った。

「もったいつけたわけじゃないんです。映画に出るってどういうことなのか、わからなかったからです。お芝居もしたことはないし。それでお返事ができなかったんです」

「最初は」小坂部が言った。「ぼくが警戒されているんだと思った」

安西早智子は微笑して、小坂部の言葉を否定しなかった。

カメラの位置を変えて、べつのカットを撮影することになった。裕也は作業の邪魔にならぬように店のもっとも奥の壁際に立って、その日午後十一時過ぎまで撮影を見学した。

映画の撮影現場を見るのは、その日が初めてではない。企業の宣伝部員としてコマーシャル・フィルムの撮影には必ず立ち会ったし、大学時代は零細の映画のプロダクションで何回か、現場の仕事ならなんでもするアルバイトをしたこともある。

かなりの映画青年であった学生のころ、ぼんやりと映画の制作現場で働けないものかと、たしかに夢見た時期があった。だから、仕事で撮影の立ち会いをしなければならないときは、完治したかと思えていた古傷がうずくような気分を感じないではなかった。

どうしていま自分はスーツを着て、映画カメラの後ろ側の、スタッフたちのさらに後ろにいるのだろう。自分はここにいていいのか？　本来なら制作陣のひとりとして、この現場で働いているべきではなかったか？

あの勤め先の宣伝部員だった当時は、よくそんな、自分は居場所を間違えている、という感覚に襲われたものだった。その違和感がようやくなくなったのは、社会人になって三年も経ってからだ。

その夜の撮影は、まだまだ遅くまで続きそうだった。終わりの時刻がわからなかったので、裕也は小坂部や早智子にあいさつした。そろそろ帰りますと。

早智子が訊いた。

「さっきのアントニオーニのこと、なんていう映画だったんですか？」

何本かはアントニオーニを観ているという口ぶりに聞こえた。

裕也は答えた。

「『欲望』です」

原題は『ブロウアップ』だ。引き伸ばす、という写真用語でもあるが、激怒するとか、爆発するという意味でもある。

「あ」と早智子が言った。「パリの話題のところですか？」

「すごい。よく観てるんですね」

「いいえ。あの映画は、たまたまです。あとになってから、あれはパリ旅行ではなくて、トリップのことを言ったのだろうと考えました」

いまもトリップという言葉は、あのときの早智子の言った意味で使われているのだろうか。「クスリをキメている」とでも言うのがふつうかもしれない。よくわからない。

早智子が続けた。

「小坂部監督も、この映画では、主人公の美由紀さんがクスリを使っていると暗示しているんですよね」

「美由紀がエキセントリックになる理由を、ほのめかしているんだと思う」

助監督が早智子を呼んだので、その夜の会話はそこで終わった。裕也は終電前に撮影現場をあとにしたのだった。

その日が、『逃げた祝祭』の二度目の撮影現場の見学だった。最初はクランクイン初日、プレス発表をかねてのスタジオ撮影で、このときは早智子は姿を見せていない。会ったのはこのライブハウスでの撮影が初めてだったのだ。

あとはクランクアップするまで撮影現場で会うことはなかった。

あのとき自分は、安西早智子ばかりではなく、ほかの出演者や監督、助監督らとも、意識的に距離を取っていた。業界人となれなれしくし過ぎて、古傷をうずかせたくなかった。早智子から案内をもらって、新宿三丁目のライブハウスにコンサートを聴きに行ったのは、あの映画との関わりの中では例外的な事件であったかもしれない。もちろん聴きに行ったからといって、早智子との仲が深まったり進展したりはしなかった。

思い出せば、クランクアップのあと、初号試写のときに会い、次にベルリン映画祭に行くための打ち合わせのときにまた会った。その程度の接触具合だった。そのように自分は、いわば身の程を知ったうえであの映画と関わってきたから、早智子と性関係は結んでいないし、酔った勢いの愚かなこともしてはいない。絶対にだ。

医学的な可能性も、自分が血液型を言ったときに真紀が否定した。

残る男は、故人の宮永を含めて五人。ほかの男たちの血液型を知ることができれば、と裕也は微苦笑しながら思った。候補から、ありえない、という男を排除することはできるだろう。しかし現実的に、どうやってこの男たちの血液型を知る？　真紀にも、彼女と母親の血液型を教えてもらって、祖父の血液型を絞る必要があるが。

真紀の言っていた花束の件は、どう解釈したらよいだろう？

あれは真紀が言うように、祖父からのものと判断してよいものか？　真紀を孫と知って、匿名で花束を贈る理由はなんだ？　祖父であれば、少なくとも七十歳以上。社会人だとしても、身元を隠さねばならないのなら、わざわざ舞台女優の孫に花束を贈ったりはしまい。

また真紀の母の成長の途上、節目節目でチョコレートが贈られてきた件。真紀の話では、成人したあとチョコレートは届いていなかったようだけれど、そのことに意味はあるだろうか。成人までを見届けたので、完全に自分の娘の前から消えたのか。

あるいは、とも考えた。そのあと娘は結婚している。姓が安西から大宮に変わっているのだ。娘の消息を追いきれなくなった？　興信所を使えば、結婚後の消息をつかむことは、さほど難しくはなかっただろうとも思えるのだが。

いいや、と裕也は首を振った。真紀の母親・久美子が結婚するまでの時期のことだ。ふつうに考えれば、身近に彼女を思っている男がいて、結婚まで気を引くためにチョコレートを贈り続けていたということだ。自分には望みがないとわかって、それ以上はチョコレートを贈ることをやめたのだろう。真紀の母親・久美子は、学生結婚をして、教師になった翌年真紀を産んだと聞いた。つまり久美子が二十歳のころには、もう周囲の誰もが認める恋人がいてもおかしくはなかったのだ。

裕也は、同じホルダーから、このときの映画祭の公式プログラムを取り出した。冊子状で、七六年の審査員や出品作がドイツ語と英語で紹介されている。

ぱらぱらとめくっていって、あらためて裕也はこの七六年の映画祭が、日本映画にとってはそこそこにスキャンダラスな話題性のある映画祭であったことを思い出した。

大島渚監督の『愛のコリーダ』がフォーラム部門の作品だったけれども、上映後にベルリン警察が、性描写が過激すぎるとしてプリントを押収したのだ。大島監督ら関係者はすぐに抗議したけれども、たぶんそのあとの上映はなかっただろう。映画祭終了後に返却されたか。自分は映画祭最終日までいなかったので知らない。あの件は、かなり大きく日本にも伝わったと帰国後に聞いた。

思い出せば、『逃げた祝祭』が正式出品作から取り下げられた件は、『愛のコリーダ』事件の陰に隠れて、日本では「ついでに語られる」話題だったように思う。『逃げた祝祭』がスキャンダルとして語られるとき、裕也はしばしば『愛のコリーダ』と混同されているのではないかと感じたものだった。藤原真智の体当たり演技と評されたものは、観れば一目瞭然の、ごく穏当なものだった。胸が一瞬映った程度のことだ。ただ、小坂部監督の「これは『ラストタンゴ・イン・トーキョー』なのだ」という発言に、映画を観てもいない記者たちが反応して書き過ぎ、誤解が広まったのではないかと、裕也はあの当時感じたものだった。

またあの年の審査員には、寺山修司が入っていた。その年までに寺山修司は二本、映画作品を発表しただけ。ベルリンでみずから主宰する劇団・天井桟敷の公演が成功を収めていたとはいえ、日本のメジャーな映画業界からは、なぜ？　という声が上がった人選だったのだ。寺山修司の場合、作家、文学者としての選考委員就任だったのだろうが。

高林陽一監督の『本陣殺人事件』の関係者も、映画祭には来ていた。裕也たちも、開幕式のときにあいさつだけはしている。

つまりあのときベルリンには、『逃げた祝祭』の関係者以外にも、日本人男性が少なからずいた。メディア関係者もいただろう。安西早智子が、そうした男性の誰かと親しくなったということは、ありうるだろうか。

あの季節、ベルリンは高緯度にあるせいだろう、六時ぐらいからの夕食を終えてもまだ明るかった。一緒の夕食のあと、誰かが夜の西ベルリンに遊びに出てもおかしくはない。いや、じっさい藤原真智と、窪田順のそれぞれのカップルは遊びに出ていたはずだ。安西早智子はどうだったのだろう。

『逃げた祝祭』のほうの関係者が遊びに出たとして、ほかの日本人たちと合流する機会はあっただろうか。『愛のコリーダ』組も、『本陣殺人事件』組も、けっこう固まって映画祭の時間を過ごしていたのではないかという気がする。なんとなく日本映画の業界人の気質として、という印象からだが。

『逃げた祝祭』の関係者が泊まったのは、西ベルリンのスターやハリウッドの製作者たちが泊まる大ホテルではなかった。場所は西ベルリンの中心部近くには違いないのだろうが、パリーザー・シュトラッセ（通り）に面した小ホテルだった。五階建てであったか六階建てであったか、通りのほかの建物とまったく同じ様式のビルの、ワンフロアだけがホテル。そこに全員が泊まったのだ。

旅行代理店に手配を頼んだとき、大ホテルはどこも満室だと言われた。裕也はそのとき旅行の趣旨については伝えなかった。ただふつうのグループ旅行のように手配を頼んだのだが、旅行代理店の担当者は申し訳なさそうに言った。

「この時期、ベルリンでは国際映画祭があるんで、ホテルが取りにくいんです」

主会場のツォー・パラスト劇場から少し距離のあるホテルだったが、勧められるままにそこに決めた。朝食を取るレストランはあるが、夜は外で食べねばならなかった。そのレストランは、夜にはバーとなった。そんなホテルだ。たしか南米のどこかの国の映画関係者も、ひと組泊まっていた。

裕也たちは毎晩、通りの近所のレストランを順繰りにまわった。地中海料理店、中華料理店、中東料理店……。着いた日は、ビアホールで夕食だった。ホテル近くのこうした店では、ほかの映画の関係者には一度も会ったことはなかったはずだ。少なくとも日本の映画関係者には。

思い出した。ベルリン滞在中の何日目だったか、早智子は、通訳の村橋香奈子に、ホテルにあった地元の情報誌を開いて、西ベルリンにはライブハウスなんてあるんでしょうか？と訊いていた。

村橋の返事は覚えていないが、あの大都市でジャンルはともあれライブハウスがないわけもなかった。早智子は村橋が教えてくれたライブハウスに行ったことがあるのかもしれない。それは聴くためだったのだろうか。もしかしたら、歌うためか？　彼女はギターも持ってきていたのだ。

歌う機会があるなら、歌う意志はあったのだろう。

どこであれ、早智子がベルリンで出会ったのが、日本の映画関係者以外の日本人男性だとすると、どういう人物になるだろうか。

まず映画祭を取材に来ている日本のメディア関係者か。寺山修司が審査員を務めていたのだし、文学や演劇関係者、文芸誌の編集者もいたかもしれない。はるばる東京からと考えれば一大事だが、窪田順の恋人のようにヨーロッパのどこかの都市から来たのかもしれない。

裕也はプログラムをもう一度めくってみた。

審査員は十一人。アジア人は寺山修司ひとりだけだ。裕也が知っている名前と言えば、ポーランドの映画監督のイェジー・カヴァレロヴィチぐらいだった。

正式出品作から、日本人が関係していそうな作品を探した。ロバート・アルトマンの『ビッグ・アメリカン』や、フランソワ・トリュフォーの『トリュフォーの思春期』などが出品された年で、アジアでは日本のほかはイランからの出品があるだけだった。音楽を日本人作曲家がつとめた作品がないかとも期待したのだ。『ラストエンペラー』を坂本龍一が手がけたような。

でもこの年のコンペティション部門では、日本からの出品作以外では、少なくともそれが話題になったような作品は見つからなかった。

また安西早智子の写真に目をやった。

モデル出身の藤原真智とは違い、早智子は性格が落ち着いていて地味という印象だった。歌を歌うが、ステージ上でも振る舞いは控えめだった。初めての外国旅行で多少はハイになっていてもおかしくはなかったけれど、そんな様子はなかったし、映画祭開幕日も、感激はしていたが、けっして興奮してはいなかった。

藤原真智が、映画祭のレッドカーペットを歩く女優として、テンションを意識的に高めようとしていたのと対照的だった。じっさい、レッドカーペットを歩くのは、最初から監督と主演のふたりと決まっていたから、早智子があのときまったく女優めいた振る舞いをしていなかったのは、ごく自然であったし、好ましいことだったのだが。

早智子は、一緒の食事のとき以外は別行動を取っていたろうか。裕也は監督、プロデューサーと主演俳優ふたりの世話で手一杯だったから、早智子が空き時間に何をしていたかまったく知らない。ホテルや会場を出たりしていたのだろうか。見知らぬ大都会で。

ともあれ、ベルリン映画祭に行った『逃げた祝祭』関係者たちの消息を調べ、祖父ではありえない男をひとりずつリストから消していって、最後に残るのがその男性だ。全部が消えてしまったとしたら、もうそこでお手上げ。裕也にできることはそれ以上何もない。

いや、真紀には、『逃げた祝祭』の関係男性には祖父はいない、と伝えられるだけでも十分かもしれない。根拠のない期待でこの先を生きるよりは、祖父の身元がわからないならわからないでも、いいのではないか。

消去法を採るとして、いちばん簡単な手は男たちの血液型を調べることか。

裕也はもう一度記念写真を見た。

監督の小坂部は存命。まだ映画を作っている。主演の島崎洋司も、渋い老年の俳優として活躍している。原作者の窪田も、ときおり書籍の新聞広告で名を見る。書き続けているのだ。

藤原真智の恋人、栗橋涼一の消息は知らない。真智が自殺して数年後には、その名も聞かなくなった気がする。

島崎そして窪田とはつきあいはないが、小坂部とはこの五十年近くのあいだに何度か会ったことはある。映画祭のあともしばらく、試写会やパーティのときなどに顔を合わせた。彼が招待してくれたことも多かった。十年ばかり前にも、新作のレビューをネット上に書いたところ、ていねいなお礼のメールが来たことがあった。彼とは連絡が取れる。

島崎と窪田は、事務所とか編集部に連絡すれば、連絡を取ることは可能かもしれない。こちらから用件を記したメールを送り、返事を待つかたちになる。その場合、『逃げた祝祭』に関わった本庄裕也という者だが、と、丁寧な自己紹介でまず記憶を呼び起こしてもらう必要があるだろう。

思い出してもらったとしても、あなたは安西早智子とベルリンで何かあったか？と訊くわけにはいかない。

どうしよう。

自分が関わったメセナ事業のことを文章にまとめておこうとしているのだが、ベルリン映画祭のことについて、細部を思い出したい。あるいは、正確に書きたい。なので、三十分ばかり時間をもらうことはできないかと、事務所にメールしてみるか。

とりあえずは監督にメールだ。

テーブルに出した写真アルバムを寝室の書棚に戻すとき、その隙間の並びの、しばらく開いてもいなかった学生時代のアルバムを取り出した。

その中から、映画仲間で撮った何枚かの写真がある。一枚だけ、キャビネ・サイズに焼いたプリントには、七人の男女が写っていた。千葉の白子海岸で撮ったものだ。季節は六月の頭ころだったろうか。大学三年のときに誘われて入った、同じ大学の映画好きのグループの写真だ。自主映画の撮影現場で撮ったものだ。大学の公認サークルではなかったので、メンバーの学籍は、ひとつではなかった。専門学校生もいた。裕也にとって、ふたつ目に関わった自主映画制作のグループだった。

写真の七人の中に、俳優を受け持つ男女ひとりずつがいた。あとの五人はスタッフ側だ。監督、その助手、撮影、撮影助手兼照明担当、そして雑用係で運転手だった自分。

撮影担当は、写真学校の学生で、本職はだしの腕を持っていた。この記念写真自体も、彼が持ってきたスチル・カメラで、セルフタイマーで撮ったものだった。

監督は、裕也と同じ大学の、学年がひとつ上の学生で、監督助手はべつの大学の女子学生。俳優の男子学生は大学の演劇のサークルに入っていた。女子学生は監督の知り合いで、女子大の演劇研究会に所属していた。

グループには英語の団体名があったけれど、仲間うちではグループ主宰の大学生の名、香川俊《かがわとし》彦《ひこ》の名から、香川組、と呼ぶのがふつうだった。

裕也にとっては、香川俊彦の名も、香川組というあのグループの俗称も、すべては学生時代の苦く忌ま忌ましい記憶と結びついている。いま写真を見て、すんなりとその名が甦ってきたことが意外だった。思い出すこともできなくなっていておかしくはないくらいの、封印したい体験の一部だった。あのグループを離れてから、そもそも意識的には思い出そうともしなかったのだ。

それでもこの写真だけは残っていたのは、これがあの事件の当事者のではなく、グループ全体の、しかもあの八ミリ映画の撮影現場の記念写真だからだ。もう少しプライベートな時空間の、当事者たちだけが写った写真であったならば、自分は残したりはしていない。他人も写っているから、この写真はあの事件とは無縁の、少なくとも意味の薄い、その時代の、その年頃の「記念」の写真として、残すことができた。

真紀には、自分は映画に関わる仕事には就いたことはないと答えた。でも若い一時期、この写真が証明しているように、映画が自分の趣味生活の大きな部分だった。もしかすると自分は、映画が生活の何割かであったような、映画好きの青年だった。

裕也はもう少し、アルバムのその前後の写真を一枚ずつ見た。あとは、映画に関連する記念写真はろくになかった。自分はカメラを扱うよりはシナリオを書く欲求のほうが強いタイプの映画好きだったのだ。スチル・カメラも持ってはいなかった。学生時代の写真でいま手元にあるのは、百パーセント誰かが撮って裕也にくれたものだった。

香川が言っていた言葉がふいに甦った。

「ボレックスが欲しいな」

スイス製の映画カメラのことだ。八ミリ・カメラもあるが、ふつう単にボレックスと言えば十六ミリ・カメラを指した。ハイエンド映画趣味人向けのカメラだけれども、プロも使った。

香川は国産の八ミリ・カメラを持っていて、ときおり撮影も担当したけれど、写真を学んだわけではなかった。あまり撮影の腕がいいとは言えなかった。はっきり言えば下手糞だった。そもそも機械は苦手なタイプの青年だった。それでも映画用カメラについて、多少語れる程度には知識はあった。

「八ミリじゃだめなんだ」それは彼の口癖だった。「八ミリじゃ、家庭映画しか作れない。クリスマスにパパが上映会をするためのカメラが八ミリだ。だけど、十六ミリなら、作品が作れる。テレビに流れるドキュメンタリーも撮れる。ボレックスが欲しいな。ボレックスで撮りたいな」

当時の価格で、新品は、ニッコールのレンズのついたものが二十万円以上した。一ドルがまだ三百六十円で、大学卒の初任給が三万円台だったころ。いまの感覚だと、中古の軽自動車と同程度の価格というところか。

でも、ボレックスで「作品」を撮ろうとするなら、照明もそれなりの機材が必要になる。編集のための機材類もいる。音響をどうするかという大問題もある。十六ミリで「作品」を撮るには、とにかく資金が必要であり、専門の技術者の助けが必要だった。映画学校の学生たちなら卒業制作で作れるだろうが、映画が趣味という程度の学生にとっては、手を出さないほうがいいレベルの遊びだった。

いや、香川は本気で「作品」としての映画を作ることを考えていた。アマチュアから、映画の道に入ることを志向していた。彼が作ろうとしていた映画は必ずしもアート系ではなくて、かなりの程度に商業映画的なものであったはずだけれど。

「ボレックスが欲しい」

思い返せば、彼は撮影機材に限らず、自分が持っていないものについて、その欠乏感をふつうよりも強く意識するほうであったかもしれない。

「ボレックスが欲しい」

けっきょく彼は、他人が持つはずだったボレックスを盗んだ。そのほかに、付属品一式も。

裕也は、その映画を趣味とする学生の集まりからは離れて、就職活動に専念するようになった。

裕也は、池袋にある大学の文学部の、当時の分類では英文科の卒業だった。札幌の高校から進学して、大学入学と同時にアパート暮らしを始めた。大学でストライキが始まるのは、少し先のことになる。

大学のオリエンテーションの日、校庭の文科系の部活動の勧誘デスクを見てまわっているとき、やはり映画研究会が気になった。最初から、もし大学にあれば入りたいと期待していたような気がする。もちろんもっと面白そうな部があれば、そっちにしてもよかった。それまでまったく視野になかった分野の部活動もあるかもしれない。勧誘する部員の雰囲気とか、勧誘のセンスとか、第一印象でぴんと来るところがあれば、そちらにしてもよいと思っていた。

映画は、自分の趣味としても確たるものではなかったのだ。高校生でじっさいに映画を作っていたわけでもない。ただ、よく観ていた。語ることはわりあい好きだった。

映画研究会のデスクがあったので、少し離れた位置で立ち止まってそこの様子を観察した。

映研は、じっさいの映画ポスターを二枚立て看板に貼っていた。一枚はいまでこそ有名になった野口久光デザインの『大人は判ってくれない』のイラストのポスターだった。映画好きにはかなりのフックとなる。もう一枚は『太陽がいっぱい』だった。映画好きでなくても、アラン・ドロンの裸の上半身には目が行くだろう。

デスクの向こう側にいるひとりの学生と目が合った。長髪で黒ブチのメガネ、ジャンパーを着ている。彼が裕也のほうへと歩いてきた。ビラのようなものを手にしている。

彼がにこやかに声をかけてきた。

「映画は好きですか？」

「ええ」と裕也は答えた。

「きょう、映画上映会もやるんです。よかったらどうぞ」

ビラをもらった。

自主映画の上映ではなかった。あまり聞いたことのない短編映画のタイトルだ。何だったろう。フランスの古典とも言える短編映画だったような気がする。

ちらりと見てから、裕也はその学生に訊いた。

「映研では、どういうことをしているんですか？」

長髪のその学生は答えた。

「古典や名作の上映がメインなんだ。そのとき監督を招くこともある。あと、年に一回、批評誌を発行している」

「映画の制作は？」

「映研としてはやっていない。部員の中には、自主映画を作っているひともいるけど」

その日、夕方から居酒屋でお酒を飲まないかと誘いがあった。新人歓迎会とは別だという。入部前に雰囲気を知りたかったので、裕也は参加することにした。

裕也は十八歳だったが、あの時代、大学生となればお酒は飲むのが当たり前だった。

大学から十分ほど歩いた飲み屋街にある居酒屋で、新入生が六、七人。ほかに先輩たちが七、八人集まった。

裕也にビラをくれた長髪の学生は、皆川《みながわ》という名で三年生だった。彼は一年生の参加者たちに言った。

「自己紹介をして、自分が好きな映画を三本挙げてくれ」

「入部はしていないんですが」と裕也は言った。

「固いことを言わないで、しなくたっていいんだから」

最初に指名された男子の新入生候補は、名乗ったあとに好きな映画を挙げた。

「『ローマの休日』」

どっと笑いが起きた。その新入生はとまどいを見せたけれども続けた。

「『アパートの鍵貸します』」

また笑い声が上がった。

「『いぬ』」

こんどはちょっと戸惑いの声。ギャング映画だろ、と不可解そうな声も聞こえた。

その三本の映画は、商業主義的ということなのだろうか。先輩たちの反応の意味がよくわからなかった。

「はいはいはい」と、その場の最年長と見える学生が笑いながら裕也を指名した。

いまの新入生が挙げた映画が笑われたことで、裕也は慎重になった。さすがに挑発するような映画のタイトルを挙げることまでは思いつかなかった。

「『長距離ランナーの孤独』」

笑う者はなかった。

「『コレクター』」

意外そうな声を出したものがひとり。

次いで、少し考えてから、この団体の性格を確かめるために挙げた。

「『スパルタカス』」

こんどは数人が、ええっ、と驚きの声を挙げた。

三人目は女子学生だった。

彼女は、すらすらと挙げた。

「『シベールの日曜日』と、『月曜日のユカ』とか。『十七歳よさようなら』も」

媚びるような声が出た。

「あ、いいね」

酒が入って、席の入れ換えもあった。裕也と女子新入生のあいだに、いちばん笑い声の大きかった先輩学生が入ってきた。

彼は裕也に言った。

「『スパルタカス』なんて、どこがいいんだ？」

裕也は訊いた。

「どういう意味ですか？」

「映画が好きなんだろう？」

「はい」

「あれは、映画じゃなく見せ物だ。ハリウッドの娯楽スペクタクル超大作だ。『クレオパトラ』とか『西部開拓史』と一緒だ。あの監督は、『博士の異常な愛情』ってのも作っているけどさ」

「あれも好きですよ。いい映画でしたね」

「ひどいおふざけ映画だった。くそも面白くない。ああいう映画のことは、あんまりよそで名前は出さないほうがいいと思うぞ。うちの映研の恥だぞ」

「まだ入部していませんが」

「入れよ。おれがそのうち、必見の名作のリストを作ってやるよ。名画座にかかったら、絶対に観に行け。あんた、どこの出身？」

「札幌です」

「ああ」その学生はなぜか納得した様子となった。「ろくに映画館もないんだろうな」

「そうなんですよ」当時の札幌には、いわゆる名画座は一軒しかなかった。名画座的ではない旧作を上映する映画館は、数軒あることはあったが。「東京のスポーツ新聞を見ると、映画館がものすごく多いんですね」

「商業映画以外の映画を観るようにしたらいい。娯楽作品じゃない、作家性の強い作品を」

「たとえば、最近のだとどんなものがありますか？」

「『去年マリエンバートで』とか」

「ああ」

「どうだった？」

「観ていないんです」

「ああいう映画が、映画さ。もっと観ろよ」

「そうですね」

あいまいな返事をしていると、その先輩は女子新入生のほうに身体を向けた。

「カトリーヌ・スパークが好きなの？」

「ええ」と、その女子学生は微笑した。「カトリーヌ・スパークも、ジーン・セバーグも」

先輩学生が言った。

「すごく発音、いいね。二世みたいだ」

「そうでした？」と女子学生。

「海外体験あるのか？」

「ええ、少しだけ」

「お父さんの仕事は何？」

いきなりそんなことまで質問していいのかと、裕也は思わず女子学生を見た。

その女子学生は、少し困惑を見せてから、またいい発音で答えた。

「パブリック・リレーションズ」

最初に答えて笑われた男子学生が、女子学生を見て目をみひらいた。

裕也も思わず彼女を見つめていた。

訊いた先輩学生のほうは、答の意味がわからなかったようだった。

「なんだ、それは？　広告？」

「ええ、まあ」

女子学生は、裕也と最初に答えた学生に笑みを見せた。意識してふたりに、自分はあなたがたのサイドにいる、と伝えてきたのだとわかった。

映研には、裕也はけっきょく入部しなかった。最初に答えた学生も、女子学生もだ。

数日後に食堂で会ったとき、あらためて三人は自己紹介しあった。

男子学生は関谷満《せきやみつる》という名前で、名古屋の出身だった。映画以外に、将棋も、ギターも、アマチュア無線も好きだとのことだった。多趣味な学生だった。女子学生は、深田芳恵《ふかだよしえ》といい、東京で生れ育ち、高校のときに一年半、イギリスに住んだことがあるとのことだった。父親は外務省職員だという。あのときの答はまんざら嘘でもなかったのだと知った。

そのうち三人が映画好きであると周囲に知られ、同学年の集まりがあるときなど、三人がいると、まわりから余興に「名画の一場面」の再現を求められるようになった。

最初のとき、関谷はぐずぐずしなかった。さっと立ち上がって、深田にこう訊いたのだ。英語で。

「殿下。このたびの旅行でもっとも印象深い都市はどこでしょうか？」

裕也がこれを引き取って、深田に小声で言う。

「それぞれの都市に、それぞれいい思い出がございます」

深田がそれを途中まで繰り返す。

「それぞれの都市に、それぞれ」そうして、口調を変えて言い直すのだ。「ローマです。なんと申しましてもローマです。ローマでの思い出を、わたしは生涯大切にするでしょう」

そのあとも、たいがいの場合、関谷がまず最初の台詞を言う。とくに何も打ち合わせもなしにだ。あとのふたりが、その映画の名シーンの続きを口にする。ふたりでのやりとりになることもある。

そうした余興を繰り返しているうちに、『ローマの休日』は三人の十八番となった。大学一年目の終わるころにはだ。あの当時、裕也にとって映画は、そのような種類の趣味だった。

映研には入らなかったけれど、せっかく映画館の多い東京で暮らし始めたのだ。裕也はそれまでの何倍も映画を観るようになった。アルバイトはせずにすんだので、空き時間はとにかく映画を観た。映画を語ることは、いずれ時間ができてからにすると決めた。

大学に近い池袋文芸坐と文芸地下という映画館が、もっともよく行く映画館となった。

少し東京の生活に慣れると、東京にはほんとうに多くの名画座があるとわかってきた。アパートが西武新宿線沿線だったので、高田馬場や新宿によく行くようになった。銀座や有楽町方面にもだ。

映画館によってプログラムの個性はあるものの、好きになった映画が少し時期がずれればまたべつの映画館にかかるのがうれしかった。札幌では、「名画」に分類されるような作品は、封切りで見逃し、ついで名画座の遊楽地下にかかったときに見逃せば、もうしばらく、あるいは永久に観ることはできなかったのだ。旧作がかかることは少なかった。もちろん邦画のプログラム・ピクチャーであれば、いくつかの二番館にかかるのを待てばいいのだったが。

まだビデオ・デッキという商品がこの世に存在しなかった時代のことだ。

裕也は、香川組の写真を含め、いま取り出した写真をもう一度アルバムにはさんだ。

ともあれ自分は、真紀の祖父探しにつきあうことにしたのだ。まずは映画監督の小坂部卓にメールしてみよう。

自分はいま『逃げた祝祭』が出品されたベルリン国際映画祭のことを思い出し、まとめておこうと思っている。こんなことを覚えていないだろうか。三十分ほど時間をもらえるなら、直接会いに行くことも可能だが。

そう書く。

小坂部が、自分をまだ社会人として生きていると判断してくれるなら、会ってくれるかもしれない。

それにしても、と裕也はあらためて寝室の棚のさまざまな本やファイルや雑貨類を見渡した。いろいろ思い出してしまった。長いこと思い出すこともなかった時代の記憶が、真紀と話したことで、まるでリマスターされた古い映画のように鮮明な映像で甦った。よくある言い回しを使えば、まるで昨日あったことのようにだ。

3

指定されたのは、西麻布にある録音スタジオだった。

小坂部卓はいま新作の仕上げで、このところこのスタジオに毎日詰めているとのことだった。これが終わるとまた、ろくに時間も取れなくなるという。

「三十分でいいならお茶を飲もう」と、彼は言ってくれた。そして彼が六十代で撮った映画の作品の名を挙げた。「本庄さんのレビューは、うれしかったよ。おれの映画をあそこまで遡って、テーマを読み解いてくれた。最高のレビューだった」

小坂部の言葉を額面通りに受け取ってはならない。彼は出演させたい俳優を口説くときも、同じように相手を絶賛するらしいのだ。

『逃げた祝祭』のプロデューサー宮永とも、その点はよく似ていた。もしかすると、小坂部は宮永から、出演者やスタッフを口説くときのテクニックを学んでいたのかもしれない。

安西早智子にも出演してくれと三回頼んだと言っていた。安西早智子は、そのような浮いた言葉ではけっしてうなずいたりはしなかったろうという気もするが。

ロビーに出てきた彼は、年齢に似合わぬ派手なTシャツに、細身のジーンズ姿だった。長髪もあのころのままだ。薄くなっていない。七十代にしてはずいぶん若く見えた。顔も立ち居振る舞いにも生気がある。オーケストラの指揮者もそうだろうと思うが、これくらいに精力がなければ続けてはいられない仕事であるからだろうか。

彼は今度の作品が遺作になると周囲に語っているらしい。しかし、本音ではまだまだ撮りたいのではないか。

「本庄さん！」小坂部は裕也の顔を見ると、両手を左右に広げて近づいてきた。

裕也は立ち上がった。

小坂部は立ち止まると、あいさつ抜きに言ってきた。

「ちょっと押しているんで、あんまり時間は取れなくなったんです。でも、あのときのベルリンに、それだけ手間をかけて書く価値はありますか？」

裕也は答えた。

「最近プリントが見つかりましたね」

「ああ。国立映画アーカイブが、修復してデジタル化する作業にかかるそうです。一般公開もされるかもしれないな」

「その場合、付帯する情報がもっと出てきても悪くないでしょう。きちんと記憶を整理して、研究者なんかのためにも資料を作っておきたいという気持ちなんです。きっかけができました」

「たしかに。幻の映画と呼ばれることはいいんだけど、永遠に幻なのも寂しいしね。プロデューサーの宮永さんが、もっと闘ってもよかった。あのときの失格の顚末が、きちんと書かれてもいいとは思っていた」

「わたしには、もう少し個人的な記憶もたぐってみたいという気持ちがあるんです。わたしはスポンサー派遣だったから、完全に部外者です。だから、わたしの目には見えていなかった関係やドラマもいくつもあったんだろうと思って。正直なところ、そういう部分も、自分自身の映画祭体験、映画祭証言としてまとめられたらまとめてみたい」

「本にするってことですか？」

「自分のブログに」

「藤原真智は自殺したけれど、存命の人間が何人もいる。プライバシーの侵害にならないといいけどな」

小坂部は何か牽制している？　あの夏ベルリンでどんなことがあったか、裕也の知らないようなことを自分は知っている、と小坂部は言ったのか？

「それにしても」と小坂部が言った。「本庄さんからのメールで、安西早智子の消息を知って、いろいろ思い出しましたよ。ベルリンのあと、完全にリタイアしてたって知らなかったけど、残念だなあ」

「お孫さんから聞きましたけど、結婚せずに女の子を産んでシングルマザーとして生きたと」

「勇気のある女性だったんだな。雰囲気は、むしろ柔らかい印象だったけど」

裕也は真紀の知りたがっている真実の部分も明かした。

「安西早智子のお孫さんは、舞台女優だけど、お祖父さんが誰か、知らないんだそうです。安西早智子は、誰にも語らないまま亡くなったとのことでした。なんとなく、『逃げた祝祭』の関係者が、自分の祖父なんじゃないかと信じているようでしたね」

「根拠でもあるんだろうか？」

「自分の母親の誕生日から逆算すると、七六年のベルリン映画祭のころが受胎の日らしいそうです」

小坂部は真顔になった。

「おれは安西早智子とは何もなかったですよ。それが気になるなら」

裕也は小坂部に笑みを見せた。

「そうは思っていません。監督とのあいだに何かあったのなら、安西早智子はべつに、子供の父親が誰か隠すことはなかったでしょう」

少し嘘をついた。裕也は、その可能性は多少はあると思っている。ベルリンのあの夏の、濃密で誰もがかなりハイであった祝祭的な時間のことを思い出せば、あのとき一緒にいた男にはすべて、その可能性はある。医学的に否定された男は別として。たとえいま小坂部本人が否定したとしてもだ。

小坂部がかすかに不安げに裕也を見つめてくる。自分の言葉を信じてもらえたかどうか、案じているかのような目だ。

裕也は言った。

「お孫さんも、もしやわたしが祖父ではないかと、ストレートに訊いてきましたよ。血液型を言ったら、祖父ではないとわかったようでしたが」

「おれはA、ってことを言っても、判定はつけられないんだろうな」

小坂部がロビーの隅の応接セットを示した。裕也たちはそこに歩き、向かい合って椅子に腰をおろした。

小坂部が話題を変えて訊いてきた。

「栗橋って覚えてる？」

「ええ。藤原真智の恋人ですよね。ロック・ミュージシャン」

「手癖の悪い男だったけど、いまどうしているんだろう？」

「監督は知らない？」

「全然知らない。ロックをやめてしまったのかな。音楽業界にまだいるのかどうか、誰かに聞いてみよう」

「手癖が悪いって、ベルリンで何かやったんですか？」

「たぶん、だと思うけど、窪田の恋人を口説いたはずだ」

「パリから来たあのひと？」

「そう」

「フルネームを思い出せないんですが」

「ツノ、ツノメグミ、だったかな」

そうだった。漢字も思い出した。津野恵《つのめぐみ》だ。

「じっさいはどうだったんです？」

「わからないけど、藤原真智の自殺とは何か関係があるのかもしれないという気になってきた。亡くなった当初は、映画がお蔵入りで、彼女のキャリアに傷がついたかと、責任も感じていたんだけど」

「そのあとの映画女優としての生き方に、意欲満々でしたものね」

レッドカーペットを歩くときの藤原真智の様子を思い起こした。いわば映画祭の初舞台であったのに、藤原真智は野心で輝いていた。なかなかに堂に入った貫禄とさえ、裕也は感じた。ベルリンにいるあいだ、映画がトラブルとなって宮永が対応に追われているときも、藤原真智には自分の未来を悲観する様子は微塵もなかったが。

そこに、録音作業の関係者だろうかという雰囲気の若い女性がやってきた。

彼女は小坂部に言った。

「五分後に、再開です」

「オーケー」と小坂部。

その女性がロビーの奥に戻っていってから、裕也は訊いた。

「ほかにも、そういう事件ってありました？」

「いまそれだけを思い出した。もっと何か目撃していたかもしれない。そのときは、たいした意味あることじゃないと思っていたものとかね」

小坂部が腰を上げた。

「行かなきゃならない。何か思い出したら、メールしましょうか」

「お願いします。『逃げた祝祭』の再公開のときに、もしかしたら使える情報かもしれませんし」

「そうですね」それから小坂部は訊いた。「原作の窪田順さんとは、おつきあいはありますか？」

「いいえ。まったく」

「おれは数年に一回、飲んだりしてるんです。ここしばらくは会っていなかったけど、去年、あるパーティで会った。彼とは会う気はありますか？」

「先方さえ問題ないなら」

「彼にメールしておきましょう。彼も『逃げた祝祭』の再公開はうれしいはずだし」

「ぜひよろしくお願いします」

スタジオのほうに消えた小坂部を見送ってから、裕也は思った。自分もここでは業界人的な押しを出してしまった。小坂部のまとう雰囲気にすっかり感染してしまったようだ。

4

大宮真紀からまたメールがあったのは、監督の小坂部と会って二週間ほど経ってのことだった。両親の住むつくば市に帰っていたとのことだった。

真紀は書いていた。

「母は祖母の遺品を整理し、ギター以外は、ホームボックス（コンテナーと言うのでしょうか。

衣類を収める樹脂の箱です）にまとめていました。わたしももう一度見てみました」

写真アルバム、家族や友人たちとやりとりした手紙、作詞作曲に使っていたノート類、自分自身について書かれた音楽雑誌や新聞の記事のスクラップブックなどがあるという。手帳も数冊あった。ホワイトカラーが使うようなスケジュール管理用のものではなく、一般的な手帳サイズの雑記帳だが、住所録もついていた。高校を卒業してから子供が生まれて五、六年までのものだった。


リストを書くように真紀は祖母の遺品を並べていたが、その最後に書いていた。

「こうした品々は、母もまた一点一点吟味していたはずです」

真紀の母も、父が誰かを伝えぬままに母が逝ってしまったので、遺品に何か手掛かりを探そうと懸命だった。社会人になってから、住所録にある母の友人たちを数人、直接訪ねて、母、つまり安西早智子から、父のことを聞いていないか訊いていたという。

中学高校と親友だった女性も、大学時代の友人やボーイフレンドも、それが誰か知らなかった。訪ねた誰かの中に、それを隠した者がいたのかもしれないが、少なくとも真紀の母は、交遊があったうちの、このひとは隠している、知っているはず、と特定できてはいなかった。

真紀はメールの最後に書いていた。

「母が探し当てることができなかった以上、自分にはなおのこと難しいこととはわかっています。本庄さまのお力添えで、なんとか祖父にたどりつけたらと願っていますが、もしご迷惑になるようでしたら、お知らせください。これ以上、本庄さまを煩わせることはいたしません」

本庄裕也は、すぐに返信した。

「あのベルリンに行った映画監督、小坂部卓さんと会いました」

フィルムが発見されたことで、自分もあの不幸な映画について知っていることをまとめたい気持ちになっている、とメールしたのだと。監督の小坂部は七十代という年齢でも壮健で、いま新作映画の仕上げにかかっているところだったとまず伝えた。

監督は、安西早智子さんがベルリンのあとほどなくして引退していたことを知らなかった、とも伝えた。もちろん、故郷の茨城に帰って、未婚のまま女の子を産んでいたことも。

真紀さんと会ったことを伝え、真紀さんが自身の祖父を探している事情を伝えると、小坂部監督も自分ではないと否定した。ちなみに、彼の血液型はAとのことだ……。

小坂部監督も、『逃げた祝祭』のフィルムが発見されたことで、当時のことをできるだけ思い出そうとしている。会ったときには、とくに安西早智子さんの交遊や行動について思い当たることはないそうだったけれど、思い出すかもしれない。

裕也はそのメールをこう締めた。

「自分は次に、映画の原作者である窪田順に会おうと思っています。その後つきあいはなかったけれども、小坂部監督がつないでくれると言っている。会って、できるだけあのベルリンの日々のことを思い出してもらおうと思っています」

そのメールを送ってから、裕也は椅子を回し、寝室の棚に目をやった。

ひとり暮らしになってから、裕也はこの集合住宅の中の模様替えをしていた。ふたりの写真や、妻の遺影はあるが、妻の遺品をいくつも飾ったりはしていない。妻の指輪や愛用していた時計、LPやCD、学生時代まで使っていたフルートなど、彼女を思い出すよすがとなるものを残してあるが、服や靴、鞄などは処分した。手紙のたぐいもだ。

妻は日記はつけていなかったが、勤めていた当時の手帳は残っていた。その手帳も処分している。スマホと、仕事で使っていたノートパソコンは処分していない。

彼女の若い時代のアルバムはある。でも、結婚するときに、彼女はたぶん自分のボーイフレンドとふたりで写っている写真などは処分していたはずだ。確かめたことはない。何かの拍子に妻が開いて見せてくれたときでもなければ、自分は妻の写真アルバムを見たことはなかった。

妻が亡くなったのは二年前だ。腎臓ガンで、発見されたときはすでにステージ4だった。八カ月治療を受けた後に妻は亡くなった。

彼女は裕也のふたつ目の勤め先である広告代理店の同僚だった。販売促進のプランナーで、知り合った当時は化粧品を含め、婦人用の商品の販売促進事業を受け持っていた。出張も多い仕事だった。

数年間つきあった後に、とくに同棲する期間も持たずに結婚した。それまで彼女が社会人となってからも何人かの男性とつきあっていたことは知っていた。自分自身もそうだった。それでも結婚相手としてはお互いを選んだのだ。裕也は結婚前の彼女の最後のボーイフレンドの名を知っていたし、妻もそうだ。結婚を決めたときは、とくに修羅場めいたこともなく、互いにもうひとりときれいに別れて、結婚したのだった。

妻が残していた手帳には、つきあっていたボーイフレンドとのデイトや旅行の予定も書き入れられていたろう。住所録も同じで、書き込まれた名の中の幾人かは、ボーイフレンドだろう。スマホとノートパソコンにも、妻の以前のつきあいの痕跡は残っているに違いない。

しかし裕也は、妻が亡くなった直後にスマホをその興味でのぞいたこともなかったし、ノートパソコンのファイルを開いたこともなかった。腎臓ガンが見つかったときに、妻は必要な情報をすべてプリントアウトした。亡くなったときにすべきこと、連絡してほしい相手、葬儀の様式、遺品の処分法、そうしたことをだ。裕也はそれに従って葬儀をすませ、葬儀のあとの手続きも終えたのだった。

同年配の知り合いのあいだで、それぞれの配偶者の過去や秘密のことが、話題になったことが何度かある。たいがいは、妻が自分の知らない人生も持っていたと知った、というものだった。でも、それらの話題のときに裕也はいつもいぶかったものだった。そんなことを知ろうとしてどうする？　何の意味がある？　知り合っていない時期に配偶者に自分の知らない人生があったのは当然だろう。そんなことに、どうしてそれほど執着する？　自分はしないだろう。そして、じっさいしていない。

自分は妻の人生に無関心すぎたのだろうか。自分は、日本の男一般とは違った結婚観を持っていたのだろうか。ごく親しい友人たちは、自分と似たようなものだという印象もあるのだが。

妻は、不都合な記録がもしあったとして、それはやはり結婚前に消去するなり処分するなりしていたのではないか？　だからアルバムも手帳も、裕也が開いて読める状態で彼女の書棚に収まっていたのだ。もし記録が残っていたとしたら、それは裕也の許容範囲のものだけのはずだ。裕也には、妻が学生時代に誰とどんなつきあいをしていたか、詮索する趣味も関心もなかった。何が出てきたところで、妻との関係は変わらない。

自分が妻の持ち物を調べて、妻の秘密や知らなかった過去を発見した体験がないから、正直なところ真紀が祖母の遺品をつぶさに見ていったところで、あえて祖母が秘密にしてきた事実など何もわからないだろうと思えた。なにより真紀の母親もかなり細かく手帳や日記や手紙を読み込んでいたはず。それでもわからなかったのだ。それらの遺品の中には、手掛かりは何もないのだ。

そこまで考えてから、裕也は考え直した。

自分の娘が精査してみても特定できないまでに、真紀の祖母は記録を完全に消したのか。相手の男のことは、娘が読み取れる状態の記録としては残っていなかった。消去、削除、あるいは処分は完璧であったことになる。

ひとりの女性が未婚のまま子供を産むと決めたとき、そこまでして子供の父親の記録を消す必要はあるだろうか？

真紀の話では、祖母は母に、大人になったら話すとまでは約束していたとのことだった。つまり墓場まで持ってゆく必要はなかった秘密なのだ。

もっと言えば、安西早智子は未婚の母として子供を産むことを、受け入れていたように感じられた。男に対して、恨みや未練があったようではなかった。安西早智子は冷静に、結婚せずに子供を産むことを決め、東京から故郷に帰って子供を産んだのだ。

裕也は、手元のメモ用紙に書きつけた。真紀の言葉でははっきりしていなかった事実。自分が聞き漏らしたのかもしれないが。

東京で安西早智子の住んでいた場所。

そこを引き払った時期。

故郷に帰ったと聞いたが、それは実家にという意味だったか。誰か親族の家にでも身を寄せたか。それとも水戸でひとり暮らしを始めたのか。さすがに出産時は、ひとり暮らしではなかっただろうが。子供を産んだ後の生活費はどうしていたのか？

そしてもう一度、相手の男の手掛かりがない理由について思いをめぐらした。

若くして亡くなった安西早智子は、父親が誰か手がかりになるような記録を残していなかった。なぜそこまで徹底した？　そこまで隠し通そうとした？　それほどまでに、成長する前の娘に父の名を隠したかった理由はなんだろう？

また、安西早智子は急逝だったのだろうか。それとも、いわゆる終活をするだけの時間の猶予のある最期だったのだろうか。

後者だとするなら、なんらかの理由があって、自分が逝くまでのあいだに手掛かりをすべて消すことはできたろう。その時点では、父親の名はやはり伝えないほうがよいと判断して。

でもその理由が思いつかない。自分の推理自体が、かなり混乱してきている。

先日も、真紀と話したあとに考えたが、成長した娘にも父親の名を教えたくない合理的な理由に、どんなものが考えられる？

裕也はいったん寝室を出て、台所でコーヒーを淹れる準備を始めた。

コーヒー豆を電動ミルで挽き、ドリップ式で淹れる。

自分がコーヒーを好きになったのは、大学に入って喫茶店に通う習慣ができてからだが、豆の区別ができるようになったのは、大学一年のときに知り合った女の子のおかげだった。彼女は当時二十歳だったから、女の子、と呼ぶのは、いまの感覚ではまずいか。しかし、正確には二歳年上の彼女は、あのころの自分にとっては「つきあっている女の子」だった。

千川《せんかわ》のコーヒー専門店で働いていて、ウエイトレスだったけれども、ときどきは彼女自身も店主に代わって淹れることがあった。彼女のアパートでも、二度、彼女が挽くコーヒーをごちそうになった。コーヒーの淹れ方は、彼女から教わったようなものだ。最初のころのコーヒー豆の好みも、彼女の影響が大きかった。

彼女目当てに通ったわけではけっしてないが、そのコーヒー専門店の向かい合いの二人席に着いて、キネマ旬報や映画芸術を読むのが、週に一度ぐらいの習慣になった。あるときその女の子が、コーヒーを持ってきたときに、テーブルの上の雑誌の表紙を見て言った。

「映画好きなんですね」

「ああ」裕也は彼女を見上げて答えた。「よく観るほうです」

最初のときの会話はそれだけだった。

次に店に行ったときに、また彼女が言った。

「ドレミの歌の映画、観たけど、好きですか？」

『サウンド・オブ・ミュージック』のことだろう。

「ああ、面白かったですね」

「ヨーデルの歌も面白かった」

その次のときに、彼女のほうから誘ってきた。

「映画、連れていってくれません？」

「いいですよ。何を観ます？」

「おまかせするけど、一本立てがいいです。二本立ては飽きる」

「都合のいいのは？」

「次の月曜」

「三時過ぎに新宿で待ち合わせますか」

「いいですよ」

そうして、短いつきあいが始まったのだった。

彼女とは、すぐにお互いのアパートを訪ねる仲となった。でもつきあっていたのは、四カ月かそこいらだ。四カ月目くらいに映画に誘って、約束があると断られて終わった。

彼女には、自分が退屈な男にみえていた自覚もあったから、さほど落胆もなく、自分はあの別れを受け入れることができたのだった。

彼女のことは、自分はどこかに記録を残したろうか。大学生のころの住所録など残っていない。観た映画のタイトルは厚手のノートに記録していたが、つきあった女性のことは手帳にも記してこなかった。しかし逆に、観た映画のタイトルから、この映画は誰と観た、と思い出せる。

彼女と観たのは、最初が『太陽のかけら』で、二度目は『かもめの城』だ。

前者はスウェーデン映画で、成人指定だったろうか。大胆なセックスシーンがあると評判だったが、観てみると日本の配給会社はその部分を、フィルムを反転させてネガの状態で上映した。劣情など催しようもない画面になっていた。映画を観たあと、裕也は自分の部屋に彼女を誘い、彼女も承諾し泊まっていった。

後者は、深田芳恵が好きだった『シベールの日曜日』の少女、パトリシア・ゴッジの主演した映画だった。喫茶店の彼女は、つまらなかった、と感想をもらした。自分にはむしろ『太陽のかけら』のほうがつまらなかったのだが。

一緒に観た映画を思い出したのに、彼女の名前が思い出せなかった。長いこと忘れていたことだったけれど、こうまで完全に自分の記憶から消えていたとは。

映画を観た前後のことを思い出そうとしているうちに、彼女の名を思い出した。さとみだ。でも苗字までは、思い出せない。

さとみから教えられたとおりの手順でコーヒーを淹れてから寝室に戻り、また棚を見つめた。自分の手元にあるものの中に、いま自分でさえその名を忘れていたような、つきあいのあった女性の痕跡は残っているだろうか。手紙はない。終わったときに、処分している。ふたりで撮った写真もだ。あの白子海岸での記念写真のように、ほかに誰かが写っているような写真は別だが。

自分が臨終のとき、と裕也は冗談っぽいことを想像した。いたずらで、あるいは錯乱で、自分にはじつは別に子供がある、と息子や姉弟に漏らしたとき、彼らは自分の遺品からどれだけの自分の若いときの生活や関係を探り出すことができるだろう。つきあったことのある女性のひとりとして、さとみにはたどりつけるだろうか。

さとみのことは、大学の友人たちも知らなかったはずだ。紹介したこともない。手紙のやりとりもしていないし、一緒の写真も撮っていない。誰もさとみにはたどりつけない。

白子海岸での写真に写っているあの彼女の存在は、わりあい容易に発見されるだろう。公認の仲だった時期があるのだ。裕也の大学時代の友人たちまで訊きに行けば、その名はきっと出てくる。裕也の映画仲間のひとりだと浮かび上がる。恋人同士だった時期もあったようだ、とまで推測できるかもしれない。でも、どのような経緯でその関係が終わったかまではわからない。もしかすると、それ以前の段階の、このひとは何者？という疑問が出る程度のところで、リサーチは行き詰まるかもしれない。

つまり、こう言える。

安西早智子と同じ程度に、自分も不可解なのではないか。それなりに謎めいているのではないだろうか。平凡なホワイトカラー人生を自分は送ってきたが、生活から陰も裏も消えて周囲に大部分が可視化され、公的な記録にも残ったのは、三十歳以降のことのはずだ。

コーヒーを三口飲んでから、裕也はあらためて簡単なメモを作りながら考えた。

安西早智子が自分の娘にも父親の名を教えなかった理由。

ひとつは、父親が誰か安西早智子自身が知らないということだ。

短い時間に、彼女は何人かの男と性関係を持ったか？　相手を深く知る前にだ。二十代なかばの女性が生まれて初めて外国に行ったとき、多少ハイになって羽目をはずしてしまうことは想像できないわけではない。ベルリンで、それがあった？

かなりワイルドなパーティに出たことも考えられるだろうか？　あの時代、スウェーデンから始まっていた性解放は、ヨーロッパの北の国々ではかなり広まっていたはずだ。イギリス人の作家の回顧談を読んだ記憶があるが、イギリスでは、ロックシンガーたちの世界を別にすれば、それは七〇年代に入ってからだったという。六〇年代のイギリスでは、中産階級の女性は結婚式を処女で迎えるのが当たり前だったのだ。

あのときは七六年で、ドイツの北緯五十二度、それも壁に囲まれたベルリンという、ひとがともすれば夏のあいだ性的に解放感を求めがちな都会であればなおさらだ。自分の小さな体験からでも、それがあってもおかしくはないと想像ができた。そしてその場には、日本人もいたのか。

つぎに考えられるのは、性被害か？

彼女はベルリンで暴行に遭った？

いや、そんなことがあったら、同行した女性の誰かが間違いなく異変に気づいていたはずだ。

受胎の日が、ベルリン国際映画祭と重なる、という真紀の読みはどうだろう。裕也たちがベルリンにいたのは、七、八日間。必ずしも医学的にそれほどぴたりと受胎日と出産日が決まってくるわけではないだろう。早産もあれば逆もある。東京で早智子が誰かの子を宿したのだと考えても不自然ではない。それは帰国後であったかもしれない。

あの時代、ライブハウスで歌うシンガー・ソングライターの女性にボーイフレンドがいるかどうか、周囲の者が知らないということはありうるだろうか。

十代の少女アイドルならいざしらず、二十代なかばのシンガー・ソングライターが恋人の存在を周囲に隠さねばならない理由はない。べつにファンの前で公言する必要はなかったにせよ。

安西早智子の場合、恋人がいることを公言するのは恥ずかしい、もっと言うなら、それははしたない、と思う気質があったろうか。故郷の水戸の感覚ではどうだったろう。

かなり保守的な家の育ちだったとして、親には内緒であったとしても、親友には、あるいは仕事仲間には、話していたのではないか。なのに真紀の母親の久美子も、東京で安西早智子がつきあっていた男がいたかどうか、それが誰かを突き止めてはいない。少なくとも同棲の痕跡はなかったようだ。あればとうに、早い時期にそれが誰かを特定していたに違いない。

だから真紀は先日、とつぜんにそれがベルリンで起こった可能性に思い至ったのだ。

やはりこの時期と場所は、決定的だろうか。

七六年ベルリン国際映画祭。

その会期は、六月二十五日から七月六日まで。

裕也たち『逃げた祝祭』の関係者が滞在したのは開幕式前日の二十四日から、失格発表後、撤収を決めて全員分の帰りのチケットの取れた六月三十日までの七日間。

夏至の直後の、日本人の感覚では、いつまでも夜にならない、いつまでも夜が暗くならない季節の、ベルリンだった。

でも、男のほうが、自分の痕跡を残すことを嫌っていたとしたらどうだ?

つまり不倫であるとか、女たらしであるとか。そういう事情で、久美子の探索ではわからなかったのか?

そのような場合は、安西早智子は久美子に父親の名を明かすことを躊躇するだろう。いや、けっしてその名を明かすまいとするだろう。

相手はそのような男だった?

違う、と裕也は小さく首を振った。

それほどに唾棄すべき男であったならば、中絶という手があったのだ。自分の持っている安西早智子の印象から、そしてやはり真紀から聞いた印象でも、安西早智子は自分が過ちをおかしたと気づいたとき、手術をいとわなかったのではないか。

女性が子供の父の名を、両親はもちろん親友にも明かせない場合とは、あとは男のキャラクターに問題があったときだろうか。性交渉のあったときには知ることもできなかった一面が、その後見えてきたとか。

男は犯罪者?　それも累犯者か。犯罪歴はないにしても、社会的性格破綻者だったかもしれない。

病気?　薬物や賭け事の依存症とかも含め。もしそうであったとしても、交際していた事実まで消去するほどのこととも思えない。自分の感覚では。

レイシストや女性・弱者差別主義者であったか。男気のある、と見られがちな、さっぱりとして竹を割ったような性格の男は、男中心の実社会ではけっこう評価される。でもそのような男はしばしば、つきあってみると外国人蔑視がひどかったり、弱者差別主義者であったりしないでもない。ふつうの社会常識を持った女性であれば、そのことに気がついた時点でその男から離れる。安西早智子の場合、気がつくのが遅すぎたか、嫌悪したり蔑んだりするには相手の欠点は極端なものではなかったか。

性的に異常な性癖を持っていた男、の可能性もないではないだろう。一度目はわからなくても、つきあいが深くなってゆくにつれて見えてくる、受け入れ難い性癖があったのかもしれない。ことパートナーの異常な性的嗜好の問題は、親友などにも相談できるものではないような気がする。

裕也は安西早智子の風貌を思い起こした。

歳相応の日本人女性の顔だちだったように思う。幼くはない。少なくとも、ペドフィリアの男が好むような顔だちではなかった。むしろいくらかは大人っぽく見えるときもあった。短い時間だけの印象であるが。

あと、ほかに、男のどのような性癖が安西早智子には受け入れ難かったか、想像するのもうんざりだった。

真紀の話で知る、母親久美子が持っていた確信では、安西早智子が子供を産んで育てていることを、男のほうは知っていたかもしれないのだった。

裕也には、久美子の人生の節目節目のチョコレートが父親からのお祝いであるとは断定できない。ただ、あらためていま父親がどんな男か考えた可能性の中では、彼が自分の子供の成長を祝う品を匿名で贈る必要はないと思える。安西早智子のほうも、娘に父親の名を明かすことを避ける理由はなかったと感じる。自分たちはいろいろな事情で結婚しなかった、あるいはできなかったと、正直に話してどんな不都合があったろう。

少なくとも、激しく嫌悪することになった男でない限りは、名前くらいは、あるいはどんな男かという程度のことは話せたはずだが。

となると、やはりあのチョコレートなどの贈り物は、父親からのものではなかったのだ。

いや。

もうひとつ、可能性に気づいた。

安西早智子は、子供の父親と連絡があった。娘にお祝いを贈ってくれることを承認していた。ただ、子供が成長するまでその名を明かすことだけは避けた、ということか？　でもなぜ？

男が犯罪者だった場合はどうだろう。刑務所を出るのが娘の成人後のことであったから、小さなうちは秘密にしておこうとした？　父親が犯罪者であり刑務所に入っていた事実に耐えられるようになるまで。

裕也はそのキーワードを記した。

犯罪を犯した。収監中。

この推理はありかもしれない。

それとも。

男の側が、時間を区切って、それまで結婚は待ってほしいと請うたと考えるのは非現実的か？

男が入り婿であったような事情で、すぐには離婚、再婚が難しかった場合、時間をくれないかと頼むことはあるような気もする。別れるための方便にも使えそうな理由ではあるが、たとえばいまの家庭の自分の子供が何歳になるまでは待ってくれないか、と請うのは？

ありえないか。少なくとも安西早智子は、それを承諾はしなかったように思える。

相手が妻ある有名人で、しかも不倫をした事実が発覚した場合、社会的に抹殺されてしまうような地位にいた男の場合はどうだろう。

スキャンダルになっては、相手のキャリアをつぶすことになるから、と、安西早智子は、それほどに相手の立場に配慮した。配慮しなければならないほどの人物だった？ 恋の成就も、結婚もあきらめて。

男の社会的地位は、そのように結婚をあきらめ、子供にもその名を隠す理由になるだろうか。相手に妻がいて家庭があった場合は、相手の家庭を壊すつもりはなく、その子を産む。いずれは、自分のシングルマザーとしての暮らしも安定し、そして情熱も冷めて、もう相手の家庭を破壊することはないと確信できたころに、子供にその名を明かす。

そのケースなら考えられるか。

男が誘惑したような知り合い方ではなかった場合、いやむしろ女性の側が相手に妻子があることを承知で積極的になった場合、子供ができたとしても身を引くことはありうるだろう。自立している女性ならばなおさらだ。

もしかすると、男の妻のほうが社会的には夫より「高い」地位にあって、ビッグネームであったか。

その場合、安西早智子は相手への愛情ゆえに、彼の立場、社会的地位を守ろうとしたのかもしれない。

それにしても、と裕也は自分の疑問が堂々巡りしていることを意識しつつ、また考えた。

安西早智子があの年のベルリンで身ごもったとして、その相手はやはり映画祭に来ていた映画関係者と考えていいのだろうか。『本陣殺人事件』か『愛のコリーダ』の関係者の中に、その人物はいたか。ベルリンに取材に来ていた映画ジャーナリストも、相手である候補の中に入れていい。ただ、そうした関係者だとして、そのころ無名のシンガー・ソングライターである安西早智子が接触できたのが、当時のビッグネームとは考えにくい。

いや、逆だろうか。

接触の機会は少なかったとしても、むしろ才能があり、その場にいて誰よりもオーラを放っているほどの男でなければ、安西早智子は惹かれなかったはずだとも考えられる。

ビッグネームか。

裕也は書棚を見た。

映画関連の書籍の多い書棚だった。映画監督の自伝、関係者の回想、監督論、研究書、評論集、それに映画レビュー関係の書籍がわりあい多かった。著者は、日本人か外国人かは問わず、映画愛好家であればその名は知っているか、雑誌やネットでその文章は読んだことがある、と言える人物ばかりだ。少なくとも裕也の書棚にある書籍の著者はそうだ。

しかし、映画の世界は、こうした関連書や研究書にも名が現われない者のほうが圧倒的に多い。いまでこそハリウッド映画はユニオンの要求により、クレジットには携わった関係者の名がずらりと並ぶようになったが、以前は『地獄の黙示録』のように、クレジットのない映画作品さえあったのだ。一本の商業映画が作られるとき、そこに関わる人間の数は、お芝居や本とは桁が違うくらいに多いのだ。

言葉を換えて言えば、名前が一般にも知られ、研究書にも記され、あるいは芸能ジャーナリズムなどで動向が注目されたりするのは、映画の世界の人間のごく一部だ。商業映画に限っても、監督、主演級かベテランの俳優と、脚本家、作曲家、ぐらいまでだろう。ときに撮影とか美術、SFXの監督の名も、話題になることはあるかもしれない。いずれにせよ、圧倒的に少数だ。一般には名が知られることもなく、しかし映画制作の仕事を続ける関係者のほうがずっと多い。

だから、映画祭の報道記事などに名の出た関係者の数よりもずっと多い人数が、ベルリンにはいただろうと想像できるのだ。自分たちのチームにだって、藤原真智のマネージャーや、通訳がいて、原作者・窪田順がいて、自分がいた。さらに映画とは直接の関わりはなかったけれども、藤原真智の恋人、原作者の恋人もいた。

書棚を眺めていて、もう一度同じ疑問に戻る。

そのときベルリンにいた日本人だとして、誰だ?

そして安西早智子は帰国後、その彼とは交際を続けなかったのか? 娘久美子が調べても、帰国後出産までの時期に、つきあっていた男性は見つかっていなかったようだ。手紙の類もなかったのだろう。

住所録の中には、あるいは電話番号簿の中に、それと疑える人物の名はなかったのだろうか。

もし帰国後、交際することがなかったとしたら何故だ? それは、安西早智子が彼の名を周囲にも、娘にも隠した理由と重なるか。

彼と知り合った事情の特殊性、特異性。彼の属性。社会的地位。

そして、男の側の、結婚できない、あるいは交際を続けられないきわめて深刻で重大な事情。

これについては、裕也はまだそれがどんなものか、十分に検討できていないが。

安西早智子と男とは、やはり結婚の約束をしていた？

条件が整うまで、結婚はしない。できない。子供は安西早智子が当面ひとりで育てる。時期が来たら結婚する。

その時期とは、おそらく数年という単位のものだった。だから安西早智子は待つことができた。でも、その時期は延びた。理由はわからないが、おおかた、と雑駁に言ってしまえば、男のほうの問題だろう。安西早智子も、約束が果たされないことを受け入れるようになっていった。そうしてついに結婚できないまま、安西早智子は亡くなった。そういうことか？

結婚の約束をしていたのなら、気になっていた件、生活費の問題も解決するか？　未婚の母のあいだも、男から経済的な援助はあったのかもしれない。

遺品の中に、預金通帳はあったのだろうか。七〇年代と言えば、誰か個人に遠くからカネを送る場合は、銀行への振込ではなく現金書留を使うのがふつうだったろうか。でも現金書留が定期的に届いていたのなら、安西早智子が誰かと同居していた場合、その同居人に知られないはずはない。

久美子にチョコレートが届いていたのは、成人になるまでということだったか。娘にはチョコレート、その母親には生活費だったのかもしれない。こんど真紀に会ったときには、それを確かめてみよう。

コーヒーを飲み終えたところでＰＣのメーラーを開くと、小坂部卓からのメールが届いていた。

5

まだ夕方五時になったばかりのそのホテルのバーカウンターには、客がひとりいるだけだった。バーテンダーの視線で気がついたか、その客が入り口のほうに身体を向けてきた。スーツ姿の七十男。

窪田順だ。

ベルリン国際映画祭に行った男のひとり。『逃げた祝祭』の原作者。執筆量こそ少なくなったようだけれど、まだ現役で書き続けている。

写真はときおり、作品の広告とかで観ていた。こんども裕也はネットで彼を検索し、最近の顔を確かめてきていた。

全然変わらない、と思えた。もちろんほぼ五十年の時間が、彼の風貌を変化させなかったはずはないのだが、自分の知っていた窪田順の顔といまのその顔は、滑らかにつながっている。小坂部ほどではなかったが、彼も髪を伸ばしていた。かなり白髪の混じる長髪。鼈甲縁の眼鏡をかけている。少し太っていた。

窪田には、小坂部からメールが行っていた。あの会社の宣伝部員でベルリンに一緒に行った本庄裕也さんが、『逃げた祝祭』映画祭失格の顚末について書くと言っている、と窪田に伝えておいてくれたのだ。

小坂部から教えられた窪田のメールアドレスにまず裕也がメールを出し、数回のやりとりの後にこのバーで会うことが決まった。

その日は、文壇の何かのパーティがあるとのことだった。会場は日比谷、六時からで、四十五分でよければと窪田が時刻とこの場所を指定してきたのだった。

窪田は、スツールから立ち上がらずに、裕也に言ってきた。

「四十七年ぶりですか」うれしそうだ。「ベルリンの同志と会えるなんて」

「同志ですか？」と、裕也はあいさつしてから彼の左側のスツールに腰をおろして言った。「添乗員みたいなものでしたが」

「あの中傷や攻撃に対して一緒に戦ってくれた。同志ですよ。ほんとにお懐かしい」

窪田が訊くので、簡単に近況を伝えた。すでにサラリーマン人生は終わり、いまは趣味の映画を観て、ときおりレビューを書く日々であると。

裕也がビールを注文し、グラスが出たところで乾杯して、本題に入った。

「『逃げた祝祭』のフィルムが見つかった件、ご存じですよね」

「ああ」と窪田はうなずいた。「国立映画アーカイブがデジタル化するらしい。著作権はどうなっているのかな。ＤＶＤ化とか、ネット配信にはなるんだろうか」

「プロデューサーの宮永さんが生きていたら、そのあたりはどんどん進められるでしょうが」

「とにかくひと目に触れてほしいよ。わたしの記念すべき初映像化作品だ。映画祭出品でケチはついたけど、悪い作品じゃなかったんだ」

「そのベルリン国際映画祭のケチのついた顚末を、文章にして残しておこうと思っているんですが、かまいませんか？」

「かまうも何も、本庄さんが書くことにわたしの許可なんていらないですよ」

「窪田さんが本名で登場します」

「原作者だ。匿名にするのも変です」

「当時の恋人のことも、書いていいですか？」

「津野恵のこと？」

「ええ。原作者の彼女は、パリからベルリンにやってきた、と書いてかまいません？」

「わたしはいいよ。結婚は半年しか持たなかった。古い話だ」

「津野さんと、結婚されていたんですか？」

裕也は安西早智子のその後についてと同様に、あのときベルリンに行った面々のその後をろくに知らない。監督と主演の島崎についてだけは、関心もあったし、情報が耳に入ってもきていたが。

「ベルリンからいったん帰って、九月には結婚した。結婚式は、彼女の住んでいたパリだったんです。ほんの少しの友人知人、それに担当編集者が来ただけ」

「パリで暮らしたんですか？」

「いいや。ふたりで車でヨーロッパ旅行して、三カ月経ってから帰国でした」

「フィッツジェラルド夫妻を連想しますね」

窪田はうれしそうに微笑した。

「それを意識した。編集者たちがけしかけたせいもある」

「でも、半年の結婚生活？」

「新婚旅行が三カ月、新婚生活が三カ月だった。黒歴史です。なかったことにしている」

黙っていると、窪田が言った。

「理由は聞かないんですか？」

「そんなに短かったのは、どういう理由なんです？」

「性格の不一致、ということで協議離婚だった」

事実は違う、と言ったのだろうか。

窪田が訊いた。

「津野恵、どう思いました？」

少し言葉を選びながら答えた。

「モデルさんってみなそうかもしれませんが、アーチストでしたよね」

「常識人じゃないって意味ですか？」

「小市民じゃなかった。もっと言うなら、尖っていたし、飛んでいましたね」

「国際的なアーチストとか、クリエーターに激しく憧れる日本人女性だったんです。六〇年代のニューヨークにいたような。ウォーホルの周囲の女性たちとか。アート作品も作りたがっていた。いずれ映画も監督したいと夢を見ていた」窪田の口調には少し皮肉があった。「夢を見ているだけで彼女にはなんの才能もない、とは思えなかった。とりあえずモデルとしてはやっていけているんだし。わたしも、子供でしたから」

「クリエーター同士の結婚が、難しいものだったということですか？」

「彼女は、わたしを使ってアーチストの名も得ようとした。わたしの周囲の芸術家たちをずいぶん紹介させられましたよ。劇作家、画家、作曲家、キュレーター、編集者も。片っ端から、ガツガツとです」

「クリエーター同士の夫婦って、素敵じゃありませんか」

「勝手に自分の才能で仕事を広げていくならいいんですよ。離婚する理由で決定的だったのは、わたしの知らないあいだに、わたしの担当編集者に会って、絵本を作らせてくれないかと売り込んだことなんですけどね」

「応援しなかったんですか？」

「知らないあいだに、それをやられた。気がつきましたよ。ああ、彼女はわたしを利用するために近づいてきて結婚したんだって。絵本を書きたいなんて、それまで聞いたことはなかったんですから」

「ベルリンでは、そんな別れになる様子は全然ありませんでした。それこそフィッツジェラルド夫妻のように見えました」

「演出ですよ。そう見えるように振る舞った。お恥ずかしい話ですが。とにかくその絵本書かせてくれ事件で、わたしは切れた。それまでの性格の不一致問題が限界を越えた。別れる、出ていってくれと、言った、というか、要求したんです」

「協議離婚だったんですよね？」

「空爆みたいな離婚になった」

「どういう意味です？」

「廃墟が残った。その夜は警察沙汰になったんですよ。パトカーが来た。二日間ホテルに避難して、様子を見に帰ったら、引っ越しトラックが出てゆくところだった」

ふっと窪田は自嘲めいた鼻息をついた。

裕也は話題を変えた。

「そういえば、藤原真智さんの恋人だったミュージシャンが、ベルリンで恵さんを口説いていたようだったと、小坂部監督から聞きました」

「あ」と、窪田は漏らして微笑した。「そうだ、安西早智子さんの件ですよね。本庄さんが気にしてらしたのは」

「フィルム発見のニュースから、いろいろシンクロニシティが起こっています。安西早智子さんのお孫さんに当たるひとと先日会ったんです」

「彼女、ベルリンから帰ったあと、未婚のまま子供を産んだとか。監督からメールで聞きましたけど、わたしは父親じゃないですよ」

真顔だった。

「そうは考えてはいません。真紀ってお孫さんは、あのとき一緒にベルリンに行った男性の誰かが、自分の祖父だと考えていた。でも、映画祭にはほかの日本人グループも来ていたし、取材陣もいた。わたしは、『逃げた祝祭』の関係者にはいないんじゃないかと思っています」

「いるって思っている根拠は何なんだろう？」

「真紀って女性の母親の誕生日だそうです。受胎日が、ベルリンの日々と重なるらしい」

「十月十日《とつきとおか》ってやつ？」

「ええ」

「多少のタイムラグはあるでしょう。あのとき、そんな時間の余裕はありました？」

「みんな、忙しかったとは思いますが、わたしは公式行事の部分しか知りません」

「わたしは原作者だったから、多少余裕はあった。東ベルリンにも行きましたからね」

「安西早智子も、その程度の時間はあったと思います」

窪田は自分の目の前のタンブラーを持ち上げて、ウィスキーをひと口すすってから言った。

「女優っぽい美人じゃなかったけど、不思議な魅力がありましたね。ベルリンのホテルで食べているときも、いろいろ受け答えが大人で、頭がいい子だと思いましたよ。映画の中の、ライブハウスのやりとりもよかったな。彼女が、京都じゃなかったの？と訊く。美由紀が答える。行ってた」

「原作にはない台詞でしたね」

「そうだ、試写のときにね」窪田は、当時高名だった映画評論家の名を出した。「彼が、あのやりとりがいいねって言うんです。わたしはくやしく思いながら、あれは監督が書いた台詞なんですと種明かしした。監督の話じゃ、原典はアントニオーニだったんですって？」

「監督もそれを隠してはいませんでした」

「ラスト近くの、役の名前で言えば、ヒロキが安西早智子を丸ノ内線の駅まで見送るとき、夜の新宿通りを彼女がギターケースを手に提げて、歩道を向こうに歩いていく。ヒロキの視点でずっと彼女の後ろ姿を見せていて、彼女が歩きながら右手を挙げて振るんですよね。原作では振り返るんですけど」

「あのシーンは、ボブ・フォッシーかなと思いました。『キャバレー』」

「ヒロキが背をずっと見守っていたことがわかって、安西早智子もそれを承知している。そのうえでのさよなら。映画的で、よかったな。正直言うと、映画が出来たとき、あの小説は彼女を中心にして書いてもよかったと思いましたよ」

「安西早智子は本人役で出てきましたけど、原作ではあのダンサーのことですよね？」

「ええ。美由紀の親友の、マチ」

「そうか。マチという名前でしたね」

「主演の藤原真智の名前とかぶるんで、監督は安西早智子にはそのまんまの役で登場させたんでしょう」

窪田が裕也に顔を向けてきた。

「あのあとの藤原真智の自殺の真相って、何だったんです？」

裕也は首を振った。

「わたしもわかりません。何も聞かなかった。葬儀に出たわけでもなかったし」

「あのロック・ミュージシャンが恋人では、苦労したとは思うけれど」

「監督は、彼が恵さんも口説いていたようだ、と言っていましたね」

「ああ、その件だ。津野恵からも聞きましたよ。電話していいかと話しかけてきたと」

「彼は、安西早智子にも、そういうことをしたでしょうか？」

窪田は笑った。

「知らないけれども、やりかねない雰囲気はありましたね」窪田はとつぜんひとつ思い出したという顔になった。「朝、藤原真智が食堂に遅れてきたとき、先に来ていたあの男が、安西早智子に話しかけていた。おれがオリジナルを作ってやるから、歌っていいぞって」

「ずいぶんツボを突いた口説きかたですね。安西早智子はなんと返答していました？」

「聞こえなかった。話がはずんでいたという様子もなかったけど、どうだったのかな。あいつの名前は何だっけ？」

「栗橋涼一」

「どうしてるんだろう。八〇年代に入ったら、名前も聞かなくなったな」

「検索しても、出てきませんでしたね」

「アルバムも出していなかったのか？」

「出してはいなかったんでしょう。七〇年代のアーチストだと、ネットの記録ってそういうものかもしれません。そもそも藤原真智が出てきませんよ。『逃げた祝祭』の映画版についてウィキにはあって、出演者として藤原真智の名前はあるけど、藤原真智自身の項目は立っていないんです」

「かわいそうに」と窪田は首を振った。「わたしの映画に出たことで、彼女が呪われてしまったんじゃないといいけど」

「そんなことはないと思いますよ」

「胸を出しただけのベッドシーンで、体当たり演技、って書かれたんですよ。絶対に『愛のコリーダ』のほうとごっちゃにして、勘違いした馬鹿芸能記者が書いた記事だ。それが広まってしまったものな」

「観てもいないはずの記者や映画評論家にも叩かれましたね」

「あいつらは最低だ。このあいだも、新作の件でインタビューがあったけど」

「新作？」小説ではなくて、映画という意味か？　だとしたら、その件は知らなかった。

「二十年くらい前に出した『貿易風』って作品が映画化されたんです」窪田は監督の名を出した。有能と評判の若手だ。裕也は彼の作品を観たことはないが。「コンビニで働く聾唖の若い女性と、その恋人の物語です」

窪田は主演の男女優の名を教えてくれた。かろうじて名前だけは知っているという俳優たちだった。

「そうそう、島崎洋司さんも出ますよ」

島崎洋司は、『逃げた祝祭』の主演男優だ。ずっと映画で活躍し、いまは重鎮と言ってもいいくらいのベテラン俳優となっている。

「島崎さんは、主人公の女性の祖父さんの役なんです。映画自体は、小品です。九州の田舎のひと夏の物語」

「深く関わっているんですか？」

「いいや。原作を提供しただけです。好きなように料理してくださいと。もうじき試写会だ。招待しようか」

「お願いします」

「何を話していたんだっけ」

「芸能記者のことでしたか？」

「そうだ。インタビューを何件か受けたけれど、相手の三十代の映画記者たちがろくに映画を観ていないんだ。もう古典だろうってクラスの、六〇年代、七〇年代の。いくらでもネットで観ることができるのに」

「いまはとても追いきれないくらいに新作が出ていますから。ネット・オリジナルの作品も多いし」

「自分の原作を語るのに、いくつか例を挙げても、まったく知らないんだ。途方に暮れたな。わたしの年代だと、文学をやる者も映画はよく観ていたけれどなあ」窪田は裕也を見つめて訊いた。「ジャン＝ルイ・トランティニャンが亡くなったけど、彼の作品を一本選ぶとしたら？」

答えに悩む問いではなかった。裕也はすぐに答えた。

「『離愁』ですね。『暗殺の森』もいいけど、あれはどちらかと言えば、ベルトルッチの映画として語られる作品ですし」

「相手はどっちも観ていなかった。ジャン＝ポール・ベルモンドなら？」

「『いぬ』です」

「だよなあ。相手は『勝手にしやがれ』はよかったって言うんだけど、あれ、ベルモンド映画として、最高の一本ですか？」

「『いぬ』は、観る機会もなかったんでしょう」

「いいや。昔、三十年ぐらい前でも、トランティニャンは『男と女』がよかったって言う同業者がいた。ベルモンドは『ボルサリーノ』だとさ」

「数を観ていないだけなのかもしれません」

窪田はふいにスーツの内ポケットに手を伸ばした。着信があったようだ。窪田はスマートフォンを取り出して、画面を見てから言った。

「そろそろ行くけれども、映画祭のことを本庄さんが書いてネットにアップするのは、まったく問題ないですよ。プロの評論家たちも、その本庄さんの文章を引用して、再評価してくれるようにならないかな」

「再公開、されるといいですよね」

「安西早智子の相手探しのほうは、かなり真剣な課題なんですか？」

「お孫さんの女優さんに、相談を受けたというか、あの年のベルリン映画祭の話をしてあげた程度のことです。できる範囲で情報を探してあげようと思っています」

「お孫さんは、女優なの？」

「あ、舞台女優とのことでした。大宮真紀」裕也は真紀が所属している劇団の名を伝えた。「最近は映画にも出たとのことでしたよ」

「『貿易風』かな」

裕也は笑いながら首を振り、真紀が言っていた映画のタイトルを言った。

「『人形の街』ってタイトルでした。その公開試写会が昨年あって、そこに匿名の人物から真紀って女優さん宛の花束が届いていたそうです。真紀って子は、祖父は映画の世界にまだいて、この子は自分の孫だと気づいて花を贈ってくれたのではないかと考えています」

この件はむしろ、小坂部に話すことだったろう。小坂部が仕事中だったので、ここまで話すことはできなかったが、もしかしたらこの件を聞いて、小坂部は業界の人間のひとりとして何か思いついたかもしれなかったのだ。小坂部には、あらためてまた会う必要があるかもしれない。

窪田は言った。

「正体不明のグランパが自分の成長を見つめてくれているって物語、わたしなら書きにくい。書かないな」

「いま、あえてそのように要約したんです。べつの視点から言うと、五十年近くも前にひとりの女性を未婚の母にした男は、誰か。結婚からも、家庭を作り子供を育てることからも遁走した男は誰か、というお話です」

「わたしじゃないよ」と窪田はまた言った。「安西早智子とは何もなかった」

裕也は微笑した。

「わかっています」

もちろんわかってはいない。ただ、いまの否定の調子から、窪田は嘘は言っていないだろうと感じただけだ。もっとも、小坂部のときと同様、自分のこうした印象にはこだわることはないとも考えている。というか、その直感を信じることは危険であるとも承知している。自分は、第一印象で人柄を見誤った経験がないではないのだ。

窪田はバーテンダーに合図して伝票にサインすると、裕也に顔を向けて言った。

「あのとき、引き揚げの日に空港に行くと、映画祭関係者らしき外国人たちがいた。閉幕式を待たずに帰るんでしょうけど、また来る、また会おうと言い合っていたでしょう。あのときはわたしも、次の年にはまた来れるものだと思っていた。ベルリンでなくてもいい。三大映画祭でなくてもいい。どこかの国際映画祭にまた自分は原作者として、映画関係者として行ける、あのときの気分では、来れる、かな。そう信じていた」

「失格したけれども、わたしたちにもその高揚感はありましたね」

「けっきょくこの歳まで、わたしはついにそのあと映画祭に行くことはなかったな。本庄さんは、どこか行った？」

行った。

自分はあの会社の宣伝部員として、会社がスポンサーになった映画の支援に携わった。退職するまでのあいだに二度、仕事として行っている。ベネツィアが一度、サンセバスティアンが一度。勤め先を移ってから、やはり仕事で二度行った。カンヌと、モントリオールだ。

「仕事で、何度か」

「ベルリンは？」

「あのときだけですね」

「いまは真冬の開催なんでしょう？　北ドイツの真冬の映画祭って、やはり高揚感は薄くなるだろうな。ほかは？」

裕也は、行ったことのある映画祭の開催都市の名を挙げた。

「どのときも、仕事です」

「全部夏だよね」

「五月から九月ですね」

「全然楽しまなかった？」

裕也は答に躊躇した。窪田はどのレベルの答を求めたのだろう。単に世間話としての意味のない質問？　それとも彼のことだ。文学的な意味での質問の可能性もある。どの映画祭についても、自分はいくつかの答え方ができる。

「楽しいものでしたよ」と、裕也はいちばんあたりさわりのない答を口にした。「仕事ではあったけれども、どのときも」

窪田はスツールから立ち上がった。

「わたしは出るけれども、そのビールを空けていったら？」

「では、お言葉に甘えます」

「お祭りらしいことは、全然なかった？」

「え？」話題が戻ったのか？

窪田は微笑した。

「いや、いいんだ。またゆっくりお酒を飲みましょう」

窪田は、黙礼してそのバーを出ていった。

6

裕也は、窪田順と会った次の日から、あのベルリン国際映画祭での日々を一日単位で整理してみた。

窪田が自分は東ベルリンにも行った、と言っていたが、自分が行ったときの記憶には窪田はいなかった。自分が東ベルリンに行ったときの写真もない。いま残っている写真の多くは窪田が撮ったものだったから、窪田はたぶん自分とは別の日に、東ベルリンに行っているのだ。

新しくこの件のメモを記すために買った大判のノートに、日単位でチームの行動を記してみた。社命で同行した際の詳細な記録は、帰国後に会社に提出していたから、記憶に頼るほかはない。あの年の個人用の手帳はもうなくしている。まだシステム手帳をホワイトカラーが持つようになる前のことだったから、あの年のスケジュール帳部分だけを保管していることもなかった。

まず六月二十三日、羽田の東京国際空港国際線出発ロビーに集合。

集まったのは、津野恵を除く関係者たち。藤原真智の事務所の社員が、彼女とマネージャーの高橋秋子を羽田空港まで車で送ってきた。ほかの面々は、みな公共交通機関を使っての羽田集合だった。

安西早智子もひとりで来ていた。ギターのハードケースを手にしていて、ひとりだけスーツケースを持たず、大きめのリュックサックを背負っていた。

チェックインが終わるところまで、旅行代理店の社員ふたりが面倒を見てくれた。

午後にフィンエアーへの搭乗。飛行機はワイドボディではなく、ダグラスＤＣ－８だったろう

たろうか。それともボーイング707か？　はっきり覚えてはいない。ボーイング747は就航してい

ヘルシンキ国際空港で乗り継ぎ、西ベルリンのテンペルホーフ空港へ。二十四日の午後遅くの到着だったはずだ。西ベルリン在住の、通訳とコーディネーターをお願いしていた村橋香奈子が空港に迎えにきていた。マイクロバスで、西ベルリン中心部近く、パリーザー通《シュトラッセ》りにあるホテルへ。

ビルの中のひとフロアだけがホテルという造りだった。大ホテルではなく、高級ホテルでもない。ヨーロッパの一般的な感覚では、二つ星クラスあたりに分類されるのだろう。

ホテルに着く前から、プロデューサーの宮永は言っていた。

「高級ホテルでなくて申し訳ない。だけど何かの賞を取ったときには、一流ホテルで盛大にパーティをやるから」

みな、潤沢とはとても言えない制作費であの『逃げた祝祭』が作られたことを承知していた。最後までホテルに不平や不満を漏らした者はいなかった。映画祭に参加できていることだけで、みな十分に満足そうだった。

ビルには中庭があって、部屋によっては窓から中庭が見えた。監督と藤原真智のカップル、それに島崎洋司が表通りの見える部屋だ。彼らの部屋は、広いし設備もよかったはずだ。

プロデューサーの宮永、安西早智子と、窪田、藤原真智のマネージャー高橋秋子、それに裕也の部屋は中庭を見下ろす側の部屋だった。

裕也の部屋はシングルベッドひとつで、おそらくはメンバーの中でもっとも料金の安い部屋であったろう。安西早智子の部屋は、のぞいたことはないが、やはりシングルルームだったはずだ。

宮永から聞いた覚えがある。宮永も、俳優ではない出演者として、安西早智子と藤原真智、島崎らとは待遇に差をつけたような気がする。ベルリンへの同行自体、安西早智子がかなり熱心に宮永に頼んで実現したのだ。

いったんそれぞれが自分の部屋に入り、八時にロビーに集合することになった。それから一緒に食事に出て、映画祭のスケジュールの確認ということになる。

その時間にロビーに行くと、津野恵が合流していた。窪田が彼女を紹介した。モデルだけあって、放つ空気が垢抜けていた。裕也はなんとなく藤原真智の顔を窺った。彼女は微笑していて、とくに内面を露にしたりはしていない。

宮永がその場ですぐに津野恵に言った。

「申し訳ないが、レッドカーペットを歩くのは、真智ちゃんと、島崎と監督だけ。もったいないと思うけど」

津野恵は、そのつもりできたのではない、という意味のことを言ったと思う。彼女はもちろん窪田と一緒の部屋だ。

表のパリーザー通りに出て、ホテルに近いビアホールに入った。個室ではなかったが、隅の大テーブルに着いて、村橋が映画祭の公式プログラムと、いくつかの小冊子を配って、日程をみなに説明した。

開幕式は翌二十五日の午後六時から。午後五時くらいから続々と、会場に映画関係者が集まってくる。監督や主演の俳優らはレッドカーペットの上を歩き、左右に立つカメラマンたちがこの様子を撮影する。

式自体は二時間弱で終わる。

レッドカーペットを歩く面々は、会場近くのホテルに集まる。そこで着替え、指定された車で会場前に乗りつけるのだ。ほかの面々には、主会場となるツォー・パラスト劇場の中に席が用意されている。コンペティション部門作品の関係者が、会場の最上席を占める。『逃げた祝祭』組はやや後ろ寄りだ。村橋の尽力で、裕也にも最後尾に近い席を取ることができたとのことだった。控えのホテルに行く前に、藤原真智は美容院に行く。その予約はすでに村橋がやってくれていた。

開幕式のあとは、いくつかのハリウッド映画の関係者がそれぞれのホテルでパーティを開くようだ。誘われた者は行ってもかまわない。宮永にはとくに誘いは来ていないとのことだった。

翌二十六日は、ツォー・パラスト劇場を主会場に、周辺の映画館でも、参加作品の上映が始まる。裕也の記憶ではフォーラム部門の『愛のコリーダ』はこの映画祭二日目で上映された。

三日目の二十七日に、インフォメーション・ショー部門作品で『逃げた祝祭』の第一回の上映。インフォメーション・ショー部門という分類は、コンペティション部門から惜しくも漏れた作品ということになる。この年のコンペティション部門に出品された日本映画は、高林陽一監督の『本陣殺人事件』だった。

『逃げた祝祭』の二回目の上映は、五日目の二十九日である。

村橋が説明の中で言った。

「第一回の上映の翌日には、地元メディアなどに評が出ます。プロの批評家たちではなく、アマチュアの映画愛好家たちも、気になった作品については、レビューを印刷物とかタイプのコピーなどで配付します。この評次第で、第二回の上映の観客の入りも変ってきます。二回目のあとにまた評が出ます。話題が話題を呼ぶ、というかたちで、この映画の評判は高まってきます」

それらの評の印刷物は、事務局で集めることができる。

宮永は日本出発前から言っていた。

「悪評でもいいから、話題になりたい」と。

しかし結果は、想像外のことが問題とされて、話題になったのだった。

二回目の上映の翌三十日に出る評次第で、作品が何かしらの受賞となるか、無視されるか、およそ見当がつく。プロデューサーの宮永は、この日に日程を検討することにしていた。何かしらの受賞があるかもしれないと予想できれば、最終日まで残る。主演男女優たちには賞はないが、全員が閉幕式まで残って授賞式に出席する意向だ。賞にはかすりもしないと判断できた場合は、宮永と監督だけが残ってあとの面々は帰国する。

裕也は、受賞の予想がどうであれ、会社のイメージ・キャラクターでもある藤原真智に帰国まで同行する。

『逃げた祝祭』の評判がよければ、三十日か七月一日に三回目の上映がある。

七月六日、閉幕式。受賞作品が発表される。

記者会見。

この日まで残った場合は、関係者は翌日の七月七日に帰国の途に就く。

裕也はここまでを、映画祭の記憶をたどって整理してみた。自分の手元にはいま当時の手帳はないから、記憶違いはあるかもしれない。

じっさいには、ベルリンでの滞在はどのようなものであったか。記憶の断片を整理しつつ、自分たちのベルリン滞在を思い起こして簡単なメモを作った。


六月二十四日。関係者全員がベルリン着。

二十五日。開幕式。監督と主演俳優ふたりがレッドカーペットを歩く。

二十六日。自由行動日。フォーラム部門の『愛のコリーダ』上映。直後に西ベルリン警察によりフィルム押収。映画祭が騒然となる。映画人が西ベルリン警察に抗議。抗議行動にプロデューサー宮永、監督小坂部が参加する。

二十七日。『逃げた祝祭』第一回上映。メディア取材。夕方、『逃げた祝祭』上映に対する抗議が出る。同作品の参加資格をめぐって事務局が検討を始める。

二十八日。プロデューサーの宮永が、事務局に呼ばれて出品申し込みの経緯について聴取される。同日午前、出品取り消し処分。第二回以降の上映は中止。

宮永、早期撤収を決める。翌日の飛行機が取れず、三十日帰国が決まる。

二十九日。一日自由行動日となる。この日も、監督、プロデューサーはメディアの取材を受けている。

三十日。ベルリンを発つ。窪田は津野恵と共にパリ行きの飛行機に乗る。

七月一日。ヘルシンキ経由で、夜に羽田着。羽田で解散。


整理してみて、真紀に話したベルリン滞在に誤りがあったと気づいた。

自分のベルリン滞在は七月にかかっていたと思い込んでいたが、七月一日にはもう帰国していた。六月の三十日にはベルリンを離れていたのだ。

となると、安西早智子の「問題の」その時期については、自分はおよそ半分近くは知らないことになる。真紀の祖父探しをする資格はないわけだ。いや、それでも六月末のベルリンの安西早智子を知っているというだけで、かなりの資格があると言えるのか。

ベルリンに着いた時点での予定、そしてじっさいのベルリンでの自分たちの行動。それを、できるかぎり正確に思い出してみなければならない。

裕也はまた何枚かの写真と、いくつかの映画祭関連の記事などを取り出し、こんどは細かに一日単位でその日々を思い起こした。


二十四日はホテルで全員が揃った後に、外のビアホールで食事。いや、ビアホールではなく、ビアレストランか。ドイツのビールに感激して飲みながら、周囲に合わせて豪快にハムやソーセージ料理を楽しんだのだった。

藤原真智は、ろくにビールを飲まなかったはずだ。レッドカーペットを歩くとき、顔がむくんでいるのはいやだから、という意味のことを言っていた。

安西早智子が村橋にベルリンのライブハウスのことを訊いたのも、前後のことを考えると、何日目かのこの食事どきだ。

まだ空の明るい十時過ぎに、いったん解散。ホテルに戻った者が大半だったと思うが、窪田や小坂部はまだ市内を散歩すると言っていたような気がする。

次の日は、十一時に集合することになっていた。時差ボケだ、と遅れてきたのが、藤原真智と栗橋涼一だった。

ホテルの近所の軽食の店で簡単に昼食。

藤原真智はそのあと、美容院に行った。マネージャーの高橋秋子がついていった。

宮永、小坂部、それに島崎は、打ち合わせ。裕也と村橋も参加した。主にメディア取材での対応について、何を語り、何については語らないかを話し合ったはずだ。村橋が、専門用語や固有名詞などのメモを取った。

打ち合わせには、安西早智子はいたろうか。別行動を取った？　覚えていなかった。

窪田が東ベルリンに行ったと言っていたのはこの日のことだろうか。裕也自身は、失格が決まって自由行動となった二十九日に、ほかの面々と行っている。

二十五日午後三時に、集合場所と指定されたホテルに移動、窪田と津野恵も合流して、開幕式入場についての打ち合わせ。宮永と小坂部、藤原真智、島崎、それに村橋が残って、裕也たちは直接、主会場であるツォー・パラスト劇場に向かった。

午後四時半くらいから、レッドカーペットを歩いての入場が始まった。『逃げた祝祭』組の入場は、早いほうだった。ハリウッドの大作やヨーロッパの前評判の高い作品の監督や出演者たちは、後になっていた。裕也は劇場内で、レッドカーペットを歩く小坂部たちの姿を見守った。

開幕式が午後六時から。映画祭ホストのあいさつがあり、何人かのゲストによるスピーチがあって、あまり仰々しくなく開幕式は終わった。

開幕式が終わったあと、宮永はパリーザー通りのイタリアンのレストランを予約していたが、全員の集合は遅れた。藤原真智は着替えで、宮永と小坂部は予定にないメディア取材を受けていたのだ。

十一時ころまで食事して、この夜はみなまっすぐホテルに戻ったのではないかと思う。

翌二十六日、映画祭二日目は、フォーラム部門出品の日仏合作映画『愛のコリーダ』の上映があった。日本公開前だが、この年五月のカンヌ国際映画祭でも上映されたばかりだったから、裕也たちも情報や評判は耳にしていた。宮永が事前に村橋に頼んで、何枚でもいいのでチケットを取れないかと頼んでもいる。しかし人気が高すぎて抽選となっているとのことで、確保はできなかった。

この日、宮永、小坂部と村橋は、事務局かツォー・パラスト劇場にいたはずだ。裕也は藤原真智、高橋秋子、島崎、それに安西早智子らの市内散策につきあった。窪田と津野恵は別行動だ。西ベルリンの観光スポットを、と藤原真智らに請われて、裕也は地図とガイドブックを頼りに、何カ所かに行った。六月十七日通りに行き、ブランデンブルク門を壁越しに見た。アンハルト駅の廃墟。カイザー・ヴィルヘルム教会。

ベルリン・フィルハーモニーのホールにも行って、喫茶店でコーヒーを飲んだ。

喫茶店には、アジア系の客が何人かいた。そのうちの一部は、弦楽器のハードケースを持っていた。地元の演奏家たちなのか、それとも学生か夏期講習の音楽学生なのかもしれない。そうした客が多い喫茶店のようだった。

散歩からホテルに帰って来たところで、『愛のコリーダ』のフィルムが上映直後に西ベルリン警察によって押収されたことを知った。裕也はすぐに、島崎と一緒に事務局に向かった。

押収の理由は、端的に言えば猥褻物を陳列したというものだったはずだ。

作品には、主演男女優の性器が、日本で言うボカシなどなしに映っているとのことだった。結合シーンもあるという。

出品作のフィルムが警察に押収されるなど、ベルリン国際映画祭では初めての事件だった。

しかし前月にはカンヌ映画祭で『愛のコリーダ』は上映されているのだ。とくにフィルム押収などの騒ぎにもならずに。カンヌよりも芸術表現には寛容とされているベルリンでフィルム押収とは、想像外だった。

だいたい六七年には、スウェーデン映画『私は好奇心の強い女 イエロー篇』が、性行為を直接描写して公開している。この作品はアメリカでのポルノグラフィー解禁のきっかけともなっていた。欧州各国でも、性表現の基準がこの映画以降かなり緩和されたはずだった。六九年にはデンマークが検閲を完全に廃止して、デンマーク製のいわゆるポルノ映画が世界中に配給されていくようになっていた。もちろん国によって、公開の形式は少しずつ違っていたろうが。

当然、大島渚監督ら関係者はこの押収に抗議し、事務局も遺憾の声明を出したと聞いた。フォーラム部門の映画を選定したディレクター、ウルリッヒとエリカのグレゴール夫妻が逮捕・勾留されそうだという情報も流れた。

映画ファンたちによる抗議行動も起こったようだ。映画関係者の一部も、フィルム押収に対して抗議文を出したのではなかったろうか。宮永、小坂部はとうぜん抗議文に署名したと聞いた。

それから四十年以上も経った二〇一七年の第七〇回カンヌ国際映画祭でも、『愛のコリーダ』が特別回顧上映されている。オリジナルかどうかはわからないが、いずれにせよあの年の西ベルリン警察は少々無粋であったと言っていいだろう。

フィルム押収事件を受けての、夜の食事となった。このとき宮永が言ったように覚えている。

「若松監督の『壁の中の秘事』事件の再現だ。ベルリンに来ている日本の批評家の中に、こうした映画を毛嫌いする大家がいるんだ。日本を代表する映画としては上映させないと息巻いているらしい」

全員が驚いて宮永を見つめた。上映させない？

宮永が続けた。

「大島渚の、しかもフランスもカネを出している映画がフィルム押収となると、これ以上日本映画に悪評をもらいたくないということかと思う。『逃げた祝祭』も危ないかもしれない」

そのときのやりとりが、順序立てて思い出されてきた。

あの宮永の言葉に対して窪田が訊いた。

「フィルムを押収されるような要素はないでしょう」

宮永が答えた。

「それでも、ベッドシーンはある。そして小坂部くんは、日活ロマンポルノ出身だ。その批評家が国辱映画と罵倒する条件はあるんだ。映画祭事務局には、それがどんなジャンルなのか正確にはわからないしな」

「その批評家に、そんな力があるんですか？」

「『壁の中の秘事』で一度やった男だ」

「あの年、国際審査委員だったあのひとですか？　小野洋子も行っていたとかいう年の。国辱映画って言葉も、その委員が作ったと聞いたことがありますが」

「あのひとじゃないが、あのひとと組んだ男だ。国際映画祭に影響力もある。今回も来ている」

小坂部が言った。

「『愛のコリーダ』のプロデューサーは、若松監督です。もしかしたらその批評家は、『愛のコリーダ』のフォーラム部門参加の件、自分が喧嘩を売られたと感じて、裏で動いたってことはありませんか？」

「というと？」

「西ベルリン警察に、あれはこういう中身の映画ですよと事前通報したとか」

窪田が訊いた。

「日本人批評家が、日本人映画監督を密告したってこと？」

宮永が言った。

「そこまでは考えたくないな。カンヌでの上映で、もう情報は伝わっているんだし。むしろ、『愛のコリーダ』の評判を守るために、『逃げた祝祭』のほうをつぶしてやれ、ということになるかもしれない」

小坂部がまた訊いた。

「フィルム押収までやりますか？」

「さすがに」と宮永。「押収する理由はないだろう。だけど『逃げた祝祭』のほうがスキャンダラスな話題になれば、大島監督のダメージは少ない」

「そうですかね。大島監督はむしろ早々と名誉賞受賞じゃないですか」

宮永が裕也に顔を向けて言った。

「この映画が、少々イレギュラーな経緯で出品になったことは、本庄くんが知っているとおりだ」

裕也は驚いて言った。

「英語字幕版を早々に作ってヨーロッパに売ったことですか？」

この映画の準備段階で、宮永はスポンサーでもある裕也の勤め先の担当セクションで強調していた。

「ベルリン国際映画祭に出します。外国で評判を取り、凱旋公開のかたちで日本で配給します」

裕也の上司が訊いた。

「そういう映画祭に出品するには、日本映画製作者協議会の事前審査に通らなければならないんじゃないのかな？」

『逃げた祝祭』は、いわゆる大手とは別の独立系プロダクションによる製作だった。そもそも三大映画祭参加作品となるための審査を受ける前に、門前払いとなってもおかしくはない。大手は、あのような場合でもまだまだ強いのだ。協議会は、まず大手の作品の中から出品作を選び、映画祭事務局に推薦する。

あのとき宮永が言った。

「先に英語字幕入りを作ってしまいましょう。ヨーロッパの配給会社に見せて、配給会社が公開を決めてしまえば、協議会も無視できません。推薦枠に入れます」

「それが可能なら」

「英語字幕版の制作費の支出、お願いできますね？」

そうして英語字幕入りのフィルムができたのだった。ドイツとイギリスの配給会社のエージェントが、配給の仮契約を結んでくれた。まだ大手のどこもコンペ部門の候補になりうる作品の英語字幕版を作ってはいない時期だった。なのに海外配給の仮契約も結ばれている作品があるとなれば、協議会も出品作として推さないわけにはいかない状況ができたのだった。裕也の勤め先の大手流通会社がスポンサードしている映画であることも、有利に働いたのかもしれない。

字幕版はベルリンに送られ、コンペティション部門の予備審査委員会が字幕入りの『逃げた祝祭』を観た。しかし審査は通らなかった。代わりに、映画祭のいわばセカンドレーベルの部門で上映されることとなった。賞が取れなかったとしても、批評家たちの評価は、いわば箔となる。

コメントも宣材に引用できるだろう。

裕也は宮永に訊いた。

「あの手続きに何か問題でも?」

宮永が答えた。大意、このような意味だった。

「この参加は、言ってみればフライングが成功したんだ。候補作が揃わないうちに、『逃げた祝祭』の推薦、申請が決まった。協議会がその気になれば、審査が不十分だったという言い方ができる」

「映画祭側がすでにコンペ部門の上映を決めているのに、映画祭参加資格がなかったと異議を申し立てることはできますか?」

「異議申し立てではなく、取り下げという手続きを取るのかもしれない。よくわからないが、出品主体の協議会として取り下げ手続きを取ることは、可能なのかもしれない。無茶だけども」

島崎が、我慢ならないというように言った。

「協議会がいまやるべきは、たったひとつですよ。『愛のコリーダ』のフィルム没収への抗議、そして再上映の要求でしょう」

「協議会は、それではますます没収騒ぎが大きくなると考えるかも。協議会としては、べつの一本を身代わりに出して『愛のコリーダ』の評判を守れるなら、そうしようと思うかもしれない。全部おれの妄想だけども」

小坂部が、同意できないと声を出した。

「ブー」

宮永が小坂部に弁解するように言った。

「協議会はそういう取引きを考えるかもしれないってことだ。おれが、そうすべきだと思ってるんじゃない」

窪田がまた訊いた。

「『壁の中の秘事』のときは、失格となって国辱映画と呼ばれ、そのあとどうだったんです?」

「むしろ若松監督の名が広まった。興行成績も悪くなかったはずだ。ピンク映画としては、画期的だったんじゃないかな」

「国辱映画として失格になっても、損はないということですね? むしろそう呼ばれて『愛のコリーダ』と同様の騒ぎになれば、勲章ですね」

小坂部がまた言った。

「仕事がもうなくなるかもしれない。映画監督なんて、つぶしは利かないんだ」

裕也は、小坂部の顔を見た。さほど不安そうでもなかった。むしろ事態を楽しんでいるという表情だ。映画制作中、何度か撮影を見学したが、いつでも彼は自信満々という態度で現場を仕切り、すべての者にきっぱりと、ときに無茶とも思える指示を出していたように見えた。そうした撮影現場での彼のキャラクターは、ベルリンでのその瞬間も揺らいではいなかった。

宮永が言った。

「日本のベルトルッチになれる」

栗橋涼一が口を開いた。

「真智を、国辱女優と呼ばせるんですか。それってまずいでしょ」

宮永は栗橋の言葉を無視した。

「いずれにせよ、『愛のコリーダ』のフィルム没収の影響はある。その批評家が言ってることも気になる。明日は言動に注意してくれ。『逃げた祝祭』はエロ映画じゃない。真面目な芸術作品だ。日本の権威ある文学賞を受賞した文学作品の映画化だ。ベッドシーンは濃厚だけれども、それはテーマからくる必然だ」

通訳兼コーディネーターの村橋が言った。

「上映のあとに、たぶん新聞記者たちはけっこう多く集まると思う。辛辣な質問も出るかもしれない。ごまかしたり逃げたりしないで、誠実に答えてください」

それから小坂部を正面から見つめてつけ加えた。

「日本の映画監督に多いんですが、主題やシーンの意味について質問されたとき、それは観客の見方次第だ、受け取りかたは観客に委ねる、というように答をはぐらかすひとが多いんです。自分で自分の作品を言語化できていないということで、ヨーロッパでは馬鹿にされます。語ってください」

「わかりました」と、小坂部が素直に言った。

あのとき安西早智子は何か発言したろうか。映画の出演者のひとりであり関係者ではあったが、彼女は映画の評判や興行成績などを気にする必要のない立場にいた。彼女自身が翌日以降、何かをしなければならないわけでもない。ただ興味深く、宮永や小坂部たちのやりとりを見つめていただけであったかもしれない。

裕也も、宮永のようには事態を深刻に受け止める必要のない立ち位置だった。会社は制作費の一部を出資したけれども、あくまでも文化支援活動の一環だ。配当を期待してのものではなかった。映画祭失格と決まったところで、ビジネス上のダメージがあるわけではなかった。

翌二十七日は、たしか正午過ぎに『逃げた祝祭』の上映があった。主会場ではなく、いくらか客席数の少ない映画館だった。

裕也たち関係者が映画館に着くと、ロビーには十数人の映画記者やジャーナリストたちが集まっていた。すぐに宮永や小坂部は囲まれた。

このときは『愛のコリーダ』フィルム没収について、同じ日本映画関係者としてどう思うか、どう対処するか、という質問が多く出たはずだ。日本での性表現の規制についても質問された。

上映後は、上映前よりも多くのメディアから取材を受けた。こんどは映画の中身、主題と題材についての質問が多かった。小坂部が「ロマンポルノ出身監督」との情報が伝わっていたから、性表現についての質問も多かった。小坂部のロマンポルノでの監督体験を反映した『逃げた祝祭』の性行為のシーンは、平均的なヨーロッパの商業映画と比べれば、ヘアこそ映っていないものの、たしかに時間は長かったろう。そこが映画記者たちには奇妙に思えたのかもしれない。

ひとりの記者が小坂部に、あなたはベルトルッチの影響を受けていると思うかと訊ねた。小坂部はこのとき、「たしかに。これは『ラストタンゴ・イン・トーキョー』なのだ」と答えた。その答は後に繰り返し引用されることになった。

やりとりは主に通訳の村橋を介して、宮永、小坂部と記者たちとのあいだで行われた。しかし、村橋が宮永、小坂部の日本語での答の通訳にひっかかることもあった。日本の映画の制作や興行の習慣について問われたときなど、村橋はそもそもの基礎知識を持っていなかった。ときおり裕也は横から、通訳の際つけ加えたほうがいい情報、事情を村橋に伝えた。

メジャーな映画製作会社、配給会社は四社あるが、一部は経営が苦しくなっていること。ロマンポルノという呼び方は、その映画会社のひとつがソフトコアの低予算映画につけたレーベル名であって、ハードコアのポルノ映画を意味してはいないこと。性表現に関しては自主規制団体の基準にしたがっていること。欧米と比べてかなり厳しいものであること。ボカシ、というのは主に外国映画を上映する際に、日本の基準に合わせて性器やヘアを隠すために使われる技法であること、などだ。

質問してくる記者たちの中に、二十代の活発な女性がいた。パンツスーツ姿で、黒いニコンを首から提げ、肩からショルダーバッグを斜め掛けしていた。くすんだ金髪を頭の後ろでまとめていた。

裕也が関係者のインタビュー中に何度も村橋を助けていることが気になっていたようだ。上映後のインタビューが終わったときに、裕也に英語で話しかけてきた。赤い表紙の手帳を手にしていた。

「質問、かまいませんか？」

「はい」と裕也は女性に向き直った。

「あなたは、『逃げた祝祭』の制作関係者なのですか？」

「ええ」と裕也は短く答えた。正確な関わりを説明するのは、裕也の英語力では難しく思えた。

「この作品は、日本では芸術映画として公開されるものでしょうか？」

考えてみたら、まだ誰もそれを質問していなかった。

裕也は答えた。

「文学作品の映画化として、受け入れられるでしょう。いまのところ、独立系の劇場にかかる予定です。メジャーな商業映画の配給ルートとは別の映画館です」

「日本で、この映画の一部に、同性愛者への蔑視があると問題になったことはないのですか？」

答に戸惑った。

「まだ日本では、公開試写も行われていません」

「わたしは、繁華街の酒場に出てくるゲイと思われる人物が、ただ笑われるだけの存在であったことを不思議に思いました」

映画の中に、新宿のいわゆるオカマ・バーが出てきた。俳優を使わずに、じっさいのそうしたバーで撮影した。

「監督は、ゲイのひとたちを、笑われるだけの存在とは描いていません。ただ、現実にあのようなバーは、お客を笑わせる話術が売り物になっています」

「日本の観客は、あの場面を見て、不愉快には感じないのですか？」

「とてもデリケートな部分です。もしかしたら、あなたが感じたように感じる観客もいるかもしれません。でも監督には、ゲイのひとたちを笑う意図はありません。むしろ監督は、日本の性的マイノリティに対する共感をこめて、あのシーンを入れています」

「あなたは、脚本に関わっています？」

「いえ。脚本を書いたのは監督本人です」

「ありがとうございます」彼女は微笑して、ショルダーバッグから名刺を取り出してきた。「ストールと言います。ストックホルムの映画雑誌のライターです。会期中、また質問させていただくかもしれません」

「わたしに？」

「いけません？」

「直接の関係者ではないので」

「どのような立場の方なんですか？」

こんどは少し正確に答えた。

「プロデューサーを支援しています」

「ではプロデューサー補佐という立場でお答えいただければ」

宮永が裕也を呼んだ。

「行かねばなりません」

「お名前は?」

「本庄です」

「ホンジョさん、またぜひ」

ストールという女性はロビーの奥へと歩いていった。

名刺を見た。

レナ・ストール、が彼女のフルネームだった。

けっして観客や批評家たちの評価は悪いものではなかった。なのに夕方になって、裕也たちの耳に奇妙な話が伝わってきた。

事務局に対して、日本映画製作者協議会の代表や日本の大物映画批評家から、この映画は参加資格を満たしていないのではないかという疑問が出されたというのだ。協議会の正式選考過程を踏まずに推薦されてしまった作品であると。

事務局では、映画祭がそれ以上騒ぎになることを心配してか、この作品を審査の対象とはしないことを検討し始めたという。

宮永が昨日から抱いていた懸念、不安が現実のものになったのだ。

『逃げた祝祭』は、言うならばインディーズの映画制作者が作った作品であり、日本の若い世代の性風俗もかなりのボリュウムで描かれていた。

監督は、日活が低予算で制作していたソフトコア映画の監督出身であった。だから小坂部は、アメリカで言うならばラス・メイヤーと同じ分野の映画制作者であることも、抗議した側は強調したらしい。手続きに不備があったとの理由による上映への抗議であるけれども、じっさいは芸術性という点で映画祭参加作品の資格に欠けると、協議会や批評家たちは事務局に訴えたらしかった。

「おれが嫌われているんだ」と宮永は小坂部らに言った。「作品の中身なんて、どうだっていいんだ。日本のメジャーな映画会社は、おれがベルリン映画祭に来ていることが、気に入らないんだ」

その夕、宮永のもとに事務局から連絡があった。参加資格をめぐって事情を聞くので、翌朝、事務局に午前九時に来てほしいとのことだった。宮永と小坂部、それに村橋は、事情を聞き回るため、関係者たちに片っ端から面会することになった。

七時からの揃っての夕食には、三人とも遅れてきた。

宮永が報告した。

「事務局は、日本映画製作者協議会からの『逃げた祝祭』に参加資格がないという申し立てに対して、これを検討することを決めた。明日、おれからも事情を聞いたうえで、正式に態度を決める」

窪田が訊いた。

「まさか失格にはならないでしょう？」

「わからない」と宮永は首を振った。「『壁の中の秘事』の前例もある。それに今回は、『愛のコリーダ』のフィルム没収だ。何が起こってもおかしくない」

「協議会から来ている代表って、誰なんです？」

宮永はその名を出したと思うが、裕也は覚えていない。

「いまになって、ベルリンでそれを言い出すのはどうしてです？」

「理由はわからない。開幕式でおれの顔を見て、あいつは気にくわないってことを思い出したのかもしれない」

「日本映画が二本も不当な上映中止になったら、それこそ日本映画にとって不名誉じゃありませんか？」

「日本映画への差別だ、という声が出るぞと、ヨーロッパの映画人が言い始めている」

「それは心強い」

「いや、逆だ。事務局が日本映画差別って声を心配し始めたら、力を入れるのは『愛のコリーダ』の上映のほうだ。一本は捨てる。日本にいる映画関係者も納得する」

「『逃げた祝祭』は人身御供ですか」

「そうだな。だけどまだ、どうなるか見当もつかない」

藤原真智が訊いた。

「失格となったら、わたしたちはどうなるんです？」

宮永が答えた。

「授賞式にも閉幕パーティにも出ない。早めに帰る。一日最低十五万はかかっているんだ」

「わたしはまだ、どこのパーティからもお呼びがかかっていない」

「失格が決まれば、逆に断りきれないぐらい声がかかるさ」

島崎が藤原真智に言った。

「きょう、みんなして飲みに出るか」

「飲み過ぎないでくれ」と宮永がたしなめた。「明日、いろいろメディア取材が入るかもしれない。素面で出てほしい」

小坂部が村橋に訊いた。

「近くに、いいバーはありますか」

村橋が答えた。

「この通りなら、いくつか名前を知っているところがある。近くでいいですね」

安西早智子が、ライブハウスならありますね、と言った。

思い出した。

じっさいは、彼女はこの日は別行動を取っていない。裕也を含めて全員で近くのバーに行き、深夜零時ころにホテルに戻っている。もっとも、そのあとホテルをひとりで出た可能性は否定できないか。

翌二十八日の朝に、宮永と小坂部、窪田、それに村橋と裕也が事務局に行った。ほかの面々はまたベルリン市内観光だった。事態がどうなるかわからないが、午後三時にいったんホテル集合ということにした。

つまり、藤原真智と栗橋、津野恵、島崎洋司、安西早智子、高橋秋子は、別行動だった。全員が揃って観光したわけではなかったようだ。

安西早智子はこの日、どのように過ごしていたのだろう。彼女のキャラクターだと、ひとり気ままにベルリン市内を歩き、いいカフェがあったら入ってコーヒーを飲んでいたのではないかという気がするが。

この朝も、裕也の記憶ではまだ『愛のコリーダ』のフィルム押収事件については決着がついていなかった。

事務局では、宮永が『逃げた祝祭』の映画祭参加が決まった経緯を質問されたという。映画祭に来ていた日本映画製作者協議会の関係者、それに大物映画批評家も別室に呼ばれていたはずだ。

午前十一時に、結果が出た。『逃げた祝祭』は失格である。映画祭出品にあたって、日本側の正規の応募手続きを踏んでいない、資格を持っていない、という協議会の申し立てが認められたのだ。『逃げた祝祭』の二回目の上映はなくなった。公式プログラムからも、『逃げた祝祭』の名は抹消されるとのことだった。

事務局の一室で、宮永がメディアによる合同記者会見に応じることになった。小坂部と窪田もテーブルにつき、村橋が通訳する。裕也もテーブルの脇で会見を見守った。

宮永は、意外なことに、失格の裁断を下した映画祭事務局をあまり強くは非難しなかった。不可解な決定だといい、手続きは完璧であったと、昨日になって参加資格を言い出した協議会のほうを強く批判した。

「わたしは」と、宮永は集まった十数人のメディアに対して言った。「開幕式でも、協議会の代表や某有名批評家とも顔を合わせている。そのとき彼らは、『逃げた祝祭』が失格などとはひとことも言っていない。むしろ映画祭参加を称えてもらったくらいだ。『愛のコリーダ』のフィルム押収が起こったあとで、『逃げた祝祭』をインフォメーション・ショー部門出品作としてはおけない政治的な事情が生まれたのではないかと想像する。言うならば『逃げた祝祭』は、こんどのフィルム押収という大事件のとばっちりを受けたのではないかと思う」

その事情とは具体的にはどういうことか、と質問があった。

「わからない」と宮永は答えた。「ただ、理解してほしいのは、『逃げた祝祭』はインディーズの映画作品であり、監督は無名の新人だ。日本映画界にとって、叩いてスキャンダラスな印象を植えつけ、映画祭から消えてもらうには、都合のいい作品だということだ」

「失格という結論は受け入れるのか？」

「事務局がそう判断した以上、ここに居座っても仕方がないだろう。もう上映されないというのであれば、フィルムを持って帰国するだけだ。ただ、日本の大手の直営劇場だけが映画館ではないように、世界じゅうにはまだわたしたちの作品を上映してくれる映画祭はいくつもある」

もちろん持ち帰るという部分はレトリックだったが。

女性の記者が質問した。

「手続きの問題で失格となったが、申し立てた日本映画の関係者はむしろ、映画の政治的なメッセージを問題にしたのではないかと想像する見方もある。これはどう思うか？」

レナ・ストールだった。

でも、映画の政治的メッセージ？　どの部分だろう。映画ジャーナリストたちのあいだでは、そのような見方が出ていたのか？

小坂部が答えた。

「失格の申し立ては、事実上の検閲なのではないか、という質問だと思う。わたしはこれまで日本の見えない差別について容赦なく批判してきた。そのことを不快に思う勢力は小さくない。ただ、彼らが表向きは手続きを問題にして二回目以降の上映を妨害したのかどうか、わたしにはわからない」

そのとおりだと答えたようなものだった。あらためて裕也はストールを見つめた。昨日の彼女とは違って、映画に好意的な質問をわざわざしてくれたように感じた。目が合ったとき、彼女はかすかに微笑したような気がした。

べつの記者が小坂部に訊いた。

「つまり『逃げた祝祭』は、日本の保守層からは受け入れがたい政治的メッセージを持った作品なのか？」

「現実と格闘する芸術は、すべて政治的だ」

「日本社会の見えない差別について、具体的に教えてもらえるだろうか」

「もっとも大きなものは、コリアン系市民に対する差別だ。この映画にも、コリアン系の俳優が出演しているが、クレジットには彼の本名は記されていない。日本の芸能界では、コリアン系の俳優やミュージシャンは嫌われ、排除されるからだ。彼らは名前と出自を隠して仕事をしているのが現実だ」

原作者として、窪田も答えた。

「映画は、わたしが原作にこめたそのメッセージを、きわめて洗練されたかたちで訴えている。映画祭参加の申請時、そのメッセージに気づかなかった勢力が、ここにきて慌てたのも無理はない。いまになってのこのドタバタは、映画を観る感受性のないひとたちが起こしたものだ」

宮永が引き取った。

「日本の観客は、誰もこの映画が、政治的に無害なソフトコア・セックス映画とは観ないだろう。日本の観客にはひと目でわかる、政治性のあるメッセージの暗喩に満ちた作品だ」

失格問題が、少なくとも欧米映画ジャーナリズムではべつの問題として語られるようになっている、と裕也は感じた。いささか過分な評価という気もしないではなかったが、否定して回ることもない。

どうであれ、きょうの記者会見の記事が出るのは明日以降だ、と裕也は言い聞かせた。この記者会見の様子ではメディアは『逃げた祝祭』に好意的であり、失格問題については味方になってくれそうではあるが、記事が出たときにはすでに、失格は動かしようのない既成事実となっている。関係者は、映画祭を後にするしかあるまい。

やはり「撤回を求めますか？」とも質問があった。

「いえ」宮永は答えた。「映画祭事務局の手続きには瑕疵はないでしょう。不本意ではありますが、これ以上映画祭を混乱させたくありません。引き下がります」

記者会見のあと、レナ・ストールが近づいてきて訊いた。

「みなさんは、このあとどうするのです？」

「できるだけ早く帰国することになるでしょう」

「残念ですね。もう一度、お話を伺うことはできませんか？　きょうは七時まではわたしは映画を観るのですが」

「うまくタイミングが合えばかまいません」

「ホテルはどちらです？」

裕也は持ち歩いているホテルのカードをレナ・ストールに手渡した。

「ここです」

「ホテルに連絡します」と彼女は言って離れていった。

いったんホテルに戻った。裕也は、ホテルから日本の本社に電話をかけた。まだ月曜夜の八時過ぎで、宣伝部には残業している同僚たちがいた。裕也は事情を伝え、ついでに『愛のコリーダ』のフィルム没収の一件も教えた。

午後三時には、ホテルに全員が戻ってきた。近くのカフェに場所を移して、宮永が事情を説明した。

「このまま残っても、無意味になった。できるだけ早く、ベルリンを撤収しよう。一回しか上映していないけれども、観た記者たちの評判は悪くない。おれたちは持ってきた映画が駄目ですごすごと帰るんじゃない。くだらないことにけちをつけられて、映画の評価とは別のところでの撤退だ。手応えはあった。まだこれからの、別の映画祭のコンペ部門に出すことはできる。楽しみにしてくれ。そのときはまた一緒に行こう」

村橋が言った。

「きょうこのあとすぐに旅行代理店と相談します。帰国の飛行機を手配する。明日の飛行機に全員が乗ることは無理だったら、明後日でもいいですか？」

全員が、かまわない、と答えた。窪田は、自分たちはパリ経由で帰国するといい、残りの面々がヘルシンキ経由のフィンエアーで帰国することになった。

切符が取れなかった場合は、二十九日は自由行動日となる。

夕方まで、また自由時間と決まった。六時に再集合。もしかするとベルリン最後の夜の会食となる。

裕也は村橋と一緒に旅行代理店に向かった。すぐに、翌日のヘルシンキからの飛行機が取れないとわかった。三十日にベルリンを離れることと決まり、村橋と裕也は、旅行代理店から戻ると、それぞれの部屋に日程のメモを入れた。

このとき、フロントに裕也宛のメッセージが届いていた。レナ・ストールからだった。

日本映画の最近の事情について、あらためて聞かせてくれないか、というものだった。事務局に近い場所にあるホテルのバーが指定されていた。時刻は、夜の九時。場所とその時刻の指定の意味を少し考えた。映画祭関係者が顔を出すバーなのかもしれない。

六時にホテルに宮永が戻ってきたとき、取材を受けることになった、と伝えた。『逃げた祝祭』についてではなく日本映画全般についての取材のようだが、と。

ホテルの名を言うと、そこは映画祭関係者の溜まり場のひとつだと宮永が教えてくれた。

自分にも酒を飲まないかと声がかかったと宮永は言った。

「トリュフォーの『思春期』の関係者なんだ。よかったら俳優さんたちも一緒にどうぞと言われた。島崎と真智にも声をかける。村橋さんに同行してもらう」

「窪田さんは？」

「あの二人も一緒に行かないわけにはいかんか。栗橋さんも当然行くしな」

「安西さんもいる」

「あ、だめだ。大勢になり過ぎる。窪田たちと安西くんには、我慢してもらうか」

「場所は？」

「そっちの並びのホテルだ」

裕也はベルリン滞在中の日々をそこまで思い出し、安西早智子の行動がわからない時間帯にまた気づいたのだった。

行くと、広いバーはほとんど立食パーティのありさまだった。普段はそうでもないのだろうが、百人かそれ以上の客が入って、少しハイテンション気味に歓談している。服装は、男たちはスーツがほとんどだが、カクテルドレスっぽいものを着ている女性も何人かいる。女優なのだろう。

カウンターのそばに、レナ・ストールがいた。彼女は昼間と同じくグレーのパンツスーツ姿だった。歓迎の微笑を向けてくる。カメラは首に提げておらず、手帳も持っていない。右手にはカクテルグラスだ。

裕也は彼女に近づいた。

「ここで取材？」

ストールは笑った。

「一問一答のかたちではないけど」

「お酒を飲んでいいだろうか？」

「何を飲むつもりだったんです？」

「取材なら、ペリエを」

「お酒を勧める」

ジントニックを頼んだ。

乾杯して、カウンターから少し離れた位置で立ち話をした。

ストールは言った。

「失格は残念ですね。いつ帰ることになりました？」

「明後日」

「閉幕式まで残ったらいいのに」

「プロデューサーは、オカネが続かないというんだ」

「あなたの立場は、あのプロデューサーのアシスタント？」

「ぼくの勤務先が、少し映画に出資した。ぼくはその会社の宣伝部員として、映画祭の雑用役でついてきた」

「映画に詳しく見える」

「少しだけ。だから雑用もできる。あなたの雑誌は、スウェーデンの映画専門誌なんですか？」

「ええ。スウェーデンでは製作される数は少ないから、外国映画の記事が大半になるけど」

「映画について勉強をして？」

「いいえ。大学では専門は演劇だった。ジャーナリズムも少し学んで、雑誌の記者になった。あなたは？」

　彼女の言い方に倣えば、こう答えられた。

「英文学を学んだ」

「アメリカ文学を含めて？」

「じつは、アメリカ文学のほうです」

「誰が好きです？」

「フィッツジェラルドをよく読んだ。だけど、文学よりも映画が好きだった」

「やはりアメリカ映画？」

「ヨーロッパ映画もわりあい観た。日本で公開されるヨーロッパ映画は少ないのだけど」

「好きなヨーロッパ映画はどんなものです？　三つ挙げてくれません？」

　前にもこんな質問をされたことがある。いまなら違う答がある。英語のタイトルで答えた。

「最近のもので言えば『暗殺の森』」

「あ、いい」

「『ベニスに死す』」

「わたしも好きです」

「『ミツバチのささやき』」

日本未公開だが、裕也は二年前にロンドンで観た。

「最高！」

「あなたの三つは？」

「レナと呼んでください。あなたのことは、ホンジョでいいの？」

「ユーヤがいい。レナさんの三つは？」

「わたしの三つは」

レナが挙げたのは、まずベルイマンが二作だった。『第七の封印』と『ペルソナ』。三作目は、ポーランド映画だった。『尼僧ヨアンナ』。

映画を話題にして話がはずんだ。レナは笑いながら何度も裕也の腕に触れてきた。バーには彼女の知り合いがずいぶんいたようで、何人もの男女が彼女にあいさつしていった。

何人か、日本人と見える男女がいたが、とくにあいさつを交わしたりはしなかった。べつの日本映画の関係者かもしれない。

一時間ばかりのあいだに、裕也はジントニックを三杯飲んだ。あまり飲めるほうではないから、三杯目を飲み終えるころには、ただでさえおぼつかない英語がうまく出てこなくなった。

時計を見ないで、裕也は言った。

「そろそろ失礼しなければ。楽しかった」

「あら」レナは意外そうだった。しかし引き止めなかった。「明日の夜も、ベルリンですね？」

「明日が、最後です」

「じゃあ、ここで、おやすみを言いますね」

「おやすみ」

ホテルを出ると、まだ空は完全に暗くはなっていなかった。考えたら、夏至からちょうど一週間だ。北緯五十二度の都市の夏の夜はこうなのだと、裕也はあらためて意識した。夜の来ない夜。ベルリンの夏の夜だった。

二十九日の朝、食事のとき、宮永がきょうはそれぞれベルリン観光と土産物ショッピングでもしてくれとみなに伝えた。夕食は七時。最後の会食をする。明日は七時朝食。十時チェックアウト。ヘルシンキ行きの飛行機は十三時くらいだったはずだ。

宮永が、食事中に前夜の『思春期』組の多いバーの様子を伝えてくれた。トリュフォーは来ていなかったが、ほかのヨーロッパの映画の関係者がわりあい多く来ていたという。藤原真智も島崎も、楽しんだとのことだった。

藤原真智が言った。

「けっきょくわたしのベルリン映画祭は、初日のレッドカーペットと、昨晩だった」

島崎は言った。

「ドイツ人の俳優に、英語が話せると仕事が広がると言われた。やる気になったよ、おれ」

思い返してみても、安西早智子が、その前夜、どのように過ごしていたのかを聞いた記憶がない。話題の流れから、言っていておかしくはないのだが。誰か、このときのやりとりを覚えている者がいるかもしれないが。
メモに記した。

二十八日夜。安西早智子はどこに？

村橋が、東ベルリン観光をするなら案内しますと言ってくれた。裕也のほかに島崎、藤原真智と高橋秋子が一緒に行くことになった。栗橋涼一は行かなかった。このとき、裕也は、藤原真智と栗橋とは喧嘩でもしたのかと感じたことを思い出した。羽田を出るときから、藤原真智たちのカップルは、ときおりおおっぴらに言い合いや皮肉の応酬をしていたのだ。

このときは、村橋の案内で東ベルリン側の地下鉄フリードリッヒ通り駅に行った。検問所があって、ここから東ベルリン側に入域できるのだ。一日ビザを取るのに、わりあい高い金額が必要だった。

まず行ったのは、ブランデンブルク門の東側だ。それからかつての官庁街を歩き、テレビ塔のある公園に行った。展望台から東西両ベルリンを眺め、カフェでランチとコーヒー。それからフリードリッヒ通り駅に戻って、地下鉄で西ベルリンに戻ったのだった。三時間ぐらいの東ベルリン観光だったろう。

西ベルリンに戻ったのが午後一時過ぎか。裕也はそのあとホテルに戻るみなと分かれて事務局に行き、宮永を探した。何か宮永のほうで裕也の手助けを必要としていないか、気になったのだ。宮永の姿はなかった。宮永が失格を受け入れたので、それ以上『逃げた祝祭』は問題となっていないようだった。

『愛のコリーダ』のほうは、やはりフィルムを没収されたままだ。しかしフォーラム・ディレクターのグレゴール夫妻らは逮捕も勾留もされていないとのことだった。

裕也は事務局の棚から、これまでに上映された作品のレビューのコピーなどを集めた。『逃げた祝祭』については、レビューは少なかった。失格問題について書かれたものがいくつか目に入っただけだった。

疲れがどっと出てきたような気がした。

ホテルに戻ると、裕也はシャワーを浴びて、目覚まし時計を五時にセットし、ベッドに入った。すぐに眠りに入り、目覚ましの音で目を覚ました。

いったんホテルを出て付近を散歩し、ホテルに戻ったのは午後七時前だった。フロントにはレナ・ストールからのメッセージが届いていた。昨夜とは別のホテルのバーで、また取材をさせてほしいとのことだった。

最後の夜の会食は、中東料理の店に行くことになった。この日は、宮永も小坂部も、失格問題を吹っ切ったようで、食事中多少愚痴は言ったけれども、怒ってはいなかった。

このときはまだ、帰国後の報道がどんなものになるか、予想がついていなかったのだ。誰も。

食事が終わったのは九時過ぎだった。その夜は、めいめいがまた外出した。酒が飲める者は酒場に行っただろう。藤原真智らは踊れる店に行くとも言っていた。

安西早智子ももう一度街に出たはずだ。裕也は彼女がどこに行ったかは聞いていない。その夜か翌日かに聞いたかもしれないが、覚えていない。ひとりで行ったのか、誰かと一緒だったかも、自分は知らない。

7

こうしてあの映画祭の日々のことを懸命に思い出してみると、安西早智子が、裕也の把握していない行動を取っていた時間は存外に多かった。もっともあのときの「チーム」は必ず一緒にいることが義務づけられていたわけではないし、みな大人だった。幼稚園児のように、村橋や裕也を引率者に、集団行動を取る必要はなかったのだ。裕也自身も、チームの面々の行動を一部始終監督する役割でもなかった。スポンサー側からの付き添いとして、派遣事業自体に問題が起きないか、メンバーに事故がないか、トラブルを起こさないか、それに注意し、回避させる立場ではあったが。

後になってわかった安西早智子の一件は、事故であったか？　トラブルであったのだろうか？いや、真紀から聞く限りでは、それは映画祭にまつわる、予想される幾多の、そして些細な彩りのひとつにすぎないのではないか。どこにも否定的な部分はない。

裕也は、大宮真紀にメールを書いた。

「先日来、あのときベルリンに一緒に行った面々と連絡を取り、都合のつくひととは直接会っています。みな、フィルムが発見されたことで、懐かしくあの日々を思い起こしてくれました。真紀さんが期待していることまでわかるかどうかはわかりませんが、もう少しお時間をください。

もし安西早智子さんの遺品の中に、ベルリンで写した写真があれば、それをスキャンして送ってもらうことはできますか。何枚もあるのなら、選り分けずに全部送ってもらったほうがいいと思います。

それと、歌を作るときに使っていたノート類で、見せていただけるものがあれば、貸していただけないでしょうか。コピーでもいいのですが、その場合もやはり一部のコピーではなく、そっくりコピーかスキャンして貸していただけると助かります。

もうひとつ、遺品の手帳かノートなどから、安西早智子さんが東京で暮らしていたときの住所、建物の名前、引き払った時期についてはわからないでしょうか。引き払った後、故郷に帰ったとのことでしたが、安西早智子さんはその後どこで暮らしていたのか、わかれば助かります」

最後につけ加えた。

「自分がすっかり私立探偵ものの映画の主人公になったような気分ですが」

送信してから、一通メールが来ていることに気づいた。

意外な発信人だ。

島崎洋司。

『逃げた祝祭』の主演男優。彼とはメールのやりとりをするのは初めてだ。小坂部か窪田か、どちらかが彼に裕也と会ったとメールし、アドレスを伝えてくれたのだろう。

彼は書いていた。

「ベルリン国際映画祭失格の顚末、ベルリン国際映画祭の日々について書くと小坂部から聞きました。思い出せることをお話ししますよ」

電話番号が書いてある。

「まずはショートメールで」

あと三日、東京都内にいるという。そのあとは地方での仕事か。

裕也はショートメールを送った。

「とてもごぶさたしています。書くといっても、自分のブログになのですが。『逃げた祝祭』が再公開されるかもしれないので、経緯をきちんと記しておこうと思いまして。三十分ほどお時間をいただけるとさいわいです。都内、ご都合のよい時間に、ご指定の場所に伺います」

島崎が指定してきたのは、上野公園の中にある喫茶店だった。全国チェーンの、いわゆるシアトル系の店だ。場所には覚えがある。噴水のあった場所が広い催事会場として整備され、その広場の南側両サイドに、喫茶店が一軒ずつできている。そのうちの北側にある喫茶店のほうだ。時刻は午前九時。

その六月末の、梅雨の合間の晴れた日に出向いて行くと、平屋の独立した建物の外に、カフェテラスができていた。端のほうの丸テーブルに、サングラスをかけ、首にストールを巻いた年配の男がいて、手を振ってくる。

一瞬だけ、ほんとうに島崎かと戸惑うと、彼はサングラスをはずした。間違いなかった。彼はこのところ、映画を引き締めるベテラン俳優として、話題作には必ず出演しているのではないか。頑固な祖父役から、因業な実業家、人情味ある老職人とか、そういった役を、裕也から見ると片っ端からという勢いで引き受けている。賞もずいぶん受けているはずだ。

彼の着くテーブルの脇に、若い男女がひとりずついる。カップルではなかった。仕事で、島崎のそばにいる、という様子と見えた。

もしかすると、彼はきょうここで仕事なのか？　それで、九時という時刻を指定されたのか。

島崎の前まで近づいて、裕也は深く頭を下げた。

「お忙しいところ、恐縮です」

島崎はまたサングラスをかけて、椅子を勧めてくれた。

「まあ、掛けて。二十年ぶりかな。東京国際映画祭のときに、見たよ」

「あ、気がつかれていたんですね」

彼の主演の映画を観に行ったことがある。目が合ったので、もしかしたら気がついたかもしれないとは思ったが、覚えていてくれたのだ。

島崎は、隣りのテーブルの若い男に声をかけて言った。

「コーヒーを頼んできてくれる？」それから裕也を見た。「コーヒーでいい？」

「ああ。はい。お仕事なんですね？」

「公園で孫と会うお祖父さん役なんだ。まだ準備ができていない。申し訳ないが、それまで」

友達としての口調だが、島崎が自分に敬語を使うのも、不自然に感じた。これでいい。

裕也は言った。

「かまいません」

裕也は周囲を見渡したが、映画やテレビの撮影陣らしきものは見当たらなかった。木立の陰にでもいるのかもしれない。

島崎は言った。

「フィルムが出てきて、ほんとにうれしいよ。よく見つかったなと思うけど。東京現像所が所有者不明の古いネガを処分しそうになっているってのに」

「再評価となりますね」

「ブログに、映画評を書いているんだって？」

「パンフにも頼まれて書くことがあります」

「本庄さんはそういうひとだったよな。堅気のサラリーマンなのに、映画に詳しかった」

「映画の、いい消費者だったんです。いまでもですが」

「パンフにまで書いているなら、完全にプロの批評家だ」

少しのあいだ、近況の報告をしあった。裕也の側は、ベテラン俳優である島崎の仕事ぶりは、おおよそ知っていた。

若い男が裕也のコーヒーを運んできてくれたところで、島崎が訊いた。

「あのときの安西早智子、シングルマザーになって、早くに亡くなったんだって?」

「ええ。先日、彼女のお孫さんに会いました」

「ベルリンで恋をして、そのときの子を産んだとか。その相手が誰かを突き止めようとしているって、卓《たく》から聞いた」

卓というのは、監督の小坂部のことだ。島崎はその後ずっと、小坂部をそう呼べるだけの関係を続けてきたのだろう。

「突き止めるというほどのことではないんですが、お孫さんが、どうしても祖父が誰か知りたいと言っているんです」

「お孫さんとは、どういう知り合いなの?」

「つい先日まで、知り合いでもなかった。大宮真紀という若い舞台女優さんなんですが、フィルムが発見されてあの映画の件がメディアにちょっと出たことで、わたしがベルリンに行っていることを知った」

大宮真紀が自分にコンタクトを取ってきた事情をかいつまんで話した。

島崎が聞き終えて言った。

「『逃げた祝祭』の撮影から映画祭にかけての時期、お祖母ちゃんが誰かに恋をして、それが誰かを周囲にはまったく言わないままにシングルマザーとなった。たぶん自分のお祖父さんは、映画関係者のような気がする。自分はなんとかそのお祖父さんに会いたいと願っていると」

「真紀って子は、それはベルリン国際映画祭のときに、お祖母さんと一夜を過ごした男性だろうと想像しています」あわててつけ加えた。「一夜、というのはレトリックです」

「上品に言うのは賛成だ。だけど根拠はあるのかい」

「母親の誕生日から逆算すると、ちょうどそのあたりだそうです」

「ピンポイントで特定できるものなのか？」

「その前後だとしても、安西早智子が『逃げた祝祭』と深く関わっていた時期であるのはたしかです」

「映画関係者？」

「映画祭も含めて」

裕也は、真紀が出演した映画の公開試写会のとき、匿名の人物が真紀に花を贈ってくれた、と聞いた件も伝えた。

真紀は考えている。その人物は、自分の母親にも成人前までチョコレートを贈ってきてくれた人物と一緒であろうと。さらに祖父は、成長した真紀が映画界に関わったことを知って、自分の側から、ためらいがちのコンタクトを取ってきたのだと。無名の自分の映画出演を知ったのだ。いまもなお映画関係の世界にいる人物ではないか、とも想像できるのだと。

島崎は、笑って言った。

「戦前のみなし子少女映画みたいな筋に聞こえるな」

裕也は島崎が何の映画を思い出したのかわからなかった。このようなストーリーの映画って、あっただろうか。自分が観ていれば、当然そのことに早くに気づいていたろうが。

裕也は言った。

「自分が関わった映画の出演者の話ですし、あの映画が幻になってしまった経緯も整理したい。どっちみち皆さんに連絡を取るつもりだったので、手助けしてやろうという気になったんです」

「それにしてもさあ、誰だか知らんけど、焦れったいやつだな。五十年前は安西早智子とは結婚できない立場だったけど、いまなら自分は名乗り出ることもできるって、その子の話が事実なら、さりげなくアピールしてるってことなんだろう？」

「まだそこまでは解釈できないんですが」

「花束の贈り主、店に問い合わせたらわかるんじゃないの。そうだよ。それを期待しての花だったんじゃないのかな」

「たぶんしたのだろうと思います。お知らせできない、と返事があったか」

たぶん真紀は自分でそこまではやったはずだ。

「だとしても、いずれその子の前に自分から名乗り出て行くんじゃないの？　その布石だよ。あんまり驚かせないように」

「話を聞いた印象だと、五十年も出ては行けなかった理由も、十分に重いものがあったんじゃないかという気がします」

「根拠は、ほかには？」

「安西早智子も、相手が誰かを秘密にし通した。娘にも父親が誰かを明かさなかったんです。軽い事情ではなかったと思うんです。どんな事情であったか、十分に検討もしたつもりですが」

「自分から名乗り出ることはないと？」

「娘の前に名乗り出なかった男です。孫の前に出る理由もない」

「そのお孫さんは知りたかろうけど、本庄さんはむしろ、関わったりすべきではないことなんじゃないかな。そこまでの義理はないでしょう」

「義理はありませんが、その祖父さんが、『逃げた祝祭』か、ベルリン映画祭に関わっている部分があるなら、そのことだけは自分も知っておきたいと思っています。自分が書くべきことの、背景の一部でしょうから」

「その、幻の映画になった顚末というのは、かなりの分量になるのかい？」

「集まる情報次第ですよね。島崎さんの証言も、使っていいですか？」

「映画と映画祭に関することなら、いいさ」

隣りのテーブルのふたりが、なんとなくちらちらと裕也たちを見始めた。そろそろ時間だということだろうか。

「あらためてお時間をいただいてもかまいませんか。一時間か一時間三十分くらい。ぜひお話しいただきたいことを、事前にメールしておきますので」

「いいぞ。おれも、もう業界に遠慮するようなひともいなくなった。存分に話せる。早いほうがいいんだろうな」

「そうですね」

「映画祭って言えば、今年の釜山《プサン》映画祭には行くんだ。去年撮った映画が、プレミア作品に選ばれそうだ」

島崎は、そのタイトルを教えてくれた。

『五月になれば』という、コミックの映画化作品だという。その作品のことは知っていた。両親の介護をする女性と、その周囲のひとびとを描いた人情ドラマらしい。舞台は静岡だったか。

島崎は冗談を言った。

「認知症気味の老人の役だよ。自然体でやれた。釜山には行ったことはある？」

「いいえ。映画祭の話題はよく耳にしますが」

「おれも初めてなんだ。ベルリンと似てるんだろうか。全然違うものなのか」島崎は話題を戻した。「そのお孫さんって子も、けっこう大胆だな。物怖じしないって言うか」

「物怖じしないって言うのはたしかですね。舞台女優です。映画出演経験もある」

「おお、安西早智子の才能を受け継いでいるのかな」

「音楽のほうはどうかわかりません」

「その相手が日本人なのはたしかなの？」

「お孫さんは、多数派の日本人の顔だちでしたね。娘さんにあたる女性も、東アジア系のひとの顔立ちだそうです」

「ゲルマン民族の血は入っていない？」

冗談の口調だ。

「見た目では」

「ベルリンに一緒に行った男は、おれ、卓、窪田、それに藤原真智の恋人の」

「栗橋」

「ああ、栗橋」

「それに宮永さん」

「亡くなってしまったけど、彼ってこともあるのか」

「可能性だけを言えば、の話です。わたしも一緒だった。でも、あのときベルリンにいた日本人は、わたしたちだけじゃなかったし」

「卓も、窪田さんも、否定したんだろう？」

「ええ」

「本庄さん自身にも、思い当たることはない」

「はい」

「消去法だと、おれか」

「そんなふうに考えているわけではありません」

「率直なところ、本庄さんは、その相手が、おれだと思ってる？」

彼はいままたサングラスをかけている。目を見ようとしたが、見えなかった。本気で訊いているのかどうか、わからなかった。

「いいえ、思っていません。ただ、周辺の情報を何かご存じじゃないかと」

「おれ、マッチとは何もなかったよ」

裕也は一瞬だけ、反応できなかった。いま島崎は、マッチと言った？　それは藤原真智の愛称だったはず。安西早智子の話題なのに。

島崎は裕也を見つめている。もちろん目は見えないが。

島崎が、顔を裕也に向けたまま訊いた。

「おれ、いま、マッチと言ったかい？」

「ええ」

「サッチとは何もなかった」安西早智子を小坂部や島崎はそう呼んでいた。「そう言おうとした」単純な言い間違いか？　とくに何の意味もない。いや、言い違いには必ず意味があるはずだ。この場合、つまり。

島崎は、言い直した。

「サッチ、安西早智子とは、そういうことは何もなかった。ベルリンに行く前も、ベルリンでも、ベルリンから帰ってきてからも。いい子だとは思っていたけど」

裕也は、いま自分が想像したことを隠して訊いた。

「どなたか、島崎さんよりももっと安西早智子をいいと思っていた男を知りませんか。わたしは、コーディネーターとかツアーコンダクター役なので、関係者のベルリンでの日々をろくに知らないんです」

「栗橋涼一。あいつはマッチ、藤原真智と一緒に行っていながら、ほかの女性も口説いていた」

「窪田さんが、彼は津野恵にも言い寄っていたと言っていました。電話していいかって」

「同じことを、安西早智子に言っていてもおかしくないよな。サッチがなびいたかどうかはともかく」

裕也が黙っていると、島崎が訊いた。

「ありえない？」

「いいえ。ただ、栗橋涼一は安西早智子のタイプではなかったように思うんです。ただの印象ですけど」

「栗橋は、頭と女癖が悪かった。顔はよかったけど、音楽の才能はどうだったのかな」

「そちらもよくわかりませんが、藤原真智と一緒の部屋です。藤原真智の目を盗んで、栗橋にそれができたとは思えない」

「藤原真智がおれと一緒だった夜があるよ。失格が決まって、トリュフォー組の連中にバーに招《よ》ばれた、ときだ」

島崎の言葉の最後が、不自然な箇所で途切れた。何か意味があることだろうか。

黙っていると、島崎は言った。

「あれは、ベルリンを発つ二日前の夜だな」

「二十八日です」

「そうなの？　日付までは覚えていない。ということはその次の晩、帰国前日も、おれたち主演の俳優と監督にはお誘いがあったな。その夜も、みなバラバラだったろう？　失格が決まった後、本庄さんも、非公式の行事のほうには招ばれていたんじゃないの？　夜にどこかですれ違ったような気がするぞ」

「パラスト劇場ではなくて？」

「事務局か、どこかのホテルで」

島崎と、非公式の行事ですれ違っていた？　別行動のときにそんなことがあったろうか。自分が気がつかなかっただけか？

「そうでしたか」逆に島崎に質問した。「二十八日、宮永さんやわたしなんかが事務局に行っていた昼間、みなさんはまた西ベルリン観光をしていましたよね。みなさん一緒でした？」

「いいや。おれはひとりで市内を回った。マッチ、は」島崎はまた言いなおした。「藤原真智は、栗橋と一緒だった。窪田組も、別行動だった。サッチはどうだったろう。わからない。一緒だったかもしれない。藤原真智の高橋マネージャーも、おれたちと一緒だったかな。いや、あれは出発の前日のことか。東ベルリンから戻ったあと、別行動になったか」

自分が昼寝していた時間のことか。

島崎が続けた。

「その夜も、みんなで食事の後はバラバラだったよな。夜が明るいんで、みな遊びに出たんじゃなかったか。おれと卓とマッチも、事務局近くのホテルのバーに行った。誘われていたんだ。二軒目のバーに『地球に落ちて来た男』組がいた。大島渚とデビッド・ボウイが話していた。日を混乱してるかもしれないけど、本庄さんを見たのはそこだぞ」

「わたしを見た？」

「ああ。外国人の映画記者の女性と話していた。上映後の取材で質問してきたひとじゃなかった？」

その夜のことは覚えている。レナ・ストールから二度目に誘われて行ったバーには、たしかに大島渚とデビッド・ボウイの姿があった。

ただ、島崎や藤原真智がいたのなら、自分も気づいていたはずだが。

いま島崎は、裕也を見た、と言った。挨拶は交わさなかったのかもしれない。店は混んでいたし、近寄ることはなかったのだろうか。自分は、レナ・ストールとの英語の会話に懸命だった。

あのとき、彼女は訊いてきた。

「『ベニスに死す』に死に神が何人も出てくる。気づいていました？」

「ああ」何を質問されたか、すぐにわかった。「やっぱりあれは死に神でよかったのか。ぼくは二回しか観ていないけれど、二回目に意識して、これはもしかしたらと、五人まで数えた」

「わたしは七人出てきたと思う」

「すごい。日本には死に神の概念はないので、ヨーロッパのひとほど敏感に見つけることはできないんだ」

「わたしの友達は、十三人いたと言う」

「もう一回観てみなくては」


島崎の声で我に返った。

「あそこには、日本人が何人もいたな。前の夜のバーにもいた」

裕也は訊いた。

「トリュフォーの『思春期』の集まりのほうではなくて？」

「違う。記憶はおぼろげだけど、その夜にもう一軒行った酒場だったんじゃないかな。いや、ボウイのあのバーにはしごしたときかな」

「大島組か、『本陣』の組のひとたちですかね？」

「わからない。ろくに話はしなかった。映画の組の人間じゃなく、批評家とか、ベルリン在住の日本人だったのかもしれない」

「街の中でも、そこそこ日本人らしいひとはいましたね」

ベルリン・フィルの本拠地のそばのカフェで見た日本人たちが、どういうわけか記憶に残っている。あれははるばる極東からやって来た観光客ではなく、少なくとも一部はヨーロッパに住んでいるような雰囲気の日本人青年たちと見えた。音楽関係者だったのだろうか。

裕也は訊いた。

「そのときは、監督や藤原真智さんも一緒だったんですか？」

「どうだったろう。一軒目はたしかにそうだ。二軒目、ボウイのいるバーは」島崎の言葉は止まった。「わからない。覚えていない。おれだけ誰か外国人俳優に引っ張られて、行ったんだったかもしれない。次の日、飛行機に乗り遅れるんじゃないかと、はらはらしながら、あの雰囲気を楽しんだ」

「楽しめました？」

「ああ。この仕事を続けようと誓ったね。そして、また来るんだって。またどこかの映画祭に行くぞって」

「失格で帰ってきたけれど、それなりにみなさん、収穫はあったんですね。監督も、窪田さんも、懐かしそうに思い起こしていました」

「おれたちにとって、『祝祭』は逃げたわけじゃなかった。いまだ追い続けていられる祭りだ」

島崎は突然口調を変えた。「本庄さんも、この世界を離れることはなかったのに」

「わたしは、ずっと消費する側の人間でしたから」

「そうであっても、あの映画祭を楽しんだろう？」

またどきりとすることを訊かれた。彼は何かを知っていて、カマをかけてきているのだろうか。

「ええ、別の業界の人間でしたけど、それなりに」

「サッチも楽しんだってことだな。ちょっと地味で、あんまり跳んだりするような子じゃなかったけど、傍で心配しなくても、祭りを十分に楽しんでいた」

ひとりごとのようにそう言ってから、島崎は訊いてきた。

「彼女は、シングルマザーとなったことを、後悔していたんだろうか。若いときの過ちの結果、不幸になった、と思っていたのかな」

「よくわかりませんでした」裕也は首を振った。「結婚しないで子供を育てたんですから、苦労はあったでしょうし、相手の名前を娘にも伝えていない。でも、後悔というよりは、何かしら深い決意を持ってその後を生きた、と想像したくなります」

「窪田なら、何か小説を書かないかな。相手の男は、ヨーロッパの人気俳優だったとか」

「その題材では書かない、と言っていました。相手はヨーロッパの俳優でもないでしょうね」

「しけた、ありきたりの話だと思いたくないな」

「それはたとえば？」

「ベルリン旅行中のちゃらい日本人にナンパされたとか」

「安西早智子は、わたしの印象ですけど、ナンパされる相手は選ぶほうだと思います」

「そうだな」

隣りの席の青年が島崎に声をかけてきた。

「あと十分で開始だそうです。そろそろ行きますか」

「そうか」とうなずいて島崎は立ち上がった。

裕也も椅子から立った。

島崎は言った。

「話しているうちに思い出した。マッチのマネージャーだった高橋秋子さん、彼女、まだ元気だよ」

「あ、知りませんでした」

「あの後何年か経ってから独立して、芸能事務所を持っていたんだ。さすがにもう引退しているけど、試写会とかお芝居をよく観に来ている。連絡先、教えようか」

「それは助かります。あのとき、男性陣には見えないこともあったかもしれない」

「メールしておく」

島崎はふたりの映画制作の関係者と一緒に、動物園側の木立のほうへと歩いていった。

8

七月に入って、小坂部卓からメールが来た。

彼は書いていた。

「『逃げた祝祭』のデジタル化の見通しがついた。映画アーカイブスが、着手してくれることになった。早ければ十月には、関係者は観ることができるだろう」

つけ加えて。

「某財団の後援で、公開上映会も実施できそうだ。いま動いている。その上映会に向けてパンフレットを作るつもりだけれど、本庄さんから見た『逃げた祝祭』のベルリン国際映画祭の出品から上映、失格までの経緯を書いてもらえないだろうか。このパンフに掲載したい」

すぐに裕也は返事をした。

「喜んで書かせてもらいます」

ベルリンで安西早智子に何があったのか、それを調べることはこの仕事の一部となったようなものだった。もちろん、そちらについては文章で発表することはないが。


その三日後だ。

裕也はまた大宮真紀と会った。

彼女は、先日会ったときとよく似た服装だった。ジーンズではなく、白っぽいコットンのパンツであるところが違っていたかもしれない。いずれにせよ、これからアルバイトに行くのだろうかという雰囲気はそのままだ。

きょうは、真紀の次の用事が中央線沿線の駅とのことなので、そのための便利さを優先して、会う場所を決めた。秋葉原駅に近いファストフードの店だ。

あまり大声では話せないが、しかし自分たちは人聞きの悪い話題を口にするわけでもないし、聞いたほうのばつが悪くなることもないだろう。多少は聞かれてもいいはずだった。

注文したドリンクをそれぞれがひとくちずつ飲んだところで、裕也は真紀に言った。

「ベルリン映画祭に行った映画関係者の男性のうち、三人に会いました」

真紀がストローから唇を離して、正面から見つめてきた。目には少しの期待。いや、単に好奇心か。

「監督の小坂部卓、主演の島崎洋司。原作の窪田順の三人です。みな、とても興味を持ってくれた。残念ながら三人の中に、お祖父さんはいなかったけれど、今後も協力をお願いできます」

少し誇張がある。でもこのくらいの誇張は許される範囲だろう。

裕也は続けた。

「わたし自身が映画祭失格の経緯を書くつもりなので、三人に当時の様子をわりあい詳しく聞かせてもらいました。聞いていてわたしの記憶も少しずつ掘り起こされています。あの映画祭の日々、安西早智子さんが恋をした男性が誰なのか、誰もその人物を知りませんでした。あのチームの中には、いなかったと言い切っていいと思います」

真紀はほんの少しのあいだ、裕也の言葉を吟味しているようだった。その意味を、胸にしっかりと落とそうとしているかのようだ。

やがて真紀が訊いた。

「祖母は、映画祭の日々を楽しんでいたのでしょうか？」

「あ、わたしはそのような聞き方を誰にもしなかったけれど、そのことについては間違いないでしょう。早智子さんは、初めての外国旅行だった。それも、映画祭という、ある意味ではとても華やかなイベントへの参加の旅行です。早智子さんが退屈していたり、うんざりしていたとは、誰の記憶にもない」

「でも、主演はべつの女優さんですし、レッドカーペットを歩くような予定もなかった」

「早智子さんはギターを持っていったし、もしかしたらどこかのライブハウスに飛び込みで歌ったかもしれない。そうしようという気持ちもなければ、わざわざギターを持ってはいかなかったでしょう」

「自分のオリジナル曲を歌うためにですか」真紀は微笑した。「新宿のライブハウスから一直線に。祖母は大胆でしたね」

裕也は安西早智子をかばった。

「日本のレコード会社がまだ気がつかないうちに、早智子さんは本人の役で映画に出演し、その映画は国際映画祭に出品された。ライブを聴きに行ったことがありますが、才能のあるひとでしたよ」

「あ、そうですね」真紀はうなずいた。「いま、少しだけ、祖母のことを、ちょっと身の程知らずと思ってしまいました」

「すでにアーチストとして実績のあるひとでした。認めるひとは認めていた。テレビには出ていなかっただけです」

「祖母は、ほんとうに歌うことが好きだったんですね」

「広場で弾いても、早智子さんは幸福だったのかもしれない。ヨーロッパは、ストリート・ミュージシャンが多い土地柄ですよ」

「オリジナルは受け入れられたでしょうか？」

「なんとも言えません。早智子さんは、外国のポップスなどを弾いたりすることもあったのかな」

「祖母の遺品の中には、かなりの数のアメリカやイギリスのフォークソングの楽譜集があったそうです」

「シンガー・ソングライターは誰でも、最初は誰かのカバーから歌い始めるから。ヨーロッパでもポピュラーな曲をまず歌って、それからオリジナルを交えるのかもしれない。その場を見ていないのでなんとも言えませんが」

真紀は、リュックサックの中から、クリアホルダーを取り出した。コピーが数十枚入っているようだ。

「祖母の遺品の中に、歌詞のメモなどを書いた手帳がありました。ベルリンの後から使っていたものだと思えるものをコピーしてきました」

真紀が取り出したコピー用紙には、文庫サイズほどの手帳が見開きごとにコピーされていた。ボールペンで、歌詞らしき言葉が記されている。数枚見てみたが、歌詞として完成されたものではなく、キーワードだけをメモしたもののようだった。

裕也は訊いた。

「これが、ベルリンの後からのものだとわかるのはどうしてです?」

真紀が答えた。

「手帳が、日本のものではないみたいです。黒い厚手の表紙がついていて、ポケットもありました」

もしかしたら、と裕也は思い当たった。ハンブルクのノートメーカーの製品だろうか。自分もベルリンの文具店で買った。土産などはろくに買わなかったけれど、唯一記念品として買ったのが、あのノートブックだった。安西早智子も、あの店に行ったのかもしれない。

コピーの見開きの隅を見た。ページが印刷されている。見覚えのある書体の数字だ。やはり自分が買ったあの手帳と同じブランドのものだろう。

真紀が、裕也の手にしたコピーの束を示して言った。

「コピーしてはきませんでしたけど、最初のページに目次のような枠があって、そこに日付だと思う数字が入っていました」

6/30/1976、と記されていたという。日本人が西暦で日付を書くときであれば、その書き方は自然だ。一九七六年の六月三十日。つまり、自分たちが帰国の途についたその日だ。その日から、安西早智子は旅先で買った新しいノートに、これから作る曲の、歌詞のメモを取り始めたのだ。ベルリンでは、何か創作上の刺激があったのだろう。

コピーの束の最初のほうは、ほとんど単語だけがメモされている。

北緯五二度
壁のある街
夜の来ない夜
戦争の影　分断
査証　許可
ビザをください
許し

戦災の影
看板はどこ
書店と文房具店
楡の公園　遊歩道
リスが見つめてくる

歌詞ふうの言葉が記されてくるのは、少し先だ。

運河　ふたりを裂く
遮断機　非情な
あなたは査証を持っていますか
運河にかかる橋

ふたりを結ぶ
わたしたちは大木の下
エルム、とあなたは教えてくれる
エルムの木の下であなたは口ごもる

全部のページが、こうではないのだろうが、きちんと読んでいけば、安西早智子のベルリンの日々のあいだに、彼女に何があったか、それを知るヒントが見つかるかもしれない。このノートのコピーを見ただけで、いま裕也は彼女がベルリンでノートを買って、ベルリンを発ったその日から、歌詞のキーワードを書き留め始めたと知ることができたのだ。真紀の母親が気がつかなかったことも、もしかしたら読み取れるかもしれない。

コピーをさらさらと見ていると、真紀が言った。

「写真のほうはいかがでした？　何かわかるようなものは写っていました？」

真紀は、安西早智子のベルリンでの写真と思えるものを、全部で七葉、スキャンしてメールに添付して送ってくれていた。

裕也は、ノートパソコンを取り出し、テーブルの上で真紀も見える位置に置いて画像のフォルダーを呼び出した。七葉の写真は、どれもここがベルリンとはっきり場所はわからない。

裕也は言った。

「どれも、映画祭に行っていなければ、そのときのものだとはわからない写真でしたね。真紀さんは、何を手掛かりに、これを選び出したんです？」

「島崎洋司さんの顔はわかるので、その島崎さんの写っている写真から、祖母を含め、ほかのひとたちの顔とか服装とかを覚えて、それだけ見つけました」

島崎はずっと俳優を続けてきたから、若いときの写真も同定は容易だ。それはたしかに、いい方法だった。

「母も」と真紀は言った。「それがベルリン映画祭のときの写真かどうかは、わかっていなかったと思います。ベルリンが意味のあることだとも考えていなかったでしょう。わたしと同じく、ベルリン映画祭って真冬の開催だと思いこんでいたでしょうし」

最初の写真は、ツォー・パラスト劇場の前だ。開幕式の直前の撮影だろう。つまり、藤原真智と、それに通訳の村橋、島崎、宮永、小坂部は、支度のためのホテルに行っている。写っているのは、安西早智子、高橋秋子、それに窪田と津野恵だ。この写真を自分は持っていない。窪田のカメラで、裕也か栗橋がシャッターを押したのだろうか。

次の写真は、劇場のエントランスでの撮影だった。この写真も自分は持っていない。村橋香奈子が撮ったものか。津野恵と栗橋まで含めて、関係者全員が写っている。これが自分たちの、ベルリンで撮った唯一の「公式記念写真」と言えるのかもしれない。

藤原真智は、鮮やかなブルーのドレス姿だった。化粧のせいか、その夜の興奮のせいなのか、藤原真智の表情はかなりハイに見える。安西早智子は地味なスカートだ。表情は、控えめに幸福そうだった。

レストランでの食事どきの写真が一枚。第一回の上映があった夜のものと見えた。裕也が写っていないので、自分がシャッターを押したのだろう。

カフェで、五人が写っている写真がある。三人がテーブルについていて、真ん中は藤原真智、その右隣りに小坂部、左側に安西早智子だ。その後ろに、中腰のふたり。島崎と窪田。みな屈託のない笑顔だ。上映前のもののようだ。

裕也はこの写真も持っていなかった。誰が撮ったものだろう。高橋秋子か、自分か、あるいはプロデューサーの宮永か。あのときカメラを持っていたのは、窪田だけと思っていた。カメラを持っていた者が、ほかにもいたのかもしれない。

次の写真は、ベルリン・フィルのコンサート・ホール前で撮ったもののようだ。安西早智子と藤原真智、それに島崎洋司が写っている。行ったことは覚えているが、裕也はこの写真も持っていない。

次の写真も、コンサート・ホールの前だった。ホールを背景に、五人が写っている。建物を知らなければ、やはりこれがベルリン国際映画祭のときの撮影だとはわからないだろう。

写っているのは、安西早智子、高橋秋子。それに、裕也の知らない若い男性が三人だ。男性三人はみな日本人のようだった。いや、東アジア人というべきか。そのような顔だちだ。

この写真も、裕也は持っていない。一緒にベルリン市内見物をした日、この見知らぬ若いアジア人たちと写真を撮るような機会があったろうか。

最後の写真は、安西早智子がベンチでひとりだけで写っているものだった。ジーンズ姿で、ギターを抱え、顔はカメラに向けている。微笑していた。ギターケースはベンチの上だ。場所は、公園の中と見えた。巨木が生い茂る、芝生の広がる公園。ティーアガルテンの中だろう。

裕也には、安西早智子がギターをケースから取り出して弾いた場面の記憶がなかった。彼女は誰と行って、ギターを弾いたのだろう。

一度自宅で見た写真だったけれども、またここでも裕也はこの写真を凝視して、湧いてくるいくつもの疑問を反芻していた。

「どうかされました？」と、真紀が心配そうに訊いた。

我に返った裕也は、真紀を見つめ、画面上の写真を示して言った。

「この早智子さんがギターを弾いている写真を、初めて見るんです。誰が撮ったのかが気になる」

「それも、ベルリンですよね？」

「大きな公園があります。その中だと思う。服装はほかにも同じものがありますから、ベルリンで撮られたものに間違いないでしょう」

「祖母は、お気に入りだったんですね。その写真」

裕也は画像を一枚戻した。

「この写真は、ベルリン・フィルのコンサート・ホールの前で撮ったものです。みなで行ったことを覚えていますが、関係者以外と一緒に写したことは覚えていなかった」

「この三人の男のひとたちのことですか？」

「ええ」

「映画祭の関係者さんたちでしょうか？」

「でも、会場からは離れた場所です。観光客かな」

「あまり観光客っぽい印象じゃありませんよね」

たしかに、旅行用帽子をかぶっている者も、ウエストポーチをつけている者もいない。特別カジュアル過ぎる服装でもない。

「男たちの表情は、少し遠慮がちというか、あんまり早智子さんたちとは打ち解けすぎてもいないように見えます。お茶を飲んでいるときに親しくなって、その場のノリで写真を撮ったように見えなくもない」

「でも、その写真も祖母には大事なものだったんでしょうね？」

「ベルリンの思い出写真としては、ということなのかな」

「大切なひとが、そこに写っている？」

「可能性はあります。もうひとつ、気になること」裕也はその写真を示し、もう一度安西早智子がひとりで写っている写真も呼び出した。「この二枚の写真は、白い縁取りがあるんです。ほかの写真にはありませんが」

「それは、どういうことを意味しているんでしょう？」

「わたしたちを撮ったカメラとは別のカメラで撮られたものかなと思います。いまと違って、フィルム・カメラで写真を撮ると、現像してプリントしてもらわなければならなかった。そのとき、サイズや縁取りのあるなしを指定できるんです。この二枚については、縁取りをつけるという習慣のひとがプリントして、早智子さんにあげたのではないかと想像します」

同時プリントではなく、焼き増ししたときに指定を変えた可能性もないではないが。

「同じひとということですね？」

「断定はできないにしても」

「ベルリンで、渡してくれた？」

「いや、あのころはまだワンナワー・フォトなんてサービスはなかったと思う。プリントができるまで数日かかった。この二枚は、ベルリンから帰ったあとに、早智子さんに渡されたか送られたものでしょう」

「その大事な写真を撮ってくれたのは、ベルリンに行った『逃げた祝祭』の関係のひとではなかったんですね」

少し落胆している顔だった。まだまだ祖父探しは続くことを残念に思ったのかもしれない。

裕也は言った。

「写真の件とお祖父さんの件は、全然関係ないのかもしれません。ただ、可能性の範囲は広がりましたね」

「写真に写っている三人が誰かって、調べられるでしょうか？」

「一緒に行った女性は、覚えているかもしれない。わたしは記憶がなくなっているけれども、案外わたしたちのそばにいた男性たちだったのかもしれない」

「というと？」

「ほかの映画の関係者とか、芸能記者とか。それとも映画を観に来た旅行者。誰かスターの追っかけとかの」

「たくさんいたんですか？」

「メインの劇場やパーティなどで見た日本人は、二、三十人かな。もっといたかもしれない」

真紀が苦笑した。

「とても難しそうですね」

「そうかな。かなり手がかりが出てきたようにも感じるのだけど」

裕也は思いついて言った。

「この二枚のプリント、サイズはほかのものと同じでした？　大きなサイズでした？」

「同じだと思います。とくに気にならなかったし」

「プリントの裏には、現像所のスタンプなどがプリントされていました？」

「あったと思います。それが何か？」

「もしベルリンの現像所のスタンプなら、この写真を撮ったのは、ベルリン在住か長期滞在中のひとです。日本の現像所のスタンプなら、わたしたちと同様の旅行者です。たぶん」

「こんど帰ったときに見てきます。でも、そこから写真を撮ったひとまで、たどれますか？」

「わからない。でも、手元に情報はたくさんあったほうがいい。候補から絞りこむ材料にもなるしね」

「わたしができることは、何でも申しつけてください。わたしの好奇心を満たすためのことですので」

「いいや。わたしにも、これは仕事になった。『逃げた祝祭』のデジタル版ができたところで、回顧上映されることになったんだ。わたしは、上映会のパンフレットに、あの映画がベルリン映画祭に出品され、上映されて、けっきょく失格となった経緯を文章にすることになった」

「あ、上映されるんですね。いつでしょう？」

「まだはっきりわからない。十月に入ってからだと思う」

「観に行きます」

真紀は話題をまた写真に戻した。

「まだベルリンには壁があったんですよね」

「西ベルリンは、壁に囲まれていた。行き来できないわけじゃなかったけど」

その後しばらく、真紀に問われるままに、西ベルリンのこと、映画祭の日々について話した。

真紀は少しうらやましげな目となっていった。

「わたし、まだ外国はどこにも行ったことがありません。ただの観光旅行ではなくて、そういう理由で外国に行くって、いっそう楽しいことなんでしょうね」

「わたしは仕事だったけれども、非日常はおおむね楽しいものだね」

「祖母も初めての外国旅行で、どんなにテンションが上がったか、想像できます」

「早智子さんは、シンガー・ソングライターだった。わたしなどから見ると、俳優さんなどと同じく、非日常を生きてるひとだったんじゃないかな」

自分の言葉に、羨望が混じったことを意識した。いい歳をして、と裕也は苦笑する思いだった。若い子に何を言っている？

「わたしも」と真紀。「お芝居をしていますけど、そんなに非日常を生きてるという感じはありません。小劇場の、無名の女優というせいもありますが」

「前回は何も訊かなかったけれど、近々出るお芝居などは？」

真紀は椅子の脇の自分のトートバッグにちらりと目をやった。

「はしたないことかと思って、前のときはお見せしなかったんですが」

真紀はトートバッグから、Ａ４のサイズの印刷物を取り出した。

受け取って見ると、舞台公演のフライヤーだった。表側に、カラスのイラストを地にして、大きくタイトル。

『砂州が終わる場所』

裏には、出演者たちの顔写真が並んでいる。

ほぼ三週間ほど後の公演。劇場は、両国にある、エンターテインメントのお芝居をかけないことで有名なところだ。

「じつはいま、稽古が始まっているんです。わたしは小さな役で出ています。原作はスタインベックです」

「もしかして『二十日鼠と人間』かな」

「あ、わかりますか。演出のひとが翻案して、大地震の後の復興工事の現場の話に置き換えているんです」

「観に行っていいかな」

「ごめんなさい。厚かましいことをお願いしてしまったみたいになって」

「いいんだ。お芝居も好きだ。しばらく観に行っていないけど」

大宮真紀は、さらにメモ用紙を渡してきた。

「祖母が住んだ場所です。実家と、東京の阿佐谷のアパートと、祖母の叔母にあたるひとの家」

「叔母さんの家にも住んだの？」

「母を産む前に、祖母は叔母さんの家に身を寄せたのだそうです」真紀はメモの中の一行を示した。「牛久《うしく》です。母は三歳になったころまで、ここで育ちました。その後、祖母は取手に移って、ひとりで母を育てたんです」

「叔母さんはご存命？」

そのひとなら、シングルマザーになった理由や、相手の男性のことを聞いているかもしれないと思ったのだ。しかし、とうに物故していておかしくない。

真紀が答えた。

「いいえ。祖母の叔母は、わたしが十歳のころには亡くなっていました。その叔母からも、母は何も聞いていなかったそうです」

「早智子さんは、未婚だったのだから、出産のときは、実家にいるのが自然のような気がするけれども、叔母さんの家にいた理由はある？」

あの時代、いや、現在もだろうが、未婚の女性がひとりで子供を産むことの大変さはたぶん、裕也の想像を越えたものがあるはずだ。無名のシンガー・ソングライターであれば、なおさら。

「祖母の父親はとても厳格なひとだったそうです。娘が結婚しないで子供を産むことを許さなかったとか。実家に帰ってくることも、たぶん許さなかったのでしょう。水戸の旧家なので、体面をとても気にしたのかもしれません」

「それでもお母さんは味方したんじゃないかな」

「祖母の母は、陰で経済的援助をしてくれていたのではないかと思います」

「それで叔母さんの家にか」

「叔母さんの嫁ぎ先は、商売をしていた家なので、引き取る余裕があったみたいです。祖母はひとりで働いて母を育てました。祖母が亡くなった前後、高校生の母は水戸の祖母の実家で暮らすようになりますが、一年後には大学に進んでその家を出るんです」

「お母さまのお祖父さんは、お母さんの大学進学を許してくれたんですね」

「さすがに孫は可愛かったようです」真紀は小さく微笑した。「母は、祖父には反抗的だったと言っていましたが。お役に立ちますか」

「何か思いつくかもしれません」

次に会う日は決めずに、裕也たちは店を出た。

9

高橋秋子が指定してきたのは、三軒茶屋の高層ビルの展望台だった。レストランとカフェがあるという。そのビルには、たしか劇場が大小二つ入っていた。

高橋秋子が、そのうちの小さな劇場で、あるダンス・カンパニーの公演を観るという。その前の時間にならら、会えるとメールしてきたのだった。仕事は引退していると島崎から聞いたが、まだ多少はその世界とつながりがあるのかもしれない。

「なんて懐かしいんでしょう」と、彼女はメールに書いてきた。「あのベルリンの日々は、忘れられないお祭りでした。その後の藤原真智を守り切れなかったことは、ほんとうに無念でなりませんが。

本庄さんの映画紹介記事を、ときおりパンフなどで読ませていただいています。安西早智子さんのことは、わたしもずっと気になっていました。できるだけ思い出してみますよ」

展望台のあるフロアのカフェで、裕也は高橋秋子と向かい合った。

彼女は実年齢よりもずっと若く見えた。品のいいブランド品を身につけていた。かくしゃくとしたマダムだ。

「本庄さんね」と、高橋秋子は確認するかのように裕也に近寄って顔を見つめ、微笑した。「ベルリンでは、お世話になった」

「こちらこそ」

「島崎さんからメールがあって、いろいろ思い出していた。わたしの仕事人生を変えた日々だった」

「そうなんですか？」

「仕事の目標ができましたよ。わたしがマネージメントする俳優さんには、映画祭でレッドカーペットを歩かせるって」

「目標は達成されていますね」

「自分の事務所のときに、五人だけ。実際に歩いたのは。男性も含めてね」

椅子に腰掛けて、すぐにメールでも伝えていた本題に入った。

「安西さんは、その後シングルマザーとして女の子を産んで育てました。子供の父親が誰か、身内にも友人たちにも一切明かしてはいなかったそうです。大宮真紀さんという、安西さんのお孫さんに当たる女性が、自分のお祖父さんが誰かを知りたいと探しています。そのお祖父さんは、いまも映画の世界かごく近いところにいるのではないかと、真紀さんは想像しています」

「殿方三人は、みな自分ではないと言ったのね」

「わたしを入れると四人」

「プロデューサーの宮永さんはもう故人。あと、藤原真智の恋人も一緒だった。ええと、涼一」

「栗橋涼一」

「そう。あの子もいた。会った？」

「いいえ。消息がわかりません」

「あの子じゃないでしょうね。早智子さんのタイプじゃない。直感だけれど。何があっても、早智子さんはあの子と間違いを起こさなかったと思う」

自分の印象と一緒だったけれど、裕也は訊いた。

「何か理由はありますか？」

「早智子さんは、涼一みたいなちゃらちゃらしたのが苦手なタイプだった。そう言っていたわけじゃないけど、女にはわかる」

裕也は持参したノートパソコンを開いて、高橋秋子にフォルダーの画像を見せた。

「早智子さんの遺品の中には、ベルリンでの写真が何枚か残っていました。ベルリン・フィルのコンサート・ホールに、半分のメンバーが行ったことを覚えていますか？」

「東ベルリンにも行った日？」

「その三日前の日だと思います。そのときにカフェにも入りました。この写真」裕也は、安西早智子、高橋秋子と並んで、見知らぬ三人の男が写った写真を開いて見せた。「わたしは、このホールに行ったとき、この日本人らしき青年たちとこんなふうに写真を撮ったことを覚えていないんです。親しげに見えますけれど、高橋さんはこの三人が誰か記憶にありますか？」

高橋秋子はモニター画面に目を近づけた。裕也は三人の男の顔の部分を拡大表示した。

高橋秋子は目を細め、懸命に思い出そうとしているようだった。

「こういうことはあった。カフェで近くのテーブルにいるお客が、白人のカップルを含めて五人いたのかな。その中の三人だと思うけど、アジア人の若い男の子たち。英語で親しげに話していた。女性はヴァイオリンか何かのケースを持っていて、全員なんとなく音楽関係者だという雰囲気だった。アジア人らしい男の子たちは、サッチを少し意識している様子があった。白人カップルが席を立っていって、男の子三人だけになったとき、ひとりと目が合ったので、わたしが訊いたの。日本の方ですかって」

「日本人だったんですよね」

「日本人だった。ええ、こっちに住んでいますとひとりが答えて、ひとりが、日本からです、と答えたかな。それから少し話をした。旅行中だったし、あやしい男の子たちには見えなかったから、そんなに長くはないけど、カフェの会話を楽しんだ。わたしも、早智子さんたちも」

裕也も、あのとき近くのテーブルに、たしかにアジア人の男性グループがいたことは覚えている。音楽関係者だろうかとなんとなく思ったのだった。会話もしたのだったか。

「そうだ」と高橋秋子が言った。「男の子の中のひとりが、映画祭の関係者とお茶を飲めたなんて感激だ、とか言った。記念に写真を撮っていいですかって言って、こちらもいい気分だったから、わたしや早智子さんが承諾した」

「このとき、もうひとり、男性がいましたか？」

「どういう意味？」

「この写真を撮った、カメラのシャッターを押した人物も、このグループの誰かかもしれなくて」

「あなたが撮らなかった？」

「わたしが？」

「シャッターを押すのはだいたい本庄さんだったから。いえ、きちんと記憶しているわけじゃないけど」

「もう一枚」と裕也は、安西早智子がひとりでギターを抱えて写っている写真を見せた。「服装から、この写真もベルリンだと思うんです。ティーアガルテンの中じゃないでしょうか」

「わたしたちは行っていないよね？」

「たぶん。広すぎるところのようでしたから、散策する時間もないかと思った」

「この写真が何か？」

「この写真を撮ったカメラは、いまの男性三人が写ったカメラと同じものだと思うんです。フィルムを同じ現像所に出していると、推測できるんです」その推測の根拠を簡単に伝えて続けた。「この写真は、そのカメラの持ち主が撮ったのだと思います」

「ええと、それはつまり、公園には」

「早智子さんと、わたしたちのうちの誰かが、ティーアガルテンに行ったようではありません。誰も覚えていない。となると、早智子さんはたぶん男性と一緒に行って、その男性がこの写真を撮った」

「通行人にシャッターを押してもらったのではなくて？」

「ひとりを撮るのに、通行人に頼む理由はありません」

「でも、彼女にそんな時間はあった？　本庄さんが、だいたいアテンドしていなかった？」

「帰国する前日、午後はわたしは昼寝をしていたんです。そのときみなさんは、ばらばらで市内見物とか土産物ショッピングに行ったのだと思いますが」

「ちょっと待ってね。あの日本人青年三人組、ひとりは留学生だった。ベルリンに詳しいってことで、友達を案内したとか」

「留学生？」

「音楽。声楽専攻だったかな。楽器じゃなかったはず。あとのふたりは、日本からの友達。ひとりは、映画祭を観ることが目的だったんじゃないのかな。何かのチケットをもう取っていたと聞いたような気がする」

「芸能記者とか？」

「いえ、違う。それだったら、あの場の会話が違うものだったでしょう」

「もうひとりは？」

「どうだったろう。やっぱり音楽の関係者だったろうか？」

「留学生じゃなく？」

「ううん、覚えていない」

高橋秋子は、また写真に目を向けた。

「どの青年だったかはきちんと記憶にないけど、この三人の中のひとりと、早智子さんは、話がはずんでいた」

「そんなに長い時間、あのカフェにいましたっけ？」

「二、三十分くらいいたでしょ。それから地下鉄駅まで、なんとなく一緒に歩いた」

「この三人組と？」

「ええ。覚えていない？」

「地下鉄駅を探すので必死だったのかもしれません」

でもかすかに思い出した。あのカフェにいた三人組とは、たしかにほかの面々は多少の会話があった。その中のひとりと、安西早智子が長めに話していた。安西早智子はその会話を喜んでいたようだ。あんな場合、割って入るべきかどうか、少し考えたかもしれない。でも、その後のことを記憶していないことから思うに、自分はその場面は安全だと判断したのだ。

ティーアガルテンでの、安西早智子のひとりの写真は、その彼が撮ったものか。短い時間に、次に会うことを決めて。

それが、真紀の祖父なのかどうかはまだ決められないにせよ、候補はひとり増えた。

高橋秋子が訊いた。

「お役に立てました？」

裕也は礼を言った。

「安西さんと接触のあった男性がどうやら見つかったような気がします。ありがとうございます」

「雲をつかむような話でしょう？」

「いえ、いろいろなピースが集まってきました。あとは並べ方の問題かと」

「早智子さんはそれとして、本庄さんはあの祝祭を楽しんだの？」

窪田にも同じことを訊かれた。正直に答える必要もないが、裕也は答えた。

「わたしにも、あの日々は祝祭でしたよ」

高橋秋子は微笑した。

「ならわかるでしょうけど、早智子さんはけっして浮かれて羽目をはずしたわけじゃない。そんなふうに子供を産んだのなら、ベルリンでひと目惚れがあったのだと思う。それがあっておかしくないだけの時間だった。本庄さんは、ひと目惚れを信じる？」

人格の瞬間的把握。その意味でなら、それがあることは承知している。自分の少ない人生経験からもだ。ただ、相手の人格が把握できて、マッチングすると思い込めたところで、恋愛が成就するかどうかまでは見通すことはできない。ましてやそれが永遠のものになるとも。だからといって、最初の電撃に対して、必ず冷静になるべきだ、とまでは思わないが。

裕也は答えた。

「信じますよ」

「そういえば、メグちゃんには会ったの？」

「メグちゃん？」訊き返してから、それが津野恵のことだとわかった。窪田はひと前ではメグミと呼んでいたが、高橋秋子はメグちゃんだったのだ。「窪田さんも、いまどうしているか知らないようでした。連絡は取っていません」

「彼女は窪田さんと別れた後、ファッションの世界からは離れて、またしばらくヨーロッパに住んでた。苦労もしたみたい」

「いまどうしているか、ご存じなんですか？」

「あのあと五、六年してから日本に戻ってきて、いろいろな仕事をしていた」

「モデルではなく？」

「フランスでもろもろのコーディネート業務とか、横浜でライブハウスの経営とか、表参道で画廊とか」

「金持ちだったんですね」

「資産家のお嬢さまだったもの。窪田さんと離婚した後は、名前、聞かなかったでしょう？」

「ええ。いまは？」

「十年以上前に画廊を閉めて、その後は小さなバーのママ。元気なはず。わたしが最後に会ったのは、四年前のことだけれど」高橋秋子はとあるＳＮＳの名を出した。「そこでも、店のことをときどき書いている。メグちゃんは、ベルリンで早智子さんとよく話していたと思う。何か知っているかもしれない」

「お店はどちらなんです？」

「駅は代々木。千駄ヶ谷にある。行ってみる？」

「あまり高くない店なら」

「高くはない」

「きょう、このあと行ってみますよ」もう決めていた。

「電話しておきますか？」

「お願いします。お店の名前は？」

「かがり火」

調べて行けるだろう。

「早智子さんのその事情、わかったら教えていただける？」

「ええ。話せる範囲で」

「悪い事情だと思ってるの？」

「まだ見当もついていないんですが、ひとさまのプライバシーに関わることですから」

「模範的な答え方。本庄さんが、映画業界側にいなかった理由がわかる。って言うか、宮永さんがあなたについて言っていたこと」

「宮永さんは何を言っていたんです？」

「ベルリンでいつだか、監督が本庄さんのことを、堅気にしておくのはもったいないと言ったの。あれだけ映画を観ていて、海外小説もよく読んでいる。脚本を書けばいいのにとも言ったと思う。そうしたら宮永さんが、本庄さんは堅気のままがいいって」

「どうしてでしょう？」

「本庄さんは、のめりこまない。逸脱しない。冒険できない。映画屋に」高橋秋子は言い直した。「宮永さんは、活動屋って言い方をしたかな。本庄さんは、活動屋になっちゃいけない。活動屋は、パラノイアか、狂気を持った人間がなるべきだ。本庄さんには、そういう資質がないって」

「そんなことが話題になっていたんですか」

「何かの拍子に。たまたま本庄さんがいないとき。宮永さんは、監督の意見に賛同しなかった。本庄さんは、脚本も書くべきじゃない。ただし批評家は合ってるって」

「よく言ってくれたのかどうか」

「ふたりとも、本庄さんのコーディネーターぶりに感謝して、そういう話題になったと思う。本庄さんをばかにしてじゃなくて」

「わかりますが」

裕也はあらためて高橋秋子に礼を言い、頭を下げてそのカフェを出た。


エレベーターで下りる途中、裕也は高橋秋子の言った言葉をいくつか思い返した。話の流れで出てきた言葉。

「ひと目惚れを信じる?」

「脚本を書けばいいのに」

「狂気を持った人間がなるべきだ」

いずれも、いまこの歳になった自分には、苦く感じられる言葉ばかりだった。

ビルから三軒茶屋の駅へ向かって地下道を歩き、津野恵がママだというバーの位置を確認した。JRの山手線代々木駅から五分ほどの距離だ。代々木周辺に土地勘はないが、そこそこ飲食店や酒場が集中している地区のようだ。とうぜん歌舞伎町などとは違った雰囲気の酒場が多いのだろう。客層は、近所の住人とか、代々木近辺に職場のある勤め人だろうか。津野恵はファッション業界から離れたとのことだったから、いわゆるその手の「ギョーカイ人」は少ないと期待できる。その手の客が多い店であるならば、高橋秋子が保証したような、高くはない店のはずもないのだ。

「脚本を書けばいい」

小坂部は自分に対してそう思っていたのか。いや、裕也にも直接、脚本を書くつもりはないのかと訊いてきたことがあった。『逃げた祝祭』のスポンサー側の担当者として何度か会って、お酒を飲みながら仕事とは別に映画のことを話題にしたときのことだ。

「かなり観てるんだね」と、小坂部は裕也がよく映画を観ていることに驚き、続けて言ったのだ。

「それだけ好きなんだったら、脚本を書けるよ」

無責任に言われたことだとはわかっていた。リップサービスだ。裕也の脚本を映画化させてくれと申し出てきたわけではない。何かの原作を脚本化してくれと頼んできたわけでもなかった。そもそも小坂部は、裕也にほんとうに脚本を書く素養があるのかどうか知らない。少し意地悪に解釈すれば、あれは「本庄さんには映画監督は無理だ」という意味だったのかもしれないのだ。

でも、そう言われたとき、裕也はいくらかどきりとしたことを覚えていた。スポンサー側担当者として自分はどこかで、映画業界で働きたいとか、映画を作りたいとか、もの欲しげなことを言ってしまっただろうか。口にしないまでも、そのような雰囲気があったか。その日の仕事が終わった後に、小坂部と一緒に酒を飲んだこと自体、業界への羨望からであったかもしれないのだ。

裕也が学生のとき、すでに映画業界は不況産業であり、メジャーな映画会社五社のうち、大映と日活の経営不振はよく知られるところだった。たぶんこの前後、この二社はろくに制作部門では採用をしていなかったのではないか。もししていたとしても、そこでいずれ映画制作に関われると夢見ることは危険だった。となると、残りの三社の社員募集に応募しても、競争率は相当に激しい。裕也の周囲の学生たちは、そう話題にしていたし、裕也もその観測に同意できた。

人気業界であった放送局を狙うにしても、日本の企業の慣習で、本人がどんなに強く望んでもドラマ制作の部署に行けるとは限らない。報道に回されるかもしれない。営業部門に配置されることもあるだろう。真剣に映画あるいはドラマ制作を志向する学生が就職する先として、これらの業界が適当であるのかどうか、わからなかった。

ただ、映画会社に就職するのではなく、フリーの脚本家になるのであれば、より早く直接的に映画制作に関わることができるかもしれなかった。脚本家という職種は、そのころはむしろ、フリーであることのほうが多いとも思えた。もちろん、食べて行ける仕事なのか、という疑問はあった。職業にはできても、大多数は貧しさからは逃れられないのが実情だと思えた。映画に関われるという事実も、その貧しさに耐えさせてはくれないのではないか。

そもそも脚本家という職業は、いきなりフリーとしてやっていけるようなものではないともわかっていた。師匠がいるとか、監督や演出家に強いコネクションでもないかぎり、たぶんかなりの長い下積み生活が必要になる。ひとり立ちするまではアルバイトを続けることになるか。でもその生活では、映画を観ることもままならないかもしれないのだ。

それでも自分が、映画の制作をどうしても追求するとしたら……

小坂部にも、もちろん就職した先の職場の同僚たちにも話したことはないが、大学二年になる前、そろそろ進路について考え始めなければならない時期、映画作りへの夢から、裕也は脚本家養成のスクールに入るかどうかを考えたことがあった。

当時東京都内には、いくつかスクールがあった。その要項を集めて、何日ものあいだ、そこに通えば脚本家の道が拓けるかどうかを検討した。あるスクールは、週一回の講座の半年制で、基礎課程に入って次の半年の研修課程を終えるまで一年という学校だった。

関谷満にその件を話したことがある。

関谷は、そうしたスクールに通った経験のある学生の話を教えてくれた。

「とにかくそういうスクールに通えば、誰か実績ある脚本家のアシスタントになれるかもしれない。というか、講師はスクールにアシスタント候補生を探しに来ているし、業界事情を知ってる受講生も、誰かのアシスタントになるために通う。無邪気な受講生は、卒業していきなりフリーの脚本家になれると思っているかもしれないが、受講生の大部分は、受講料を収めただけで終わる」

承知していたことではあったけれど、裕也は関谷の前であえて口にした。

「もし脚本家になろうとするなら、それがかなり現実的ではないだろうか」

「たぶんな。映画産業が、ここまで落ち込んでいる以上、ひと昔前みたいな、会社内養成、会社所属の脚本家というコースは消えたんだ。それに、この銀座のスクール、基礎科と研修科に通って、一年分の授業料はどのくらいなんだ？」

その金額を答えると、関谷は言った。

「資格が取れるわけでもない学校に、ちょっとした博打だな。運転免許を取るよりも高い」

「映画に関わることが難しいのは承知なんだ。ただ、自分が映画を夢見ていいだけの何がしかの力があるかどうかは、確かめてみたい。確かめる場としては、学校がそのひとつだ」

「通うだけなら、誰でもできる」

「卒業するときトップクラスなら？」

「それほど客観性のある指標になるかどうか。誰かのアシスタントになっても、いまの映画、テレビも含めてでもいいけど、食べてゆくのもやっとじゃないのか」

「修業時代が終われば、ひとり立ちできる」

「それまで、貧乏で時間もないことにも、小僧扱いにも耐えられればだ。裕也が脚本家として映画制作に関わりたいなら、むしろシナリオコンクールなんかの入賞を狙ったほうがいいと思うな」

あの当時は、現在とは違って公募のシナリオコンクールはいくつもなかった。城戸賞ができたのも、裕也の大学卒業後だ。じっさいにはこの新人映画シナリオコンクールが、脚本家としての才能を認めてもらえる数少ない賞だったろう。

「そうして」と関谷は続けた。「受賞するなら、若いうちだ。学生のうちに受賞すべきだ。業界が期待するのは、若い才能だ。定年間近のおっさんじゃない」

「学生のうちに、というと三年しかない」

「三度も機会がある。それで受賞できなければ、日本の映画産業は裕也の才能を生かせる場所じゃないってことだ」

「おれの才能がないんじゃなく？」

関谷は苦笑した。

「おれはまだ、裕也の脚本を読んだことはないんだ。お前の才能のあるなしなんて、わからない。だけど書きたいものは、もういくつもあるんだろう？」

裕也はうなずいた。たしかに自分は、書きたいものがある。書きたい主題があるというよりは、書きたい場面が、書きたい会話がある。外国映画を観て、この主題を日本に置き換えることはできないかと考える。台詞を少し修正すれば、もっと感動できたのではないかと不遜なことを思う。

つまらない映画を観たときには、自分ならあの場面を、こう直すだろうと考えることもあった。ただ、最初から最後まで、一本の商業映画のように筋を作り上げたことはない。原作となる小説も、習作としての芝居の台本を書いたこともない。

裕也は言った。

「おれの頭の中にあるのは、いまはまだ映画のパーツパーツだ。コラージュの材料がいろいろあるだけだ」

「まだ映画の脚本を書こうとしていないから、ばらばらなんだ。テーマが決まり、ストーリーができれば、そうしたパーツは必要なところに決まっていくさ。ビリー・ワイルダーが好きなんだよな？」

「一番だ」

「まずはワイルダーのように書けばいい。トランボ的でもいいけど」

「そして入賞を目指すのか」

「当然だよ。なんだったっけ？　アカデミー賞の候補作なんて誰が覚えてる？　記憶されるのは受賞作だけだって台詞」

「『オスカー』かな？」

「つまり佳作なんて、無意味だ」

「それって、夢など見ないで堅気で生きろって言ったようなものだぞ」

「厳しい世界だからさ。誰もが認めるだけの抜きんでた才能がないと、そこまで上がれない」

「世の中には、職人的にプログラム・ピクチャーを作る監督もいる。おれは職人的監督も好きだぞ」

「天才的な職人肌というタイプもある。お前、自分が職人肌だと思うか？」

答に詰まった。

「きっと違うな」

「世界の映画監督の経歴を読んでもわかる。必要なのは才能、運、そして偏執性だ。お前は、運はまだわからないけど、才能以前に、その点で資格なしだ。お前はパラノイアじゃない。もっと言えば」関谷は、あまり大きな声で口にすべきではない言葉をだした。「……じゃない。それはおれにもわかる」

「決めつけすぎだ」

関谷はあのとき、裕也の反論をろくに聞いてはいなかった。もしかすると、裕也のあの滑稽な野望を冷やすために懸命であったのかもしれない。

同意はできなかったけれども、裕也は言った。

「自分が天才じゃないのは、わかってる。けど、激しく映画作りに憧れていることも確かなんだ」

「何かもう自分で作りたい題材があるのか？　それを作りたいのか？　それとも、なんでもいいから映画制作の現場にいたいってことか？」

なかなかに答えにくい問いかけだった。裕也は答えた。

「題材はない。仕事として映画制作に関わりたいと思っているだけだな」

「映画は、いや、商業映画は、って限定して言えば、ひとりで作れるものじゃない。絵や音楽とは違う。オリジナルの脚本が映画化されるなんてことはまずないだろう。原作の脚色か、プロデューサーの思いつきを脚本にする。それで満足なのか？」

「ひと目惚れした相手を追いかけて、幸せになれるのか、と訊かれたようなものだ」

「で、答は？」

「この場合は、幸せになることが目標じゃない、という答え方にならないか」

あのとき関谷はどう反応したのだったろう。苦笑して首を振ったか。しょうがないなとでも言うように肩をすぼめたか。そこで話題を打ち切って、映画観に行くかと言ったのだったか。

脚本家スクールに通う件については、その時点では保留とした。

それでも、関谷の助言は有益だった。自分が二年に進級する前の春休み、札幌に帰って自動車教習所に入り運転免許を取ったのは、たぶん関谷の言葉に押されたおかげだ。当時はいまよりもずっと運転免許の取得は容易で安上がりだったのだ。教習所の受講料はもちろん父親に出してもらったのだが、これが脚本家養成講座の学費だと口にすれば、父親は頑として首を縦に振らなかったろう。あのとき自分は間違いなく、一般的なホワイトカラーの人生を展望しだしていたのだ。

またその年は、完全に非政治的な学生であった裕也ですら、いやおうなく世界の現実に目を向けるようになりだした年だった。ベトナム戦争は、一月末のテト攻勢の報道で、同じアジアのごく身近な同時代の現実として目に映るようになった。このテト攻勢の直前には、佐世保でアメリカ海軍の航空母艦エンタープライズの寄港に反対する新左翼の学生や市民が、機動隊と衝突した。ベトナム戦争は、目に見えるかたちで日本とつながっている、と裕也は意識したのだった。

裕也の大学ではさほど新左翼の活動は盛んではなかったけれども、立て看板の数や渡されるビラが目に見えて増えていった。

二月であったか、パリのシネマテークの創設者であり館長アンリ・ラングロアが、当時の文化大臣アンドレ・マルローによって解任されるという事件が起こった。パリの映画好きたちは、これに対して連日シネマテーク周辺で抗議活動を行った。この「騒ぎ」は世界にも報道されるほどの事態となり、けっきょくフランス政府は決定を覆し、ラングロアが館長に復帰した。後にベルトルッチが映画にした事件だ。

フランスでのこうした市民や労働者、学生の個別的な異議申し立てや改革要求運動は、次第により大きな反体制運動のうねりとなっていった。さまざまな集会やデモ行進などのニュースを、裕也も大学食堂のテレビで連日食い入るように観た。

五月、カンヌ映画祭にジャン＝リュック・ゴダール、フランソワ・トリュフォーらが乗り込み、フランコの独裁が続くスペインからの出品作『ペパーミント・フラッペ』の上映中止を求めた。中止が決まるとゴダールらはさらに映画祭の商業主義と官僚主義を非難し、映画祭を中止してパリの学生・労働者と連帯するように求めた。審査員のポランスキーやルイ・マルらも中止の声を支持し、カンヌ映画祭は中止となった。五月十九日だ。この五日前には、パリでは多くの企業、工場、大学で、ゼネラル・ストライキが始まっていた。いわゆる「五月革命」だった。

時が経ち気がつけば、裕也は、何の毒も美意識もない、商業性だけの映画が苦手になっていた。少なくとも、それを見分ける目ができていたような気がした。

春休みに運転免許を取ったおかげで、時給のいいアルバイトに就くことができた。裕也はその夏は札幌に帰らず、運送会社のトラックの上乗りのアルバイトでおカネを貯めた。フジカの八ミリカメラも買うことができる程度の額になった。

同時に、夏休み中、脚本家養成スクールのひとつの、八週間の講座に通った。週一回の講義で、八回二カ月で終了するのだ。どんなところか、試しに覗いてみるには手頃な長さであり、受講料だった。

この学校にはいくつかコースがあって、もっとも長いものはたしか月二回、一年通学するものではなかったか。さらにその上に、上級のコースもあったかもしれない。八週間講座はもっとも短かく、いわばスクールの試用コースのようなものだったろう。裕也が入ったとき、そのコースの受講生は十二人だった。社会人がほとんどで、最年長は五十歳ぐらいの女性だった。

毎回課題が出たから、単なる教養講座ではなく、いちおうは実践的な訓練講座であった。最初の回は、原稿用紙の使い方、書き方から教わったはずだ。ペラと呼ばれる二百字の原稿用紙を、このとき初めて使った。課題は、「選択」とか「出会い」といったテーマで、ペラ二枚から四枚の短いシーンを書くのだ。

講師は中年の女性で、プロの脚本家ではなかった。どういう実績のあるひとか、自分では語らなかったし、受講生もそれを訊かなかった。プロの講師から、アシスタントになれ、と声をかけてもらうことなど、誰も期待していないスクールだったのかもしれない。

課題として与えられる「選択」や「出会い」といったテーマを、短いやりとりの中で表現し、しかもそこにドラマを持たせることは面白いものだった。自分はけっこうやれると最初のうちは思っていた。でも毎回講評を受けているうちに、自分よりもずっと面白い台詞を書き、そこに面白い物語を表現する受講生もいるとわかってきた。八週間のコースが終わるころには、自分は退屈で凡庸な台詞と物語しか作れないと、正確に自分の資質を把握できてきていた。訓練でどうなるものでもないのだ。いい脚本を書くには、訓練以前にやはり天性の資質が必要だ。北海道の生まれ育ちの男が、大阪人の日常会話の面白さを真似しても痛々しくなるだけなのと同じだ。

最後の講義では、講師が将来の希望を受講生全員に訊ねた。趣味として書く、プロを目指してはいない、と答える受講生が大半で、裕也は驚いた。脚本はそれ単体では作品にはなり得ないし、ほかに何かの仕事や趣味に生かせるスキルでもないのだ。その受講生たちが何のためにわざわざ受講料を払い、週一回通って課題を出すのか、理解できなかった。プロとしてやっていきたいと明快に答えた受講生はふたりだけだった。

裕也は答えた。

「映画制作に関わりたいと、ぼんやり思っていました。ここには自分の適性を見極めるために通ったんですが、目標を修正したほうがいいとわかりました」

女性の講師は言った。

「半年講座に通うつもりはありますか？　見極めるのは、そちらを修了してからでも遅くはないですよ」

裕也は言葉を濁した。

「少し考えます」

「通信講座もありますよ。もし通うのが難しいなら」

「まだ決められません」

そのスクールはそこでやめた。ほかの脚本家養成スクールに通うこともしなかった。

受講生の中でひとり、いつも面白い作品を提出する青年と少し話をするようになった。裕也よりも少し年上で、広告代理店に勤務していた。テレビドラマを書くのが夢だとのことだった。彼はじっさいテレビはよく観ているが、映画のほうはさほどでもなかった。その青年とはアパートの電話番号と住所を交換した。彼とはその後何回か会うことになった。

関谷に、八週間講座を終えたことを伝えると、彼は訊いた。

「新人シナリオコンクールに、応募するんだな？」

締め切りは九月の末だ。もう数日後だった。

「いいや」と裕也は答えた。「出さない。書いていない」

「来年に賭けるのか」

「書かない」

「そのために通ったんじゃないのか？」

「その意味もあったけど、おれは応募しても絶対に入賞しない。通ってみてわかった」

「そうあきらめるのは早い。たった八週間のスクールを受けただけで」

「十二人のクラスで、おれよりすごいやつがふたりいた。自分のレベルがわかった」

「短い答案を出しただけなんだろ」

「いいや。予選落ちだとはっきりわかった。決勝には出られない」

「陸上競技とは違うだろう」

そう言いながらも、関谷は裕也に翻意をうながしてはこなかった。むしろそう決めたことを歓迎する雰囲気さえあった。

そのあと裕也は関谷と新宿の名画座に行った。たしか『僕の村は戦場だった』を上映していたのだ。その数年前にATGで公開された作品だ。いや、新宿ではなく銀座だったろうか。記憶はあいまいだ。もしかすると、観た映画も違っていたかもしれない。

10

津野恵のバー『かがり火』は、代々木駅の東口からさほど遠からぬ小路の中にあった。雑居ビルの二階だ。

最初、カウンターの中の女性が津野恵かどうか、わからなかった。化粧も濃く、髪は燃え立つような茶髪だったが、もしかするとウィッグなのかもしれない。

その女性が、歓迎の笑みを浮かべて言った。

「あっこさんから電話もらっていた。お久しぶり」

店の中にはほかに客はいない。まだ店が開いたばかりだからか。

あまり装飾品が置かれていない、モダン・インテリアの店だった。全体に白っぽくて、壁には油絵と版画が数点掛けてある。油絵の一点は藤田嗣治だ。猫を抱いた少女の像。版画は三点あった。どれも、いまは大御所の版画家のリトグラフとシルクスクリーンだ。裕也が最初の勤め先の仕事で少し関わったので、わかった。津野恵は画廊も経営していたことがあると高橋秋子から聞いたが、この店自体が小さなギャラリーの雰囲気がある。

勧められて、津野恵の向かい側のスツールに腰を下ろした。

津野恵が微笑して言った。

「そんなにまじまじと見なくても」

裕也はあわてた。

「失礼。ベルリン以来なもので、つい」

「お世話になった。楽しい夏だった。ごちそうさせてください。なんでもどうぞ」

言葉に甘えることにして、ビールを注文した。とりあえずビールを頼むのが、こういう場合、無難だろう。

津野恵は、すでに自分の前にワイングラスを置いている。白ワインを飲んでいたようだ。

津野恵がグラスを持ち上げて言った。

「五十年ぶりに、乾杯」

正確な数字ではないが、ここで野暮を言う必要はない。

「どうも」

一杯飲んでから、裕也は言った。

「画廊とか、ライブハウスを経営されていたとか」

「いろいろした。窪田くんと別れたあと、ファッションの世界からは離れたの。べつの世界で生きるようになった」

津野恵は、名刺をカウンターに滑らせてきた。

「バー　かがり火
坂巻《さかまき》恵」

苗字が変っている。窪田との結婚が終わった後の配偶者の姓なのだろうか。しかしそれを詮索するためにここに来たわけではない。そのことには触れなくていい。自分にとっては、彼女はベルリンの日々のまま、津野恵だ。

「お店の名前、いいですね」

「パヴェーゼから、半分もらって」

「ああ、そうか」高橋秋子に教えられたとき、瞬時に自分もそれを連想したのだった。

「小説は『美しい夏』が好きなんだけど、それじゃあこういう店の名前にはならない」

津野恵はどことなくもう、古い友達のような口調になっている。ベルリンでも彼女は、プロデューサーの宮永にもほかの男性たちにも、いわゆるためぐちに近い話し方をしていた。海外滞在や外国旅行が多い生活のせいかもしれないと、あのころから裕也は感じていた。いまはいわば姐御という雰囲気で、裕也に接してきている。きょうの話題には、その接し方はむしろありがたいところだった。

「彼に会ったんですって？」

窪田順のことだろう。

「ええ。少し前に。高橋さんからお聞きかと思いますが、安西早智子さんのことを何か覚えていないかと」

「窪田くんは、わたしのことは、何か言っていた？」

「ベルリンの後の恵さんとのヨーロッパ旅行が楽しかったと、言っていましたよ」

「あの夏は、わたしの人生でもハイライトだった」

「監督や、島崎さんとも会ったんです。みな同じように言いますね」

「マッチは気の毒なことになったけど」

少しのあいだ、互いにベルリン国際映画祭の日々の思い出を口にした。津野恵の顔は、次第にほぐれ、ゆるんでいったように感じられた。単にほぼ半世紀ぶりに会う知人への警戒が解けたというだけかもしれないが。

ビールを半分ほど飲んだところで、裕也は本題を持ち出した。

「安西早智子さんのお孫さんが、自分の祖父は誰か知っているだろうかと、問い合わせてきたんです。安西さんがベルリンにいた時期に、安西さんとお祖父さんは出会っていたようだと」

「それもあっこさんから聞いた。サッチは、歌をやめて、シングルマザーになっていたって、ちょっと驚きだった」

「歌をやめたことがですか？」

「ひとりで子供を産んだこと。それができるほどのひとだなんて、ベルリンでは感じなかった」

「たくましくはなかったということでしょうか？」

「わたしみたいに、なるようになれ、と思うタイプじゃなかった。冒険はしない。慎重だった」

「高橋さんは、安西さんがひと目惚れしたんだろうとほのめかしていました。ベルリンでは、冒険をしたみたいです」

「ひと目惚れは冒険？　どうにもならないのが、ひと目惚れでしょう？　そのあとのことだって、自分でコントロールできるものじゃない。ただ、シングルマザーとなると、サッチは、なるようになれとそうしたわけじゃないよね。きっと、ものすごくいろんな要素を考えて、最善の道を取ったのだと思う」

「自分にとって最善の？」

「子供にとっても」

「仕方なくそうなってしまったのではなく、ですか？　不本意ながらシングルマザーになってしまったのではないかと、じつはわたしは安西さんに、少し同情しているんです」

「ひと目惚れで、ひと晩の冒険の結果が、男とも連絡が取れなくなって、その結果のシングルマザーの道だったと？」

「恵さんにそう要約されると、とても厳しい言い方になりますが」

少しやりとりが中断した。裕也はまたビールに口をつけ、津野恵も白ワインを飲んだ。

グラスをカウンターに置いてから、津野恵が言った。

「そういえば、ベルリンを発つ日、空港でわたしたちも、そのまま帰国組としばらく一緒だったでしょう。そのときに空港のカフェで、サッチとは少し話した。思い出してみても、軽はずみなことをして後悔しているという顔じゃなかった」

「まだベルリンですものね」

「なにごとであれ、後悔が来るときは直後じゃない？　あのときサッチは、ヘルシンキ行きの飛行機を待つあいだ、いくらか上気したようにも見える顔で、素晴らしい夏になった、とか、新しいことをする気になったとか言っていた」

「新しいこと？」

「音楽を勉強したいとも言っていた。音大に行くのではなくて。サッチは、音大には行っていないよね？」

「大学は国文科だったんじゃないかな」

「高校時代から歌作りを始めたけど、きちんとポップスの作曲の勉強をしてみたいと言っていたと思う。ベルリン体験はインパクトがあったんだなって思った」

「旅行にギターを持ってきたひとですからね。ライブハウスにも行きたいと言っていたし、そういう場所で刺激を受けたのかもしれない」

「ライブハウスには行ったと言っていたよ。前の晩に。飛び込みで三曲歌わせてもらったって。一曲目はヨーロッパのどこかの民謡って聞いたかな。二曲目から自分のオリジナル」

「誰と行ったんでしょう？」

「それは聞かなかった」津野恵は天井に視線をやって、何か思い出そうという顔になった。「サッチがどう答えたか覚えていない。でも前向きなひとだったよね」

「ぱっと見たときの印象よりも、ずっと積極的なひとでしたね」

「その相手は、日本人なんでしょう?」

「わかりません。お孫さんは、自分の母親はふつうの東アジア系の顔だちだと言っています」

裕也はノートパソコンを取り出して、あの若い男性三人が写っている写真と、安西早智子がひとりで写っている写真を津野恵に見せた。

「この写真を、安西さんは大事にしていた。娘さんはわからなかったけれど、わたしはこれがあの夏のベルリンの、ベルリン・フィル・コンサート・ホールの前で撮ったものだとわかります。もう一枚は、ベルリンのティーアガルテン。同じカメラで撮られたものだと思います。この三人の日本人らしき青年たちと一緒に撮った三日後……」

「それはいつ?」

「わたしたちがホテルをチェックアウトする前日です」

「映画祭には最後までいなかったものね」

「引き揚げる前日、安西さんは、どうやら三人のうちの誰かと、ふたりでティーアガルテンに行ってこうして写真を撮っているんです」

「もうそれが誰か特定できているの?」

「いいえ」

「この三人、日本人なのはたしかなの?」

「高橋さんとは、日本語で会話したようですし、高橋さんは日本人であることを疑ってはいないようでした」

「ベルリンのあとは、サッチはそのひと目惚れの誰かとどうなったの?」

「お孫さんも、子供も、知らないようです。安西さんは何も語っていなかったと。でも安西さんとつきあいがあったと思います。このプリントが、安西さんの手に渡っているのですから。あの時代だと、撮ってすぐにはプリントはできません」

「でも、けっきょくこの男性はサッチと結婚せずに別れ、サッチの子を認知もしなかった、と本庄さんは考えているのね」

「結果として、そうなったのかもしれません。安西さんは、もちろん違う人生を生きたかったはずだと想像しますが」

「イタリア映画があった。『誘惑されて棄てられて』。ステファニア・サンドレリ」

「タイトルのようなストーリーの映画じゃありませんでしたよね。あれは」裕也は言葉の調子に気をつけながら言った。「ともあれ、安西さんは結婚せずに子供を産んで、子供は父親には認知もされず、その後も養育費の援助などもなかったようです。苦労したようですが、安西さんはそれでも最善の道を選んだのでしょうか？」

「あっこさんの話では、相手の男性は、子供の成長の節目節目に、チョコレートを贈ってくれたんじゃなかった？」

「匿名のひとから届いたと、安西さんの娘さんは、自分の子供に語っていたそうです。子供の父親からなのかどうかはわかりません」

津野恵は、もうひと口、白ワインを飲んでから言った。

「そのことからわたしが感じるのは、サッチは捨てられたんじゃないってこと。男のほうも、遊んだんじゃなかった。たぶんベルリンから帰って、むしろ本格的なつきあいが始まった。医学的な意味で子供ができた日のことはさておいてね」

「でも、けっきょく結婚はせず、自分の娘の前にも現われなかった。男の立場から見ても、安西さんの相手は、ひと目惚れすべきではない男だったんじゃないかと感じますが」

「サッチは、軽い男が嫌いだったのはわかるでしょ？　映画の撮影があったころ、本庄さんもサッチとは接触があったんじゃなかった？」

「仕事を離れて、ライブも聴きに行きましたよ。たしかにそういう印象のある女性でした」

「わたしが想像できるのは、相手はちゃらくもないし、でたらめでもない。ベルリンから帰っても、きちんとつきあいが続いた。ただ、それでもやっぱり、その時点で結婚しないほうがいい理由があったのよ」

「だとしても、その理由に想像がつかないんです。男が既婚で、でも本気で安西さんに恋をしたのなら離婚すればいい。どれだけ慰謝料を支払ってもです。男がその後犯罪者になったとか、余命いくばくもなかったとか、それでも結婚しない理由にはならない」

「本庄さんは、あの後もずっとサラリーマンだったの？」

「ええ。六十五歳まで勤め人をやりましたよ」

「ご実家はどんなおうち？」

「父親はふつうの会社員。母親は看護師」

「そういう堅気のひとであれば、身近にはあまり破天荒な、ドラマチックに生きたひとはいないかもしれないけど、世の中にはほんとうにびっくりするような境遇のひとがいる。わたしは戸籍のないひとも知ってる。最初の奥さんがどうしても離婚してくれず、五十年間別の女性と内縁関係を続けて、ふたりの子供を育てて亡くなった男性も知っている。生後三カ月で母親が失踪して叔父さん夫婦に育てられ、結婚式にその母親が現われてカネを貸してくれと言われた女性もいた。そういう人生を想像できる？」

「あまりリアルにはできませんね」

「サッチの場合の事情を、わたしも想像はできない。でも、サッチが受け入れることのできるだけの、きちんとした重い理由があっただろうとは思う。サッチはおばかじゃなかった。衝動的でもないし、マッチのようにエキセントリックでもなかった」

藤原真智の自殺についての話題だろうか。津野恵は、もしかして何か知っている？

「真智さんの自殺の理由を、ご存じなんですか？　誰も知りませんでしたが」

「ほんとのところを知っているわけじゃない。ただ、彼女とは日本でも何回か会っていた。帰国してからも『逃げた祝祭』のあの騒ぎだし、仕事がうまくいかなくて、どんどんメンタルが危ないことになっていたようだった。極端から極端に振れるようなひとだったし。気づいていたでしょう？」

「女優とはこういうものかなとは思っていましたが」

「涼一の次の男も、カスだった。食い物にされそうになっていた」

「ミュージシャンですか？」

「自称フォトグラファー。この話、続けたい？」

あまりいい話ではないのだろう。津野恵が話したくないほどのことなら、自分も聞かないほうがいい。

「いえ」

「サッチは、もう亡くなっているのね」

「ええ。娘さんが十七のときに。娘さんは、自分が成人したときには父親のことを教えてもらえると約束していた。でも、教えてはもらえないうちに、亡くなったのだそうです」

「自殺じゃないでしょうね?」

そう解釈したことはなかった。大宮真紀はそう言っていなかった。自分も、真紀の言葉をそのまま信じたが。

「そうは聞きませんでした」

「マッチは、サッチとは違う。短い時間での印象だけど、健康なひとだった。自殺じゃないでしょうね」

一瞬、意味がわからなかった。

津野恵があわてた。

「逆に言ってしまった。サッチは、マッチとは違った。メンタルも健康なひとだったと思う。シングルマザーとなっても、壊れることなく生きていけたでしょうね」

「最善の道を選んだ、という確信もあったということですね?」

「サッチは、もちろんどこかで何かその大きな問題が解決すると信じていたのかもしれない。いずれ自分たちは結婚できて、家庭を持って、ふたりで子供を育てていけると信じていたかな。わからないけど、その確信があれば、それまでの現実には耐えられる。だから、シングルマザーの道を選んだのかもしれない」

その確信も、ついに折れたときが来たのだろうか。十数年待ち続けて、かなわぬ夢だったとわかる日が。それで急速に、安西早智子は、精神の平衡を失った? 真紀の話を聞いていた限りでは、自分にそれを想像させるようなものはなかったが。

いや、そうとは思えない。安西早智子はもっと早い時点で見切り、気持ちを立て直していたのではないか。そう考えたほうが、孫である真紀の印象と齟齬がない。

「そうね」と津野恵が言った。「サッチには自殺は似合わない。最善の道が間違いだったと気づいても、立ち直ったんでしょうね」

「安西さんがまずはシングルマザーで生きようとした理由、あらためて想像するとして、どんなものが考えられるでしょう」

「常識的には、相手は既婚者だった。サッチとは本気で、離婚して一緒になるつもりだった。だからサッチも、子供を産むつもりだった。でも、事情が変わった。男の心変わりではなくて」

「離婚が難しかった？」

「男の立場が、けっこうややこしいものだったのかもしれない。高級官僚から国会議員になった男たちにいるでしょ。大物議員の娘と結婚して官僚をやめ、自民党公認候補になったっていう連中が。ああいう立場だと、離婚は不可能でしょうね」

「安西さんは、そういう男には恋をしない」

「そうね」津野恵は苦笑した。「サッチはしない。でも、事情としてはそういうことかも」

「つきあっているあいだに、男は犯罪に巻き込まれて、収監が長引いた、ということも考えたんですが」

「獄中結婚はできる。出所を待てる」

「安西さんの実家は、茨城の旧家のようです。そのような男だとしたら、世間体を気にして結婚が許されなかったのかもしれない」

「新宿のライブハウスで歌っている女性が、親の許しなんてものに縛られると思う？　ヘンリー王子だって、イギリス王室のプレッシャーを押し切ってメーガンさんと結婚した」

「それって、逆にヘンリー王子くらいの地位がなければ、難しかった例じゃありませんか」

津野恵は答えなかった。裕也はさらに言った。

「あとは、男が病気になった？　でなければ事故で、娘さんが物心ついたときには亡くなっていたとか」

「チョコレート問題は横に置くのね。でも、だったら父親の名を話してもいいはず。多少盛ってでも」

「というわけで、わたしにはお手上げなんです。安西さんが結婚しなかった、できなかった事情を想像することが」

「逆に訊くけれども、男が女性と別れなければならないときって、どんな場合？」

「積極的に？」

「抗いようもなく、でもいいけど」

「男が徴兵される。戦争に行く」

「あの年の日本で起こる話じゃないでしょう。『ひまわり』？」

「いくつも映画は思い浮かびます。『ひまわり』では、男はウクライナの戦場で、命の恩人の女性と結婚して帰国しない。でもたしかに、あの年の日本とは違う」

「『ブーベの恋人』は、チャキリスが政治犯だったっけ？」

「パルチザンで、戦後になってファシストを殺してしまうんですよね。それで一度はユーゴに逃亡する」

「どうであれ、それほどのことがあってもふたりは引き裂かれなかったという話か。本庄さんは、まったく何も思いつかないの？」

「男の側の事情で考えられるのは、単純に心変わりでしょうか。夏が過ぎてみれば、思いは薄れて、相手の存在がうとましくなった。いや、そんな恋をした自分に嫌悪を感じて、その世界から消えた」

「ありきたりすぎない？」

「恵さんに指摘されたように、わたしの場合、ごく月並みなことしか思い浮かびません」

「サッチが、そういうことになると予期したうえで、子供を産む決心をしたとは思いにくい。ほんとに、短い時間で受けた印象なんだけど」

「ほんのひと夏、安西さんは間違えた、というのは？　男性の場合と同様に、気づいた安西さんがさっと身を引いた」

「本庄さん、サッチに少し冷たく感じる」

「どうしても、そのことが最善ではなかったんじゃないかと、つい思ってしまうんです。お孫さんから教えられたことが、わたしの持っている情報のすべてですが」

津野恵は裕也のグラスを見て言った。

「次は何にする？」

ビールは七割がた減っていた。

「あ、もう十分です」

「サッチはともかくとして、本庄さんのあの夏はどうだったの？」

みながそう訊く。それだけ関係者にとって、あの日々は思い出深い祝祭であったということだ。

「わたしにとっても、忘れがたい夏でしたよ」

「みんな、あの映画祭参加の面倒くさいところは、全部本庄さんにおまかせだったでしょ」

「苦にはなっていなかった。むしろ楽しい体験だった」

「ひと目惚れがあったでしょ」

少し驚いたが、津野恵の目を見て首を振った。

「いいえ」

「わたし、ベルリンで目撃してるよ」

「何をです？」

「問題の、ベルリンを発つ前の晩。女のひとと歩いていたのを」

前の晩？　みなで夕食を取ったあと、自分はレナ・ストールから誘われて、関係者がわりあい多く泊まっているホテルのバーに行った。あの夜のことか。

でもどこで目撃されていたのだろう。あのバーに、津野恵と窪田順もいたのか？

「あの晩は」と津野恵は言った。「わたしたち、わたしと窪田くんも遅くまで遊んだ。踊りに行って、最後は会員制みたいな、って言うか、もぐりの酒場みたいなところで飲んで、一時過ぎにホテルに帰った。そのもぐりみたいなバーに行く前に、タクシーから見た。白人女性とふたりで歩いていた。場所は覚えていないけど、パラスト劇場にわりあい近いところ」

やはりレナ・ストールと一緒だったところを見られていたのだ。

「あの日、本庄さんは遅くに帰ってきたでしょ。わたしはまだ眠っていなかったから、帰ってきたひとがいるとわかった。わたしたちの部屋のエレベーター寄りの部屋」

「わたしの部屋はそうでしたか？」

「思い出してきた。サッチは、もっと遅かった。もう朝と言っていいような時刻。あの時期のベルリンって、日の入りはずいぶん遅かったけど、日の出はそんなに早いわけでもなかった。東京と比べてもね。四時半くらい？　サッチが帰ってきたのは、そのころ。本庄さんの反対側の部屋がサッチの部屋で、物音でわたしはまた目を覚ました。楽しんできたんだなって思った」

「わたしはそんなに大きな音を立てていましたか」

「深夜だから、聞こえた」

ドアの開く音がした。津野恵がドアに顔を向けて言った。

「いらっしゃい」

引き下がりどきだ。

財布を出そうとすると、津野恵は首を振った。

「またいらしてください」

裕也は礼を言って店を出た。

代々木駅に向かって歩きながら、裕也はいまの津野恵とのやりとりを反芻した。

有意と言える情報はひとつだけか。出発前夜、安西早智子はほとんど朝と言ってよい時刻にホテルに帰ってきた。

見知らぬ外国の都会の真夜中を、彼女がひとりきりで過ごしたわけがない。昼間、ティーアガルテンで彼女の写真を撮った、と想像できる男性が、夜も一緒にいた人物の最有力候補だ。つまりそれが大宮真紀の祖父だ。

候補は三人までに絞られてきた、と言っていいのだろうか。まだ名前もわからない、日本人らしき青年三人のうちのひとり。

消息不明の栗橋涼一以外、これであの夏ベルリンに一緒にいて、存命の者のすべてと会って話を聞いたことになる。村橋香奈子はたぶんもう鬼籍に入ったろうから、もう『逃げた祝祭』組の誰かから、新しい情報が出てくることはないと考えてよいのではないだろうか。

それが誰か、そこにたどりつくには、別の方面から候補を絞ってゆくしかない。しかし、あの夏ベルリンにいた日本人は誰か、と探ってゆくのは不可能だ。それを知るための手立てを、自分は持たない。当時の出国履歴を管理する官僚機構であれば、それができるかもしれないが。

もうひとつ、津野恵はいい視点を提供してくれた。裕也が、ありえないと排除していた事情も、いちおうは検討に値するということだ。イタリア映画の『ひまわり』や『ブーベの恋人』の例はいささか非現実的だが。

いや、もうひとつ、気になる言葉があった。

帰国する日、安西早智子が空港で津野恵に言ったという言葉。

新しいことをする気になった。

きちんとポップスの作曲の勉強をしてみたい。

ライブハウスでほかの出演者の曲を聴いて、自分の力不足を感じたのだろうか。ここで、というか、世界に向けて曲を作りたいとの希望が出てきたのか。そのためには、自分の曲を変えなければと。

自分でそう意識したというよりは、誰かにそれをうながされた？　ライブハウスで。あるいは、ティーアガルテンで。

その誰かが、安西早智子がひと目惚れした相手か。大宮真紀の祖父か。

11

その翌日だ。

島崎洋司からメールが来た。彼は書いていた。

「安西早智子さんの件で、ひとつ思い出した。十五年くらい前に観た小劇場のお芝居なんだけど、その悲恋ストーリーが、安西早智子さんのケースをどことなく連想させる。いまチラシでも残っていないか探している。もしよければ、また会いましょう」

短い文面を、何度も読んだ。

小劇場のお芝居で、安西早智子さんのケースを連想させる悲恋ものストーリー？

悲恋ストーリーと言ってしまえばたしかに、お芝居になる話なのかもしれないが。

どことなく連想させる……

ただシングルマザーの話であれば、安西早智子を連想するだろうか。よっぽど何か強い相似形の部分があったのか？

わざわざ島崎が会いましょうと書いてきているのだ。思い出話や世間話をしたいわけではあるまい。これは間違いなく、情報提供できる、というメールだ。

裕也は返信した。

「いつでも。場所と時間を指定してください」

二日後に会うことになった。場所は八丁堀だ。お芝居の稽古場として使われているスペースだという。午前十一時に、ここに来てくれと、島崎は書いていた。

島崎は、近々お芝居に出演するのだろうか。いまはほとんど映画が中心と聞いていたが。

午前十一時に、ということは、お芝居の稽古が始まる前にということだろう。

指定の日に行ってみると、島崎がその稽古場のあるビルの外に立っていた。稽古場は地下にあるという。

「そのときの演出家を呼んでおいた」と島崎は言った。「そのお芝居は、そいつの脚本・演出なんだけど、友達の話を聞いて書いたものだと言うんだ。おれがあいだに入るよりも、直接その演出家に、書いた経緯を聞いたほうがいいように思って」

裕也は確認した。

「安西さんと何か関係のある方なんですか？」

「いや。名前を出したけど、まったく知らないそうだ」

「どういうひとなんです？」

「自分の劇団を持っていた。おれがそのお芝居を観たのは、かれこれ十五年くらい前だ。二〇〇八年」

「というと」

「平成二十年。その年の公演だったけど、再演はされていない」

「お名前は？」

島崎はビルの右手を指さした。

「ちょうど来た」

ビルの前の舗道を歩いてきたのは、ハンチングをかぶった年配の男だった。ポロシャツに帆布のメッセンジャーバッグを肩から斜め掛けしている。フリーランスのベテラン・クリエーターという雰囲気があった。

その男は島崎の顔に気づいて、歩きながら微笑した。近づいてきてみると、年配と言うよりは、そこそこの高齢者と見えた。裕也と同い年くらいか。つまりは島崎とも似たような年齢になるが。

その男が裕也たちの前で立ち止まった。島崎とふたこと三言、お久しぶり、という挨拶を交わした。

島崎が裕也を紹介してくれた。

「こちらは本庄さん。映画批評を書いている」

それは大げさだが、裕也は訂正しなかった。すぐにも本題に入りたい。

島崎は続けた。

「本庄さんとはむかし、ベルリン国際映画祭にも一緒に行った」

「ああ」男はうなずいて裕也を見つめてきた。松浦健也《まつうらけんや》、と彼は名乗った。「芝居やってます」

島崎が、地下の稽古場に裕也たちを案内してくれた。午後からお芝居の稽古が始まるとのことで、二十坪ほどの広さと見えるその空っぽの空間に、数人の青年たちが来ていた。ジャージ姿で、めいめいが柔軟運動をしている。隅で台本らしきものを読んでいる中年男もいた。

裕也たちは、隅の椅子に腰掛けた。

松浦と紹介された男が言った。

「安西早智子ってひとの恋人を探しているとか？」

「ええ」と裕也は答えた。「そのお孫さんから、自分の祖父を探してくれないかと頼まれたんです。最初は『逃げた祝祭』という映画の関係者ではないかという予想もあったんですが」

「島ちゃんから少し聞いた。その安西早智子ってひとの前から男は姿を消して以降ずっと消息不明、その女性はシングルマザーになった、ってことでいいのかな？」

「事情はわかりませんが、そう要約することも可能です。生まれた娘さんにも、安西早智子さんは父親が誰か話してはいなかったそうです」

島崎が言った。

「おれじゃないよ。そのお孫さんのお祖母さんが妊娠したのは、どうやらベルリンでのことのようなんだ。安西早智子も出演者のひとりとして、七六年のベルリン国際映画祭に行っている。本庄さんは、ベルリン映画祭に一緒に行った誰かじゃないかと、まず当たってみたそうだ」

裕也は言った。

「でも『逃げた祝祭』の関係者で、それと特定できる男はいないんです。わたしを含め」

松浦が言った。

「おれは、ある組み合わせの男女の結婚がとても難しかった時代の、そういう男と女が出る芝居を作ったことがある」

「おれが思い出したのはそれ」と島崎。

松浦が続けた。

「東京の、とある飲み屋に集まる青年たちの話。そこの経営者が地上げで廃業することになって、それまで宙ぶらりんの生活を続けていた客たちがみな、何かしら人生に結論を出して、店が閉まるって話だ。ある種の世話もの。おれには珍しく、ウェルメイドな芝居だった」

島崎が笑いながら言った。

「松浦の本領は、ゴチゴチの社会派のお芝居だ。水俣病、ベトナム戦争、新宿西口バス放火事件、関東大震災の朝鮮人虐殺とか」

裕也は島崎の注釈には反応せずにさらに松浦に訊いた。

「そういう男と女、というのは？」

「客の中のある女性は、ある青年と恋をするんだけど、男が消え、シングルマザーとして子供を産むんだ」

「悲劇なんですね」

「そのふたりについて言えば、悲劇だ。時代が許さなかった恋だし、それゆえの離別だ。でも、女性はくじけない。たくましく生きていく」

島崎は言った。

「結婚できない、という部分が印象に残っていたな。そうか、女性はたくましく生きていくんだったか」

松浦が言った。

「そのつもりのラストだった」

裕也は訊いた。

「その男女には、結婚ができないほど複雑な事情があったんですね？」

それはどんなケースなのか、きょうまでずいぶん自分は考えてきたけれども、まだこれだという仮説を見つけてはいなかった。どんな事情なのだろう。観客も納得できる程度の事情であったようだが。

松浦が答えた。

「いや。できないわけではない。ただ、生まれてくる子供のことを考えると、女性が未婚の母として子供を産むことのほうが合理的だ、という事情だったんだ」

病気ということだろうか。思い至らなかった可能性だが。

「男女どちらかが、遺伝的な難病でも持っていたのでしょうか？」

「いいや。子供を産まないほうがいい、という事情じゃない。最初ふたりは話し合って、結婚せずに子供を作るんだ。子供が生まれてから結婚する、というか、入籍する予定だったんだ」

いっそうわからなくなった。結婚が難しかったので子供を作り、それから入籍？　ならば結婚は難しくはなかったということではないのか？　ふたりの関係はどういう設定だったのだろう。

「すいません。よくわからない事情なのですが」

「本庄さんは、いくつ？　何年生まれ」

裕也が年齢を言うと、松浦はさらに訊いた。

「出身は？」

「北海道。札幌です」

松浦は納得したような表情で、島崎に顔を向けた。お前も話せと言ったようだ。

島崎が裕也に言った。

「土地柄があるのかもしれないけど、本州には、結婚が難しいケースがあるんだ」

「被差別部落のことでしょうか？」

訊いてから気づいたが、その場合は、愛し合うふたりは駆け落ちでもすればいい。その土地を離れたら、結婚はできるのではないか？

「違う。そうじゃないんだ」と島崎が言った。

「でも、そのふたりは結婚するつもりだったんですよね？」

「被害を最小限に留めてからだ。ふたりはそういうことにしたんだ」

松浦が言った。

「おれが書いたのは、在日韓国人の男性と日本人女性の話なんだ。友達から聞いた話を使わせてもらった。その友達の友達の実体験だったそうだ」

裕也はしばらく松浦の言葉を反芻した。それは、結婚が難しい組み合わせなのか？　あの一九七六年の日本で。

それ以前の日本だって、その組み合わせで結婚したカップルは少なくなかったろう。男女が逆の組み合わせでも。

裕也はひと呼吸のあとに松浦に質問した。

「二〇〇八年に上演のお芝居ですよね。時代設定はいつだったんです？」

「七〇年代後半。昭和五十年代」

「舞台は大阪？」

「いや、東京だ。聞いた話が東京でのことだった」

「その話を、詳しく教えていただけますか？」

松浦がもう一度島崎に目をやってから話し出した。

「芝居の中では、その酒場の常連客のひとりに在日韓国人の男性がいた。無名の絵描きだ。イラストレーター」

「もしかして、『ラ・ボエーム』の翻案？」

「違う。その男が、客のひとりの日本人女性に恋をする。その女性は、無名の舞台女優だ」

「舞台女優というのは、聞いた話の通りなんですか？」

「いいや。おれが変えた」松浦は少しいらだったように言った。「まず最後まで、話をさせてくれ」

「すみません」

「ふたりは会ってたちまち恋をする。お互いひと目惚れだけど、真剣な恋愛だ。やがて女性が妊娠しているとわかり、ふたりは一緒に暮らすことにする。ここまでのあいだに相手の女性も観客も、男は十分に誠実で、信頼できるとわかっている。男は、自分が在日であることを告白するが、女の気持ちに変わりはない。男と結婚し、その子を産もうとする。そのとき男は言う。この日本で、韓国人の父親をもつ子供がどれだけ差別を受けるか、どんなことで不利になるか、自分はわかっている。その子を、きみの苗字の子として産むのはどうだろう。産んでから、ぼくたちは入籍する。戸籍の上では、つまり子供は、あまりいい言葉じゃないが、父なし子、未婚の女性から生まれたことになるが」

「ちょっと待ってください」と裕也は、こらえきれずに話を遮った。「それは、当時日本では、在日韓国人の父親をもつ子供よりも、未婚の日本人の母親から生まれた子のほうが幸福だという前提ですか？」

「そうだ。日本人の未婚女性から生まれた、戸籍上は日本人の苗字を持った子供のほうが、苦労をせずにすむ。在日一世、二世が受けてきたとんでもない差別を受けずにすむんだ。入籍せずに生まれた子供だとしても、父親がいないわけじゃない。両親は一緒に暮らしている。子供はその両親のあいだで育つ。そのほうが、子供には生きやすい。わかるだろう？」

いや、理解し難かった。たしかに七〇年代であれば、日本の一部では在日韓国人差別がひどかっただろうが、それでも入籍よりも未婚のまま産むほうが、子供にはいい？　ほんとうにそうだったのだろうか。

「七〇年代の話ですよね？」

「それも後半の話だ。しかも実話だって言うんだ」

「女性は、その男が結婚しないって話を持ち出してきたのに、オーケーするんですか？」

「結婚しないんじゃない。一緒に暮らし、家庭を持つ。子供が生まれた後に、入籍するんだ」

「子供はひとりだけで十分なんですか？　ふたり目以降の子は？」

「それも、ひとり目が生まれたあとに話し合うことになるんだろう。とにかくふたりは、入籍しないままに、女性のお腹の中の子供を産むと決めた。繰り返すけれども、おれは実話だとして聞いた」

「男はイラストレーターで、女性は舞台女優という設定でしたよね。戸籍にこだわるようなひとたちでしょうか？」

「そこはおれが変えたんだ。女性は、日本の保守的な家庭の出で、在日の男性との結婚を事前に親に話せば、猛反対される。それは想像がつくかな？」

「猛反対されたところで、結婚を阻むことはできない」

「だからふたりは、先に一緒に暮らし始め、子供を産んで、既成事実を作ろうともしたんだ」

「実話では、同棲したんですね？」

「そう訊いた」

真紀の話では、安西早智子が同棲していた痕跡はなかったということだった。しかし、結婚を前提につきあっている男がいて、彼女は相手の子供を産むと決めたのだ。同棲していたと考えるほうが自然か。

「それでも、入籍をあと回しにすることはない」

「子供の受ける差別や、もろもろの不利益を考えれば、子供の苗字は母親のものであったほうがよかった。そうふたりは判断した。そう言ったろう」

「男のほうが、女性の側の苗字を名乗ってもいいのでは」

「在日の、というか、朝鮮の家族は日本以上に家父長的だと思うぞ」

「ちょっと信じがたい。七〇年代で」

「あのつかこうへいほどの才能にして、本名を名乗らずに芝居を始めた。日本的な通名でしかデビューできなかった芸能人なら、その後だって星の数ほどいる」

思い出した。『逃げた祝祭』の出演者の中にも、通名で出演していた俳優がいた。そう小坂部がベルリンで言っていた。裕也はそれが誰のことかは知らない。藤原真智も、とくに出自のことで嘘をついていたとは思えないから、小さな役の誰かだったのだろう。

「実話と言いましたね？」

「友達から、彼の身近な友達の話だと聞いた」

「まだ在日韓国人差別があったことはわかります。でもその話、男が子供を認知せずに逃げた、というひどい話に聞こえるんですが。実話でも、男は女と別れ、戻って来なかったんですね？」

「まだ全部話していない。聞いておれも驚いた部分だ」

松浦を見つめて裕也は首を傾げた。先をうながしたつもりだった。

「ついに結婚しなかったことの事情だ。あまり詳しくは聞いていないけれども、男は追われることになったんだ。身を隠す必要があって、同棲していたアパートから消えた。けっきょく何年も女の前に、というか世の中に出ることができず、とうとう結婚できなかった。だとしたら、印象が違って来ないか？」

「追われるって、日本の警察からですか？」

「いいや。韓国の警察か情報機関から」

「その友達の友達は、テロ活動をやっていたんですか？　政治犯？」

島崎が言った。

「一九七〇年代の韓国のことを覚えていないか。どういう時代だったか？」

裕也は島崎に顔を向けて言った。

「民主化運動の高まっていたころ？」

「ああ。前半はまだベトナム戦争が続いていて、韓国の青年たちは徴兵され、ベトナムに送られていた。七〇年代の後半も朴政権で、民主化運動が弾圧されていた。在日にも、日本で韓国の民主化運動を支援しているひとたち、とくに若い者は少なくなかったらしい。戦争に行かされる時代なんだから、六〇年代のおれらとは、テーマの切実さが違う」

松浦が島崎の言葉の後を引き取った。

「在日の民主化運動家が韓国に行ったときに、たちまち逮捕されて勾留された事件があったそうだ。当時の在日の青年たちのあいだでは、大きな話題になった。一件なのか、そういうことが何度もあったのかは知らない。だけど日本での運動が、韓国警察か情報部にスパイされていたってことだ。運動の中か周辺には密告者もいたんだろう。あんたは金大中事件を知っているか？」

「ええ、覚えています」

あれは確か一九七三年に起こった。韓国の民主化運動家で海外亡命中の金大中が日本に来たとき、九段下のホテルグランドパレスからＫＣＩＡに拉致されて、韓国に連れていかれた事件。アメリカ政府の圧力で金大中は解放されたが、日本国内で韓国の情報機関が活動したとあって、日本国内では連日大ニュースとなった。そして当然ながら、情報機関の支援組織も日本国内にあったと明らかになったのだ。

松浦が続けた。

「日本国内にいても、民主化運動の活動家とみなされていれば危険だったようだ。それは韓国の警察や情報機関からは、ほとんど北朝鮮の支持者と見られることを意味したらしい。文世光事件もあった。在日の青年が、朴大統領暗殺をはかった件。詳しくは聞かなかったけれども、日本国内の民主化運動の活動家たちは、韓国の情報部にロックオンされたと勘づいたら、身を隠したとか。関わりの程度にもよるだろうが、危険思想とみなされかねない雑誌や本を処分し、手紙や住所録も隠した。そういう時代だった」

「男は、かなり目立つ活動家だったということなのですね？」

「そうだろうな。だけど政治犯ってことは、破廉恥犯じゃないってことだ。女性に、入籍しないままに子供を産むのがいい、と提案したのは、捨てるつもりだったからじゃない。そういう男ではないだろう」

「でも、その逃亡や潜伏が何十年も続いた、ということはありませんよね」

たしか八〇年か、朴大統領が側近に暗殺された事件のあと、ソウルの春、と呼ばれる民主化運動の高まりがあったのではなかったか。もっとも、すぐ後に全斗煥将軍による粛軍クーデターがあり、そのあと戒厳令が布告されたのだったか。金大中は逮捕、軟禁で、その後死刑判決を受けたと、ニュースを読んでいた記憶がある。隣国のことながら、このあたりの事情を自分はよく知らない。その戒厳令はいつまで続いたのだったろう。

裕也は訊いた。

「たしかその戒厳令も、一年ぐらいで撤廃されていたのではなかったでしたっけ？」

「夜間通行禁止令は続いた。たしか八二年に、夜間通行禁止令一部解除。ソウルの大学生の拷問死への抗議行動が、一九八七年か。それをきっかけにあらためて民主化運動が盛り上がっていって、八八年のソウル・オリンピックの直前に全面解除だよな。八二年には身の危険はなくなったとしても、それでも七六年から六年ある」

裕也はまた松浦に目を向けた。

「実話のほう、男がそういう事情で身を隠したのは事実なのでしょうか？」

「そう聞いた。具体的に何をして身を隠すことになったのかは知らない。ただ、身を隠さねばならなくなって、その男性は家族とも友人とも連絡を絶ち、支援を受けて生きたようだ」

「日本のどこかで？」

「もしかすると、安全な場所は海外だったかもしれない」

「そこまで必要だったんですか？」

「七〇年代の、アジアの別の国の話を聞いたことがある。やはり独裁政権に反対して民主化運動に関わっていた青年が、あるとき国外のグループと連絡を取るためにひそかに国境を越えた。帰ってくると、アメリカ人が家で待っていて、スパイになれと強要してきたというんだ。つまり、彼の活動は、国外グループと連絡を取ったことまで含めて、情報部、そしてＣＩＡに筒抜けだった。これって、どういう意味だと思う？」

「ル・カレの小説の映画化作品ですか。活動の内部にか、身近にか、その男の知らないスパイか密告者がいた」

「そうだ。もし断れば、投獄される。もっと悪いことになる可能性もある。戦慄した彼はスパイになることを承諾して、その夜のうちにまた国境を越えた。もう帰国することはあきらめ、そのまま亡命者となった」

「誰のことなんです？」

「いや、たまたま飲み屋で耳にはさんだ話だ」

詮索するな、とその目が言っていた。松浦は、いま話したような体験を持った男を、確実に身近に知っているのだ。その男は、難民申請は認められているのだろうか。それとも非合法の滞在を続けているのか。

「七〇年代って、まだそういう時代だったってことだ。ベトナム戦争が終わったのが一九七五年。カンボジア内戦なんて、終わったのは九〇年ごろだ」

フランシス・フォード・コッポラが『地獄の黙示録』を作ったのは七九年。戦後四年目だ。ローランド・ジョフィの『キリング・フィールド』は八四年の映画だった。まだカンボジアでの戦争は、公的には終わっていなかったときの製作ということになる。

島崎が、いま気づいたように言った。

「そうか、その実話のシングルマザーの女性の彼は、韓国でもないどこかに逃げたということもありうるんだな。それなら、その後連絡を取りにくくなったことも自然だ」

その可能性がひとつ出てきたか。

七六年ベルリン。そこにいた日本語を話す青年三人。何かあった場合、日本の外に行くことがそれほどの大冒険ではなかった男の存在。

そのことの吟味は後回しにして、裕也はなお松浦に訊いた。

「韓国の民主化がなったあと、その実話のほうの彼は？」

松浦が答えた。

「自分の子を産んだ女性とはもう、結婚できる状況ではなくなっていたんだろう。事情を手紙で説明したかもしれない。いや、直接会いに行ったか。いずれにせよ、ふたりは結婚することはなかった」

「美談じゃありませんね？」

「結末はよく知らないんだ。はっきり教えてもらえなかった。そのエピソードについては、最後は解釈自由にした」

島崎が言った。

「いま『ひまわり』を思い出した。観ているかい？」

「もちろん」

先日も津野恵からその映画のタイトルを聞いた。彼女は、また聞きで安西早智子のその後を知っただけで、『ひまわり』に思い至ったのか！

島崎が訊いた。

「アントニオは、ウクライナのマーシャを捨ててイタリアに帰るべきだったか？」

裕也は島崎を真正面から見つめた。もしかして島崎は、事情を詳しく知っていたのか？　安西早智子のもとから消えた後の、その男性が別の女性と家庭をもうけ、子供も作っていたと。

裕也は答えた。

「あの映画で、アントニオが訪ねてきて、やりなおそうと提案したとき、わたしは切れかけましたよ。マーシャをどうするつもりなんだって。それはないだろうって」

「そうだろう？　観客はおおむねそうだったはずだ。アントニオにマーシャを捨てさせることはできない。それこそ人非人のすることだ。だから観客は、あのラストを受け入れることができたんだ」

「観たときは、なんともメロドラマだ、と思いましたが」

「メロドラマとして語り直せば、救いとなる人生もある」

「誰か映画監督の言葉ですか？」

窪田順が言った」

「安西早智子は、メロドラマと解釈することで立ち直った？」

「いま、ここまでの話を聞いてきて、そう思い始めた」

裕也はまた松浦に訊いた。

「男が絵描きというのも、聞いた話のままですか？」

松浦が答えた。

「だからそこは変えた。違う仕事だ」

「女性のほうは？」

「やっぱり変えてる。これ以上は、また聞きだったにせよ、答えにくいよ。そもそも軽やかに喋っていい話題じゃないんだし」

裕也は質問を変えた。

「松浦さんにその話を教えてくれたひとは、在日のひとなんですか？」

「違う」松浦は明快に答えた。「日本人だよ」

戸籍謄本を見たことがあるのだろうか。自己申告がそうであったということではないか？

「何をされていたひとなんですか？」

「ミュージシャン。キーボードを弾いてた」

「その在日の友達と同じ職業なんですね」

「それ以上聞かないでくれ。仕事仲間なのか、別の関係の友達なのか、すっかり話すのは勘弁してくれないか。ただ友達の友達は、自分が結婚できなかった事情を話しているんだから、業界仲間という以上の関係だろうな。その友達には、おれの芝居の伴奏を頼んだこともある。もともとはピアノのひとだ。音大を出ている。彼の大学の友達なのかもしれない」

松浦にその話をしてくれた男は、音大を出ている。その男の友人。

そして一九七六年ベルリン。ベルリン・フィルのコンサート・ホールのカフェ。

つながってこないか？

安西早智子の、ベルリンの文房具店で買われたノートの断片。いつ書かれたものかはわからないが、あれはもしかして、東西に引き裂かれたベルリンの印象を記したものではなく、自分たちの関係について書いたものとは読めないだろうか。

運河　ふたりを裂く
遮断機　非情な
あなたは査証を持っていますか
運河にかかる橋
ふたりを結ぶ

ベルリンには運河というか、市街地を流れる川もあった。川が西と東との境になっている場所も。たしか歩行者専用の橋もあって、その先には東ベルリン側の検問所があった。川は何かの暗喩だろうか。

べつの日のメモ。

わたしたちは大木の下
エルム、とあなたは教えてくれる
エルムの木の下であなたは口ごもる

彼は何を言いかけて口ごもったのだろう。

国籍？　それとも、結婚すること？　家庭を作ることへの賛意？　子供は無条件に幸せに育つだろうという安西早智子の希望と期待に、百パーセントは同意できなかったのか？

疑問は尽きないが、でも自分はあと一歩で、真紀の祖父本人に会うことができそうに思えてきた。

期待をこめて、裕也は松浦に訊いた。

「話してくれたそのひとに、会うことはできますか？」

松浦は首を振った。

「もう死んでる。十年くらい前に」

亡くなっているのか。

いま裕也は少しだけその話を松浦に——友人の実体験だとして——教えてくれた人物が、大宮真紀の祖父かもしれないと考えたのだった。でも十年前に亡くなっているのだとしたら、その線はかなり薄くなった。真紀は最近、映画に出演したときに、匿名の人物から花束を贈ってもらっているのだ。裕也も、その人物は真紀の祖父ではないのかと感じる。しかし十年も前に亡くなっているのであれば、その線はない。

裕也は、そのお芝居の元となった話を、あらためて考えた。その「実話」という部分の信憑性をもっと検討するべきだ。

稽古場に、四人の若い男女が入ってきた。賑やかに笑いながらだ。彼らも俳優たちだろう。

裕也は時計を見た。零時四十五分になるところだった。

裕也は立ち上がるためにショルダーバッグに手を伸ばしてから、松浦に訊いた。

「亡くなってしまったそのミュージシャンの、誰かお友達はご存じありませんか？　そのひとが語った実話のことを、聞いていそうなひと」

「さあてな」

「もしミュージシャンのお名前を伺えるなら、自分で当たってみようかとも思いますが」

森田真《もりたまこと》、と松浦が教えてくれた。

島崎が驚いたように言った。

「あいつなのか？」

松浦が島崎に訊いた。

「知っているのか？」

「知り合いだ。そうか、芝居の伴奏も頼んだって、彼か」

裕也は島崎に訊いた。

「その森田さんの友達を、どなたかご存じですか？」

「少し当たってみる。何人かは思い浮かぶ。一日二日くれ」

「よろしくお願いします」

裕也は松浦に礼を言って立ち上がった。

その日、自宅に帰る地下鉄の中で、真紀からメールが来ていることに気づいた。

彼女は書いていた。

「祖母の東京に住んでいた当時の住所ですが、ちょっと奇妙なことに気づきました。祖母は母が生まれる直前に東京の阿佐谷のアパートを引き払って叔母の家に移り、その近くの病院で母を産んだのだと思っていましたが、祖母が出したハガキの中に一枚、なぜか本所郵便局の消印となっていたものがありました。消印は一九七七年の一月で、宛て先不明で戻ってきたものです。薄れた文字で、差出人住所の脇に別の住所らしきものが書かれています」

絵ハガキで、その文字面の写真が添付されていた。黒いボールペンで書かれたようだが、一部に褪色した赤い文字も見えた。

宛て先は女性の名で、埼玉県熊谷市の住所。

転居先不明の印が押してある。差出人の住所に戻ってきたもののようだ。

差出人は安西早智子。住所は杉並区阿佐谷北の、すでに教えられていた住所だ。その差出人住所の横に、褪色して薄れた赤い文字がある。読みにくかった。赤のインクは褪色しやすいせいだろう。

通信スペースに、安西早智子は書いていた。

「おめでとう。とうとう実現したんだね。わたしも、今年は新しい道を歩きだします。頑張ろうね」

裏の画像は、パンダの写真だった。上野動物園の絵ハガキだ。

自宅に帰ってから、裕也は真紀からのメールと添付の画像を眺めた。

一九七七年の一月と言えば、安西早智子は妊娠七カ月目というあたりか。文面から、安西早智子は友人の近況をまた聞きで知ったのだろうか。結婚か、出産が報告されていたのだろう。

転居先不明で戻ってきたということは、相手が転居届を出していなかったか、安西早智子が一年ぶり以上という間を空けて、旧住所に出したということだ。

その絵ハガキは、大部分が黒いボールペンで書かれていたが、差出人の住所の横に一行、赤い書き込みがあるのだ。裕也はその薄れた赤の文字を読もうとした。何か四角い印判のようなものも押されているが、文字はやはり薄れて判読できなかった。

手書きの書き込みは住所のようだ。墨田区はわかる。次の町名は、画数の多さから業平だろうか。番地の数字はわからない。

これは、差出人に戻されるとき、阿佐谷の集配郵便局が転送先住所を書き込んだものではないだろうか。つまり、この時点で安西早智子は阿佐谷に住んではおらず、業平に住んでいたことになるか。

消印が本所郵便局であることからも、このとき安西早智子は墨田区のこの住所に住んでいたのだと想像して不合理ではない。

つまり安西早智子は、七七年の一月には阿佐谷から転居し、阿佐谷の郵便局に転居届は出していたが、友人にも積極的には転居先住所を明かしていなかった？　ふつうは転居したなら、友人に出す絵ハガキに現住所を書かない理由はない。あえて旧住所を書いてすませた理由はなんだ？　秘密にしておきたかった？　だとしたらその理由は？　松浦や島崎の仮説から、見当がつかないではないが。

松浦の話では、森田の友人の在日韓国人と女性は、子供が生まれる前にすでに同棲したとのことであった。

その女性が安西早智子だとするなら、この時期にはもうその在日韓国人男性と一緒に、業平で暮らしていたのかもしれない。出産後の結婚を前提にしていたのであれば、もう同棲していてもおかしくはないのだ。ただ、安西早智子は、さほど親しくはなかった友人には、同棲の事実も、同棲している住所も教えたくなかった。だから旧住所で絵ハガキを出した。返信があれば、転居から一年以内であれば郵便物は自分のもとに届くのだし。

いずれにせよ、真紀にあいまいな自分の推理を書くわけにはいかない。もちろん、きょう松浦に聞いた話もだ。

裕也はこう書くに留めた。

「この時期には、お祖母さんは、住む場所を変えていたのかもしれませんね」

それから裕也は、自分の若いときのことを思い起こした。『ひまわり』の公開は何年だったろう。

七〇年か。

12

裕也が大学二年になった年の十月二十一日に、大きなベトナム反戦集会が全国で予定されていた。市民運動の団体も、いわゆる新左翼の党派も、大学でその日に向けての宣伝活動に活発だった。

そんな中で関谷から声をかけられた。

「裕也さ、八ミリの映画なんて作る気はあるの？」

裕也は訊き返した。

「関谷が作るのか？」

「おれじゃない。映研の学生だ。二個上のひとだけど」

新入生のあの飲み会のとき以来、映研とは無縁だった。ただ、映研の中には裕也の顔を覚えていて、ときおり話をする程度の仲となった者はいた。

奥野《おくの》という、文学部の四年生だという。顔は知っていた。

「奥野さんが、映研とは別に、八ミリで自主映画を作ろうとしている。運転免許持っている映画好きを探している」

「運転手が必要なんだな？」

「いろいろと助言とか、撮影現場の手伝いもしてほしいようだ。要するに、映画制作のチームに入る学生が」

「お前は？」

「おれは興味はない」

「どんな映画を作る気なんだろう」

関谷は一枚のチラシをバッグから取り出して見せてくれた。

「学生実験映画祭69」

来年一月の週末に、新宿のライブハウスで開催される。そこに奥野は出品するつもりでいる。

「どんな実験作を作るつもりなのかな？」

「何も知らない。奥野さんから、裕也に話してくれないかと頼まれたんだ。一度、会ってみないか」

関谷と一緒に大学の食堂で奥野と会った。朝から大学構内がざわついている日だった。

奥野は言った。

「台詞なし、映像と音楽だけの映画なんだ」

裕也は訊いた。

「ストーリーのあるものですか？」

「いいや。そういうものは、撥ねられるだろう」

「出品には、審査があるんですね？」

「実験映画祭って名前なんだ。ストーリーのある映画なんて、恥ずかしくて出せない」

「映像詩っぽいものになりますか？」

「そうでもない。朝の首都高。微速度撮影で流れる都会の風景。切り取られた都市の構造。繁華街や雑踏。東京都民の未来への不安の象徴としての、暗黒舞踏みたいなダンス。そして音楽で、一種の宗教的な陶酔感、幻惑感、恍惚感を表現する」

「サイケふう？」

「いいや。ロックの感覚じゃない。いまおれが考えてるのは、クラシックなんだ。詳しいか？」

「全然です」

「オルフのカルミナ・ブラーナを考えている。というか、その曲から発想した。レコードをいま持っている。どこかで聴いてもらおう」

奥野に連れられて、目白の喫茶店に行った。名曲喫茶という看板は出していなかったけれど、クラシックの曲をそれなりの装置で聴かせる店だった。奥野は常連のようで、持っていたレコードをかけてもらえないか店主に頼んだ。店主はすぐにかけてくれた。

一分ほど流れたところで、奥野が訊いた。

「面白くない？」

「初めて聴く種類の音楽です」

「これに合う、って言うか、音楽とぶつかりあってもっと面白い体験になるような映像が欲しいんだ。車を借りて、運転しながら撮る映像を、いま思いついている。最初は音だけ。白い画面。何も映っていないと見えて、じつは曇空だ。そこからパンダウンして、映像は走る車からの主観映像になる。朝の首都高速。もし映像にアイデアがあれば、どんどん撮っていきたい」

関谷が訊いた。

「その映画の制作費は？　分担するんですか？」

奥野は笑った。

「まさか。おれが出す、ったって、少ない予算だけど」

「撮影は誰が？」とまた関谷。

「おれがやる。八ミリは持っているんだ」

「車はあるんですか？」

「いや。レンタカーを借りることになるな」

裕也は確認した。

「舞踏とか言っていたけど」

「踊ってくれる子の当てはある。朝の代々木公園や新宿通りで撮影するつもりでいる」

「もう頭の中には出来上がっているんですね？　絵コンテは？」

「おれは絵が描けない。あんたは描ける？」

「いえ」

「この手の映画って、何か観た？」

「いいや。実験映画に分類されるものは、何も」

「おれ、実験映画じゃなくても、けっこう短編が好きなんだ」

そういえば裕也の子供のころ、札幌の名画座では本編一本のほかに、短編を一本上映することがよくあったように思った。本編のほかに、アメリカのニュース映画を上映している映画館も、札幌にはあった。

奥野は言った。

「『ふくろうの河』って短編、知っているかい？」

「あ」覚えている。「観ました。ビアスの原作。びっくりするような落ちでしたね。ロベール・アンリコ」

「おれ、小さいころに観た『赤い風船』って映画も好きなんだ。甘い童話だけど」

「あ、それも観てます。小学生のころに。アルベール・ラモリス」

奥野とであれば、映画の話がはずみそうに思えた。映研に、このセンスの上級生がいると知らなかったのは不覚だった。裕也たちはその喫茶店で二時間ぐらい粘ってから、居酒屋に場所を変え、酒を飲みながら映画をさんざんに語り合った。

居酒屋のテレビが、たしか午後九時のニュースを映し出したとき、裕也は初めて新宿で米軍航空機燃料輸送阻止の抗議行動が、新宿駅一帯の占拠と、その結果の国鉄、私鉄の大規模な運転休止となっていることを知った。

もう一軒店を変えて、またテレビ・ニュースを観た。新宿では、新左翼の抗議活動に対して騒乱罪が適用されたと知った。

撮影は十一月に何度かに分けて行われた。完成作の長さは七分二十秒だった。当時は著作権に厳しい時代ではなかったので、奥野の持っているレコードから曲をそのまま拝借して、映画の音とした。裕也は奥野の制作意図は十分にわかっていたけれども、やはりそれは映像と音の質で、アマチュアの作品だった。

しかもその作品が上映される予定だった翌年一月のその週末、東京大学安田講堂事件が起こった。講堂を占拠中だった学生たちに対して、大学は機動隊の出動を要請、二日にわたって機動隊が学生たちの排除に出て、学生たちは全員が逮捕された。実験映画祭の会場には、出品された作品の関係者たちしか来ず、なんとも寒々しい上映会となったのだった。奥野の作ったその作品についても、観客はほとんど無反応だった。

あれが自分の作った一本目の映画だった、と裕也は思い起こした。六九年だ。

奥野はその後、映像プロダクションに就職していった。詳しくはわからない。

裕也はそのことを思い起こした後、冷蔵庫へ歩いて缶ビールを取り出した。


島崎から電話が来たのは、もう梅雨も明けた七月の末だ。裕也がちょうどコーヒーを淹れたところだった。

島崎は言った。

「森田真を知っているという男何人かに当たったった。森田が知っていたこうこうこういう件を知らないかと訊いてみたら、ひとりがその話を聞いたことがあるって言うんだ。森田には在日の友達がいたけれども、その男のことじゃないかと。森田の大学の友達だろうってことだ」

「森田さんはミュージシャンとのことでしたね」

「ああ。キーボードを弾いて、作曲もした。オリジナルで、芝居の伴奏音楽も作った」

「その森田さんの大学の友達というと？」

島崎は、江古田にある音楽大学の名を出した。

「森田はそこのピアノ科の出だ。その在日の友達が何科かは知らない」

「森田さんの年齢というか、卒業の年はわかりますか？」すぐに聞き直した。「大学入学の年は」

「はっきりとはわからない。だけど、団塊の世代だったはずだ」

ということは、昭和二十二年から二十四年までの生まれだ。裕也の同世代ということになる。島崎もやはり団塊世代だ。もっと言えば、安西早智子とも近い世代ということになる。二歳か三歳の差はあるかもしれないし、もしかすると安西早智子が一歳年上の可能性もあるか。

「その森田さんの友達のことで、あとほかに何か聞きました？」

「いや。とくに」

「お手数かけました。ありがとうございます」

通話を切ってから、裕也はメモを作った。


その数年間の、その音大生の中に在日韓国人男子学生がいたかどうか。

彼は一九七六年の夏、ベルリンに行ったかどうか。

それを調べることが必要と思えた。この二点の条件を満たせば、その彼はほぼ間違いなく、大宮真紀の祖父だ。

しかしどうやって調べる？

ひとつ目については、大学に問い合わせる以外には手立てはないか。しかし問い合わせて、教えてくれるものだろうか。いまはかつてとは比べ物にならないくらいに、個人情報の扱いが厳しくなっている。公立小中学校でさえ、在校生、卒業生の確認ができなくなっていると聞いた。学校により、多少取扱い基準には差があるかもしれないが。

在日韓国人の男子学生がいたかどうかを、ストレートに問い合わせるのは無理か。

逆に、その音楽大学卒業を公表している卒業生を探すほうが早いかもしれない。ネットで探せば無数の卒業生がヒットしてくるだろうが、その中に韓国人の姓を探すのだ。出身校を公表している人物なら、年齢もわかるだろう。入学年次もしくは卒業年次が条件と合致すれば、直接その本人に会う。あの花束を贈ったファンを、裕也は真紀の祖父だと確信しだしていた。

ふたつ目は、当時ベルリンにいた音楽大学出身者を探すこと。これはひとつ目よりもずっと難しい。どこでどう調べたらよいのか、見当もつかない。

裕也は飲みかけだったコーヒーをまた口に入れた。もうすっかり冷えていた。

裕也は、ノートの上でサインペンを揺らしながら考えた。

真紀の祖父が安西早智子とは結婚できなかった事情を、先日の松浦から聞いた話の通りだと仮定する。その場合、真紀の母親の成長の節目節目にチョコレートが贈られてきたことについては、さして奇妙な点はない。

結婚できないことについては、男が潜伏や逃亡が終わったときに話し合いがもたれ、合意の上での別れとなったのだ。そのとき、慰謝料ではないにせよ、子供の養育費の支払いについても合意があったことだろう。真紀の話でも、祖母は困窮していたようではなかった。裕福ではなかったにせよ、子供つまり真紀の母親は大学に進み、教員となったのだ。安西早智子は、男が子供のためにチョコレートを贈ることは了解した。その名を告げることができなくても、子供が想像するなら、自分には父親がいるのだと信じられるようにだろうか。

子供が成人し、学生結婚をしたあたりで、チョコレートが贈られることはなくなった。真紀の話を聞いた限りでは、男がプレゼントを打ち切ったというよりは、結婚したことで自分の子供の新しい姓と現住所がわからなくなったせいではないかと思える。あるいは、成人した娘に匿名でチョコレートを贈り続けることは、周囲から何かの誤解を招きかねないと、控えたのかもしれない。

そして真紀には、昨年の、映画の公開試写会のときに、劇場に花束が届いた。

「一ファンから」

舞台女優として公演に出たときも、一ファンから、と贈られたことはなかったと真紀は言っていた。男のアンテナは、舞台、演劇には向いていなかったのだ。しかし彼は、映画の情報は得やすい環境にいた。だから真紀が映画に出演していることを知り、公開試写会の日と会場を正確に知ったうえで、花束を贈ることができた。

ということは、男は映画関係者？　何科かはわからないが、音大を出て映画に関係する職業に就くとして、その職種にはどんなものがあるだろう。

映画音楽の作曲、編曲がまず思い浮かぶ。ミュージシャンの役で出演する、何か楽器の得意な俳優か。録音とか音響とかの場合はどうだろう。音大でスキルを学ぶ職種ではないか。

もちろん大学で学んだこととは完全に無関係な業種で働くことは、ふつうにある。男は映画の制作会社やプロダクションで働いているのか。俳優たちのマネージメントの会社か。裕也がいっときそうであったように、無関係な業界の宣伝部門とか。

真紀は、花束を届けてくれた花屋に注文した客を問い合わせただろう。でも客の情報は教えてもらえなかった。

彼女はどんなふうに問い合わせたのだろう。うまく事情を話せば、教えてもらうことは可能ではないだろうか。

いや、と考え直す。もしそもそも男が自分の正体を隠すつもりがあるなら、きみの祖父はここにいる、とほのめかすかのように花を贈ったりはしない。真紀がなんとか花屋の個人情報秘匿の原則を突破することは、不可能ではないのだ。

むしろ男は、真紀に自分の存在を知らせる意味で、花を贈ったのか？　一ファンから、として贈れば、真紀がまずそれを、名も知らぬ祖父から、と受け止めることは不合理な期待ではない。

彼が訳あって、安西早智子と別れたことをずっとやましささえ感じるほどに悔いていたなら、それから五十年近くも経ったいまは、複雑な思いで引き裂かれているはず。ひと目会いたい、名乗り出たい、赦しを請いたい、自分は祖父であると孫の前に立ちたいと、気持ちは乱れているはずだ。

葛藤の末に彼は、花を匿名で贈ることにした。真紀の側に、祖父を知りたい、会いたいという気持ちが強ければ、自分たちは会うことができる。自分を捜してもらえたことで、自分は赦される。

しかし真紀に、祖父を捜し当てたいという気持ちが皆無なら、真紀は花屋をたどって自分を捜そうとしない。ならば自分はそれを受け入れる。あえて赦してくれと、自分の姿をさらしたりはしないと。

裕也はもうひと口、冷えたコーヒーを飲んだ。

それにしても、男がいまになって、真紀に花を贈るようにした理由は、ほかにないか。たまたま情報が飛び込んできた、ということ以上の、もう少し説得力のある理由は。

彼が結婚した相手との関係に変化があったか。男が安西早智子のことをどれだけその女性に話していたかはわからない。その女性への思いやりで、安西早智子のことをずっと隠してきたっておかしくはなかった。ようやくいま孫に花を贈れるようになったのは、その女性が亡くなったとか、告白したら赦して受け入れてくれたのかもしれない。

裕也はまたメモを作った。

花屋に当たってみる。大宮真紀に花を届けた花屋。試写会の会場がわかれば、花はその周辺の花屋から届けられたはずだ。

裕也は、ノートPCで真紀が出た映画の公開試写会の会場を調べた。有楽町の朝日ホールだった。ついで、有楽町周辺の花屋。四軒まではヒットしてきた。あとで、この四軒に順に電話をかけてみる。いや、狭い範囲だ。直接訪ねて訊いてみたほうがいいかもしれない。

もうひとつ。映画業界で働く、ちょうど団塊世代にあたる在日韓国人を探してみる。どのくらいの数がいるかはわからないが、演劇や芸能の世界程度の比率ではいるのではないか。つまり、かなりの割合だ。出自や国籍よりも、才能や強い表現欲が評価されるはずの世界なのだから。

監督の小坂部にもう一度会おう、と裕也は決めた。彼なら、その条件の男を何人か知っているかもしれない。協力してくれるはずだ。

13

小坂部は、コンパクトなデジタル・カメラを胸の前に下げて裕也の前に現われた。新宿通りに面した全国チェーンの喫茶店の二階だ。彼はカメラのストラップを首からはずし、ショルダーバッグの中に収めた。

「シネハンだったんだ」と小坂部は言った。「次の映画の舞台を探してる」

裕也は訊いた。

「荒木町が舞台なんですか？」

「まだ決めていないけど、都心にあって、坂が多くて、昭和の香りも残っている町を探している」

「テーマは？」

「ミドル・シングルの孤独な生活」

「今日的ですね。若い女性はからむんですか？」

「いいや、主人公は、おじさんとして見守るだけ。原作は窪田順の少し前の短篇だよ。小説の舞台は恵比寿だけど」

小坂部は一度コーヒーを買いに席を離れ、二分後に紙コップを持って帰ってきた。

彼はひと口コーヒーを飲んでから、裕也に訊いた。

「島ちゃんからもいい情報を聞いた、と書いてあったけど」

「ええ」

裕也は島崎と、それに劇作家の松浦から聞いた話をざっと話した。小坂部には、先日送ったメールで、ざっと書いておいたが。

小坂部は聞き終えて言った。

「そのお芝居のモデル、たしかにサッチを連想させるな」

「そうなんです。子供に苦労させたくないと、入籍を先延ばしにした理由も、納得できるものがあります」

「その実体験を語った在日男性とは、連絡が取れるのかな」

「いまはまだ、それがなんという人物かはわからないんです。でも、松浦さんに話をしたひとは、森田真という音楽家だそうです。キーボードを弾くひとだったとか。お芝居の伴奏とかもしていたと」

「森田真なら、知ってた。おれは仕事を頼んだことはないけど、亡くなっているよな」

「十年くらい前に。島崎さんも森田さんを知っていました」

「おれたちとは近い世界にいたひとだから」

「島崎さんは、その森田さんと親しい誰かに、森田さんには在日の親友がいたかどうか確かめてみたようです。同窓生でいた、とそのひとは教えてくれたそうです。電話だったのか、島崎さんが聞いたのはそこまでだったようですが、わたしがそのひとと会えば、もっと思い出してもらえるかもしれません。たぶん島崎さんも、会う段取りをつけようとしているはずです」

島崎が、先日の電話の段階で好奇心を抑えこめたとは思わない。森田の親しかった友達と、近々会えるだろう。

「で」と小坂部は言った。「『逃げた祝祭』の、在日の出演者は誰かを知りたいって？」

「ええ。ベルリンの記者会見で、コリアン系の俳優が日本名で出演していると話していましたよね。それがどのひとのことか、わからないんです」

「これも、安西早智子の件の質問なのかい？」

「はい。その俳優さんのことを、確認したくなって」

「藤原真智が羽田から乗るタクシーの運転手役だよ。そのシーンしか出てこないけど」

「あのひとなんですか」

顔は思い出せたが、名前までは出てこなかった。そもそもあまり有名な俳優ではない。主に小劇場で活動している男ではなかったか。年齢は裕也よりもひと回りぐらい上に感じたが。あの当時四十歳前後か？

「映画にはどういう名前で？」

笹森昌男《ささもりまさお》、と小坂部は答えた。

「日本名というよりは、芸名だけどな」

韓国名はイ・チャンウク。漢字では李昌旭となるのだという。

「音大卒業ってことはありませんか？」

「たぶん違う。やつは、大学には行っていないと思うな」小坂部は大手の劇団の名を出した。

「あそこの養成所出身。笹森が大宮真紀のグランパと思うのかい？」

「キーワードがもし重なっていれば、その線は濃くなります」

「だって、笹森はベルリンには行っていないぞ」

「たしかにベルリンで知り合った誰かの可能性が一番高いんですが、妊娠から出産までの日数は多少誤差も出るでしょう。それはつまり」と、裕也は遠回しに言った。「安西早智子がベルリンに来る直前か、あるいは帰国直後のことだった可能性も捨てきれない」

「森田情報をたどったほうが、確実じゃないのかな」

「一点だけ気になることが出てきまして。帰国後、半年経ったころには、安西早智子は男性と一緒に暮らしていたようなんです。そのぐらいの仲だったとしたら、男とはベルリン以前につきあいが始まっていておかしくないし、もしそうでなかったとしても、ベルリンから帰ってすぐに同棲が始まったと考えてもいいかと思い始めたんです。映画の撮影で、知り合ったか一緒の時間が長かったりして」

「それはベルリンのアバンチュールじゃなくて、と言っているのかい？」

「ベルリンがきっかけだったのかもしれないとは思います。それはフィジカルな何かではなく、言葉だったのかもしれない」

「ベルリンで知り合った男とは何もなかった？」

「わかりません。すべて可能性の吟味です。どうであれ、ひと目惚れではなかったのかもしれない。段階を追って、時間もかけて、その上での同棲、シングルマザーとしての出産だった。そうだとしたら、納得しやすいんです」

「ぱっと電気が走って、あとさき考えずに一緒に暮らし、子供を作った、っていうストーリーでも、十分に納得できるよ。というか、おれの映画の主人公の大半はそうだな。主人公たちは、直感を信じる。自分の第一印象を疑わない。そういうキャラクターたちだから、ストーリーが持つんだ」

「そういうものですか？」

「そういうものだよ。おれが最初のかみさんと同棲するまで、出会ってから一週間だ。十二年後に別れたけれども、一週間で同棲を始めたことを後悔してはいない」

「そういうこともあるでしょうけど」

「本庄さんは、会ってから同棲するまで、どのくらいの時間をかける？」

「同棲体験ってないんです」

「ほんとに？」小坂部は目を丸くして裕也を見つめてきた。「いきなり結婚？　恋愛のゴールは同棲だろうに。入籍や結婚は、恋愛の社会的認知の手続きの問題だ」

「あまり熱い恋愛の経験はないんです」

「クールなんだな」

同意はできなかったが、裕也は深入りしなかった。

「それはともかくですが、ベルリンの前後で親しくなれる可能性のある在日のひとというと、その俳優さんがいちばん近いかと」

「映画の中で、安西早智子と一緒に撮影した場面はないぞ。時間差でも、一緒の現場だったこともないな」

「アフレコとか、試写会ではどうです？」

「初号試写のとき、もしかしたら、笹森さんは来ていたかな。サッチはいたと思う。だけど、映画に出てくれたとき、笹森はもう四十ぐらいだった。安西早智子と同棲するのは、無理があるんじゃないか？」

「そのころ、笹森さんに家庭は？」

「結婚していた。子供もふたりいたと思う。それを考えると、いよいよ同棲はありえないな」

そうか、と裕也は考え直した。結婚が両親から許してもらえない理由。しばらくは秘密にしておこうと安西早智子が考えた訳。相手が家庭を持っていたということは、すでに検討した。これに加えて、国籍、そして年の差がある。笹森の場合、スリーカード。かなり強い手だ。

「笹森さんは、いまはどうしています？」

「五年くらい前に亡くなった」

ということは、花を贈ったのは、笹森ではない。しかしそれは、真紀の祖父ではないことを証明しない。

考えをまとめようとしていると、小坂部が言った。

「そろそろ行く。こんど島ちゃんとも一緒に酒を飲むか。『逃げた祝祭』の再公開記念に、関係者が集まってもいいな」

「あ」裕也は同意した。「それはいいですね」

「そういえば、おれ、秋の釜山国際映画祭に行くことにした。去年から今年にかけて作ってた『人魚の入り江』が、プレミア上映に入ったんだ。本庄さんは、釜山映画祭は？」

「行ったことはありません」

「おれもなんだ。だけど、いまや東京をしのいで、アジア一の映画祭だ。久しぶりの映画祭出品だし、楽しみなんだ」

「レッドカーペットを歩くんですか？」

「いちおう監督だからな。俳優部には手弁当で苦労かけたし、向こうで宴会をやろうと思って。なんだったら、例の仕事、監督小坂部卓へのインタビューもやらないか。それも釜山で」

「釜山で、釜山国際映画祭プレミア作品の監督が、若かったころのベルリン国際映画祭を追放された顚末を回想する。面白いインタビューになりますね」

「島ちゃんも行くはずだ。彼の映画は、なんだっけ」

「『五月になれば』と聞きました」

「それだ。島ちゃんもやっぱり釜山は初めてで、向こうで酒を飲みたいと言ってた。行こう」

「ええ」

「本庄さんも、今度は飲めよ。ベルリンでは、いつもみなさんのお世話係ですから、って、チームメイトとは違うって顔だった」

「そんなつもりもなかったんですが」

小坂部は紙コップを持って席を立ち、階下へ降りていった。

裕也は、もう少しこの喫茶店にいるつもりで、バッグからスマートフォンを取り出した。

小坂部と話しているあいだに、ショートメールが入っていた。島崎からだ。

「森田真と親しかったという音楽関係者を見つけた。その在日の青年のこと、たぶん自分が知っているひとと同一人物だろうと言うんだ。メールのやりとりだけど。その音楽関係者と、棲息範囲がわりあい近いんで、直接会って聞いてみる」

島崎は、やはり仕事柄か顔が広いのだろう。島崎の言う棲息範囲とは何を意味するのだろう。都内の飲食街のことか、私的な交遊範囲のことだろうか。何か共通の事情でつながる業界の一部のことか。

いずれにせよ島崎は、そのたどりついた人物に直接会えるだけの距離にいたのだ。

ＰＣのディスプレイに、三人の青年も写った安西早智子たちの集合写真を全画面表示している。何度も同じことを試みたが、きょうもまた同じことをしている。

青年たちは、みな二十代のなかばか、もしかすると後半かもしれないという顔だ。素人がネガフィルムで撮った写真のプリントだから、ピントは甘い。まだオートフォーカスのカメラなどなかった時代だから、写真の鮮明さについてはあきらめるしかない。

このような写真のピントや鮮明度を上げるアプリも、世の中にはあるはずだ。もしかしたら、その写真をもとに五十年老けさせた顔にするアプリもあるかもしれない。いや、それはスパイ映画の見過ぎだろうか。どうであれ、写真は三人の青年の顔の特徴をあまり明快には示していない。丸顔か長いのか、目や鼻や口の大きさ、それにそのときの髪の長さ程度で、三人を区別するしかなかった。もちろん被写体を知った者が見るなら、写真から読み取れる情報ははるかに多いものであるはずだが。

細身の長髪の青年がいて、顔だちは繊細そうだ。音楽を学んでいる青年の一典型が、このような風貌、容姿ではないだろうか。やや小柄の眼鏡の青年もいる。三人の中でひとりだけ、とくに照れもせずにまっすぐにカメラを見つめていた。写真を撮られることに慣れているのか？　彼は目が大きくて、眉が濃かった。

そして、ひとりだけほかのふたりよりも少し背の高い青年がいる。その青年の顔だちは、やや大人びて見えた。

裕也は写真を部分的に拡大して、あらためてどこかに真紀の面影のある青年を特定しようとしたが、きょうもやはりできなかった。小柄な青年だけは、たぶん違うと言えるが。

島崎から、もしかするとかなり有力かもしれない情報が入っているのだ。このようなポアロめいた真似はもうやめごろだろうか。

モニターから視線を離すと、裕也は自分の古い写真を、デスクに重ねたアルバムから取り出した。これも、この数週間、何度も見てきたものだ。あの遥かな夏の記録。千葉の白子海岸で撮った写真。

その中に、裕也も、一緒に暮らさないか、と言いかけた相手がひとりいた。でも思い止まった。じっさいには口には出さなかった。

自分たちにそれが自然で、その時期が来ているならば、その言葉を口にはしなくてもそうなっている。いつから暮らすか、どこで暮らすか、それが解決すべき課題ではない関係でないならば、その言葉は口にすべきではないのだ。だから、裕也は言わなかった。その判断が正解であったことは、すぐにわかることとなった。

坂本夏美《さかもとなつみ》。長野出身で、都内の女子大学に通っていた。裕也と同学年だ。お芝居好きで、小劇場のお芝居をよく観ているという。目と口が大きく、快活な女子学生だった。大学三年に進級してすぐの週末、深田芳恵が裕也や関谷を誘って、友人も関係しているというテント芝居を一緒に観に行ったときに知り合ったのだ。

深田芳恵の友人の、その友人が坂本夏美だった。マチネのお芝居のはねたあと、七、八人で新宿の居酒屋に流れて、まだ明るいうちからお酒を飲んだ。坂本夏美は、裕也の向かい側に座った。関谷が、あのような場で知り合った誰かに対していつも出す質問をした。

「好きな映画を三つ挙げて」

夏美は、ちらりと裕也を見た。答を探すのだなと裕也は感じた。正直に答えるのではなく、ここで自分を飾るために。

「『コレクター』って好きですね」

ウイリアム・ワイラーのサスペンスだ。裕也は映画を観たあとに原作も読んだ。ジョン・ファウルズの原作も素晴らしかった。

「二つ目は、『ウエスト・サイド物語』。舞台版を観たくてたまらないですけど」

芝居好きなら、挙げて当然の映画の一本と言える。

三つ目は、と関谷がうながした。

「観たばかりなんですけど、『若草の萌えるころ』」と夏美。

奥野も好きだった『ふくろうの河』の、ロベール・アンリコ監督の作品だ。まだ公開中だった。

夏美は言った。

「『コレクター』なんて、お芝居になるんじゃないかと思うんです。舞台はあの地下室だけ。さらわれて地下室に閉じ込められたところから始まって、登場人物はふたりきりのお芝居にしたい」

深田芳恵が訊いた。

「ミランダの役を、夏美さんがやるのね」

「ええ」と夏美は答えた。「フレディの役は、ちょっと無理かと思うので」

その場の全員が笑った。

関谷が言った。

「映画には、隣の家の親父が出てくるけど」

夏美が言った。

「原作には、あのひとは出てこないんです。ミランダの回想の中に、画家は出てくるんですけど、ふたり芝居になります」

思わず裕也は言った。

「小説も読んでるんですね？」

「ええ」と夏美が、あなたも？と訊くような目で裕也を見つめてきた。

「小説もいいよね。フレディは、映画のほうがいいけど」

実際にあの小説は、後になってから、自由劇場によって舞台化された。ミランダの役を、吉田日出子が演じた。裕也も、霞町の地下の小劇場で観た。お芝居のタイトルは『地下室』だった。

「本庄さんは？」と訊かれて、裕也は夏美に答えた。

「『冒険者たち』と『長距離ランナーの孤独』。それに『いぬ』かな」

夏美が『若草の萌えるころ』を挙げたので、話をはずませたかったのだ。なので『冒険者たち』を最初に出した。同じロベール・アンリコ作品。

「最高」と、夏美が同意してくれた。

夜になっておひらきとなった。関谷は別のグループの花見に合流すると言い、深田芳恵や夏美たちは、女子だけでどこかに行くこととなった。

別れ際、裕也は夏美に言った。

「また会いませんか？」

夏美が微笑を裕也に向けて言った。

「明後日、どうですか？」

悪いはずはなかった。

「『若草の萌えるころ』、もう一回観ますか？」

「あ、いい」と夏美が言った。

休み明けに、大学近くの喫茶店で関谷から声をかけられた。

「やっぱりここにいたか」と彼は言った。「裕也を紹介してくれってひとがいるんだ」

関谷は裕也が読んでいた雑誌サイズの実用書に目を向けた。八ミリ・カメラの使い方についての、当時はその言葉はなかったけれども、ムック形式の本だ。基本的なカメラの操作方法のほかに、八ミリ・フィルムでホームムービーや自主映画を作るための構成法とか編集技術についても紹介されていた。

「自主映画作るのか？」と、関谷が訊いた。

「ちょっと興味を持ってる。奥野さんの映画を手伝ったことで」

「八ミリ、買うのか？」

「それも考えている」

「本編のほうは完全にあきらめたのか？」

「ああ」と裕也は答えた。「そういう映画は、観客として楽しめばいい。八ミリなら、自分が出せる制作費で、自分だけの映画が作れる。そういう映画の世界もあることに気づいた」

「もう始めてるひとがいる。留年してる先輩だけど、裕也が奥野さんの映画を手伝ったことを聞いて、友達を通して紹介してくれって言ってきた」

「もう作ってるひとか？」

「何本かあるそうだ。新作のための仲間を欲しがっている。香川って、仏文のひと」

「欲しいのは、運転手じゃないのか？」

「それを楽しんだろう？　撮影でも出演でもないのに。興味あるか？」

「話を聞くだけ聞いてもいいな。その作品も見せてもらいたい」

「アパートの電話、教えていいか？」

「ああ」

その次の日には、香川から電話がかかってきた。

ゴールデンウイーク明けの夜に、巣鴨の喫茶店で会うことにした。喫茶店の営業が終わったあとに、作品を上映してくれるという。

夏美と『ジョアンナ』を観に行く予定の日だったが、映画の最終上映が終わってからでも間に合う。夏美も賛同したので、その喫茶店には夏美を伴って行った。

香川俊彦は、長身で長髪、メタル・フレームの眼鏡をかけた青年だった。米軍放出のオリーブ色の野戦服を着ていた。彼の映画仲間がふたり来ていた。別の大学の女子学生と、役者だという青年だった。

その喫茶店の初老の店主がなんとなく香川を別格の客扱いしているのがわかった。孵化する直前のアーチストとして遇しているようなのだ。学生の香川に敬語を使っていた。

裕也は夏美を香川に紹介した。お芝居好きなのだと。香川が夏美を見る目は、口説けるかどうかを吟味しているようにも見えた。

香川は、これまでに四本の八ミリの自主映画を作ってきたという。習作は数に入れないでだ。その年一月の学生実験映画祭には出品していなかったけれども、べつの似たようなイベントには出したことがあるという。

彼は言った。

「こんど作りたいのは、現代の閉塞状況の中でもがく青年と、彼が最後に出した結論についての映画なんだ。俳優に演技してもらう。少し大がかりになるんで、映画制作がわかっている仲間が欲しいんだ」

裕也は言った。

「ぼくは奥野さんの映画を一本手伝っただけですよ」

「シナリオ学校にも通ったって聞いた」

「少しですけど」

「手伝ってもらえる？」

「見せてもらってからの返事でいいですね？　香川さんの作ろうとしている映画が、まるで自分の志向とは違うかもしれない」

香川は苦笑した。

「審査を受けるのか。緊張するな」

「そんなんじゃないですけど」

香川は夏美に顔を向けて言った。

「彼女、役者やってるんだったら、出てもらうのもいいな」

「役者じゃないです」と夏美は首を振った。「友達のお芝居に一回だけ出た経験はありますけど」

「十分だ。彼女を主演にして、シナリオを書き直すかな。裸になれる？」

「だめです」と、夏美はもう一度首を振った。

自己紹介しあって十五分後には、香川は裕也をなれなれしく呼んでいた。

「裕也さあ。『ラ・ジュテ』って観ている？」

もちろん観ている。クリス・マルケル監督の三十分弱のＳＦ短篇だ。

「あの映画さ、紹介記事でも、たいがいの評論家も、全編スチルショットだけで構成、って書いてるけど、ムービーの部分があるの、気づいてる？」

「ええ。女性がまどろみから覚めて、カメラを見つめて微笑するところですよね。あそこだけは映画だった」

「直接描写はないけど、セックスのあとだ」と香川は言った。

裕也はひやりとした。夏美の前では、あまり露骨な表現でセックスを話題にしてほしくはなかった。

香川は続けた。

「そのときの彼女の幸福感を、マルケルは絶対に映画で見せたかったんだよな。スチルじゃなく。あそこが映画のハイライトだ。なのに、全編写真で構成した映画、とか言ってる連中、観てないんだ。全部観ないで、嘘の映画評論書いて通用するんだから、気楽なものだ」

閉店になるまでの時間、香川とこうした映画の話題で過ごした。やがて閉店となって、店主が看板を店内に仕舞いこんだ。香川と女子学生が慣れた様子でテーブルの位置を変え、プロジェクターとスクリーンをセットした。

上映されたのは、四本の作品だった。三分から十五分ほどの長さで、もっとも長いものだけは音声が入っていた。

音声の入っていない作品の上映のときは、女子学生が店のレコード・プレーヤーでＬＰレコードをかけた。

最初の作品は横須賀のスケッチとも言うべき小品だった。かかった音楽はアメリカのロックだ。撮影も編集も稚拙だった。香川本人の撮影だという。

香川は弁解した。

「これは『ラ・ジュテ』みたいに、スチルで撮ったほうがよかったと反省はあるんだ。そのほうが、絶対に映像のクォリティは高かった」

ついで江の島、新宿で撮られた似た傾向の作品があった。

四本目が俳優を使った一応はショートストーリーとなっている作品だった。喫茶店で待ちぼうけをくらったらしき女性が、男の部屋を訪ねて、自分が裏切られたことを知る。女性はその街を歩いて去る。何度か、女性がコンテンポラリーダンスを一瞬だけ踊る姿がインサートされる。女性は俳優というよりはダンサーのようだ。これはトーキー作品で、音楽はピアノのクラシック曲だった。裕也には曲名まではわからなかった。この作品の撮影は、あまり稚拙感はなかった。

香川が言った。

「写真学校の男に撮影を頼んだ。やっぱり違うよな」

店の照明がついてから、香川が訊いた。

「どうだろう？　裕也の審査には合格したろうか」

香川にへりくだられて、逆に断りにくくなった。夏美を見ると、彼女は香川の作品を楽しんだように見えた。評価した、と言ってもいいのか。

裕也は香川に答えた。

「いいですよ。運転手くらいしかできませんけど」

「運転できるスタッフはほかにいないんだ。もろもろ雑用もお願いしたいし、途中途中で助言ももらえるとありがたいな」

「いつから始めるんです？」

「六月。週末に白子海岸で合宿して撮影。都内で一日撮影」香川は、夏美に顔を向けた。「彼女は、スケジュールどう？」

もう参加を決めてもらったという言い方だった。

「あ」夏美が戸惑った顔で言った。「なんとかなると思います」

裕也は確認した。

「八ミリ作品ですよね」

「ああ。十六ミリが欲しいけどもな。裕也、まさか持っていないよな」

「八ミリを買いたいとは思っているんですよ」

「裕也は、夏休みはどうするの？　東京にいる？」

「ええ。バイトするつもりでしたけど」

「その次の作品は、沖縄で撮りたいと思っているんだ。夏のあいだに」

「それはちょっと」

言葉を濁した。旅券を取って、飛行機代も貯めなければならないのではないか。鹿児島あたりから客船も出ていたろうか。それでも、沖縄は遠い。

「そっちの件は、白子でじっくり計画を練るか」

「作品が完成してからでも」

「バイトして、何か買うものでもあるの？」

裕也は笑って答えた。

「八ミリ・カメラ」

香川も笑って話題を変えた。

「あんたたち、つきあいは長いの？」

思わず裕也は夏美と顔を見合わせた。

自分たちは、まだ映画を一緒に観る程度の仲だ。香川はたぶん違う意味で「つきあい」と言った。もし答えるとするなら、まだそういう仲じゃありません、ということになるか。

夏美が言った。

「長いわけでもないんですけど」

その日、零時を回ったころに、裕也と夏美はその喫茶店を出た。

巣鴨の駅に向かっているときに、夏美が言ってきた。

「遅くなってしまった。泊めて」

その日から、香川が訊いた意味でのつきあいが始まったのだった。


八月に入っての週末に、島崎から電話があった。

「森田真の友達の、在日の音大生が誰かわかった」

少し声に興奮があった。

裕也は確かめた。

「会ったんですか？」

「いいや。名前を聞いただけだ。松浦が芝居にしたあの話の件、その音大生のことで間違いないようだ」

「存命？」

「ああ。日本にいる」

「名前と、何をしているひとか、わかったんでしょうか？」

島崎が答えた。

裕也は驚いた。その名は知っている。その男の職業も。なるほど、真紀が想像したとおり、その男は映画の世界に近いところにいた。

島崎が言った。

「誰かを知って、ちょっと戸惑っているんだ。本庄さんも、ここから先は、慎重に迫ったほうがいいな。真紀さんの頼みでのお祖父さん探しだったとしてもだ」

「わかります。そうしますよ」

「おれは森田の友達から、もう少し周辺の状況を訊いてみる」

「島崎さんも、気になるんですね」

「ああ。ここまできたんだ。あのベルリンにおれの知らないどんなドラマがあったのか、知りたい。知って小坂部や窪田にも教えてやりたい」

「監督は喜びますね。フィルムも発見されて、あの年のベルリン国際映画祭のエピローグができたようなものですから」

「完結したんだな。映画にはできない話だと思うけど」

「そういえば監督は、今年の釜山国際映画祭に行くと言っていましたよ」

「そうか。本庄さんも行かないか。向こうで同窓会をやる」

「いいですね」

「ベルリンでは、本庄さんとはきちんと飲んだことがなかった。おれたちをサポートするために来ているから、と言って、夜も早かった。今度は飲めるよな」

「ええ」

「次の電話を待っていてくれ」

はい、と答えて裕也は電話を切った。

それにしても、松浦のお芝居のもとになった体験をした人物が、そのひとだったとは。

今夜はしばらくはまだ興奮したままになりそうな気がした。

14

島崎からの電話かと思って出ると、違う声が聞こえてきた。

「テイと言います。本庄さんでしょうか？」

年配者の、低く渋い声だ。

驚いて裕也はその名を繰り返した。

「テイさん？」誰からの電話かはもうわかっている。訊き返す必要はなかったのだが。

「はい。鄭民準《ていみんじゅん》と言います。安西早智子さんとのあいだに子供をもうけた男です。わたしを探しているとお聞きしてお電話した次第です。島崎洋司さんから、この番号を教えていただきました」

「あ、はい」裕也は少し動揺しつつ言った。「たしかにわたしは、安西早智子さんのお孫さんにあたる大宮真紀さんから頼まれて、真紀さんのお祖父さまを探していました。最初から鄭さんとわかっていたわけではなくて」

「あの、わたしを探された理由も事情もわかります。もしよければ、お目にかかれませんか？大宮真紀は、たしかにわたしの孫です。そのことの事情について、本庄さんにまずお話ししておきたいと思っています」

「まず、というのは？」

「娘と孫の前に、出るつもりになっています。その前に、孫から頼まれてわたしを探していた本庄さんに、事情を伝えたほうがよいと思いまして。助言もいただければと思います」

「助言？」

「事情がかなり複雑なことで、正直なところ、自分でもこの歳になるまで、気持ちを整理できていないんです」

「お目にかかるのはかまいません。場所と日にちをご指定ください。出向きます」

「東京都内でかまいませんか？」

「ええ。どこでも」

鄭は、翌日の午後三時、日本橋に近いホテルの喫茶店を指定してきた。

承知して電話を切ってから、裕也は彼の名をネットで検索してみた。彼は、その業界の有名人だ。

近影を見てわかった。鄭は、あのベルリンで撮られた青年たち三人のうちの、もっとも大柄な男だ。安西早智子はベルリンで、鄭民準に会っていたのだ。

生年、出生地から、略歴、仕事ぶりなども知ることができた。私立の音楽大学の作曲コースを出ている作曲家だった。テレビ・ドラマやアニメ作品、芝居、ゲームのテーマ曲や主題歌、伴奏音楽などを作曲していた。

既婚とのことであるが、配偶者やほかの家族については記述は見つからなかった。

もちろんネットで検索した範囲では、どこにも安西早智子の名は出てこない。「かなり複雑」

かどうかも。
と鄭が口にした事情についても、どんなものかはわからない。松浦や島崎の想像が当たっている
ともあれ、会えば話してもらえるだろう。鄭は、そのつもりになっているのだ。

そこは裕也が初めて入る高級ホテルの、最上階にある喫茶店だった。いや、バーなのか。ここを指定してくるということは、相手はかなり使い慣れているのだろう。ジャケットを着てきてよかったと、裕也は安堵した。

奥に入ってゆくと、大きなガラス窓を背にした席に、スーツ姿の男がいた。立ち上がって、裕也を見つめてくる。鄭だ。自分より二歳若いが、同世代と言っていいか。

裕也は、本庄です、との意味でうなずき彼に近づいた。

「鄭です」と彼が言った。

「本庄です」と裕也は名乗ってから訊いた。「鄭さんとお呼びしていいのですか?」

「というと?」

「韓国読みはまたべつの発音なのかと思いまして」

「どちらでも」と鄭は微笑した。「苗字はチョンという発音になりますが、わたしは日本生まれです。そして、鄭《テイ》という漢字もわたしの名の一部です。日本では鄭という漢字をテイと読むのなら、その読み方もわたしの名前です」

椅子に腰掛けてから、鄭が言った。

「じつは初対面ではありませんよね。あの夏、わたしたちはすぐ隣り同士のテーブルで、お茶を飲んでいた。そのときにわたしは、安西早智子さん、後にわたしの内縁の妻となった彼女と知り

合いました。ひと目惚れでした」

「あのとき日本人男性三人がいたことは覚えていますが」裕也はあわてて言い直した。「三人の青年がいたことは覚えていますが、鄭さんのことを意識できてはいなかったのです」

鄭は、日本人、とつい言ってしまった裕也の狼狽を微笑ましく思ったようだ。

「気になさらずに。ともあれ、わたしは早智子さんとあの夏のベルリンで知り合い、帰国してから同棲しました」

裕也は二枚のプリントをテーブルの上に出した。ベルリン・フィル・コンサート・ホールの前で撮った集合写真と、安西早智子がひとりだけで写った写真。

鄭は、プリントを取り上げて見つめながら言った。

「わたしも持っています。こっちの、早智子さんひとりの写真は、わたしが友達のカメラを借りて撮ったものですね。初めて会って三日後に」

「ひとりの写真では早智子さんはギターを持っていますが、ライブハウスのようなところに行ったのでしょうか？　どこかで歌ってみたいという意味のことを、あのとき言っていましたが」

「知り合ったその日の夜、みなさんとの食事のあとに、わたしたち三人と行きましたよ。ライブハウスではなく、ピアノもある、というカフェです。留学していた男が知っていた。ツォー駅近くの繁華街にあった店です。友達が店主に話をつけて、早智子さんは二曲歌った。それから次の日も、その次の日も会った。三日後も行くことになって、次はふたりで行きましたね。お客の少ない時間帯で、早智子さんはまた二曲歌い、三曲目はわたしが即興で伴奏をつけた。これは早智子さんが帰国する前の日にティーアガルテンで撮った写真です」

「親しくなるきっかけは、音楽だったんですね？」

鄭は照れたように下を向いてから答えた。

「そうでしたね」

「鄭さんの帰国の時期はずれていますよね？」

「みなさんが帰国して、その二週間ぐらい後です。七月の半ば過ぎだったかな。羽田空港に早智子さんが迎えに来ていて、東京でのつきあいが始まったんです」

「同棲したのは？」

「早智子さんの妊娠がわかってからです。結婚を前提にしての同棲でした」

「住んだのは、墨田区業平ですか？」

「ご存じなのですね。わたしの住んでいた部屋です。もしかして、事情を早智子さんが娘に伝えていたかもしれませんが、生まれる子供は早智子さんの私生児として出生届けを出し、それから入籍するつもりでした」

松浦が聞いていた、友人の友人の話は事実どおりだったのだ。

「早智子さんは、娘さんにもほかの身内や友人たちにも、ひとことも出産の事情を話していなかったそうです」

「ついに最後まで？　秘密にします、とは早智子さんは言っていたのですが、少しずつ周囲には話すようになっていたかと思っていました」

「早智子さんを未婚の母にした後に、入籍するという理由はどんなものだったのです？」

鄭自身の口からそれを聞きたかった。

鄭はいったん呼吸を整えるような顔となってから言った。

「わたしは大阪の生まれです。子供のころは韓国籍であることで、理不尽な差別やいじめを受けてきた。その思いを子供には味わわせたくなかったのです。早智子さんも承諾してくれました。ふたりまでは我慢できる、という言い方で。でも三人目を作るのであれば、そのときは、戸籍の上でも鄭民準の子供として育てたいとも言っていた。そのころには世の中が変っているかもしれないからと。それで、そうしようと、暮らし始めたのです」

「出産のときも、ご一緒でした？」

「いえ」鄭は苦しげな顔となった。「わたしは、その直前に東京から消えることになったのです。しばらくは連絡もできなかった。早智子さんは、出産前のメンタルも不安定な時期に、ひとり取り残された。故郷に帰り、誰の子かも話さずに、娘を産んだのです。恨んだことと思います」

「周りには、結婚する意志を伝えてはいなかったのですか？」

「わたしの両親には紹介しました。でも、早智子さんの両親への紹介は、子供がひとり生まれてからにしようということになりました。茨城のとても保守的な一族のひとだったそうで、早智子さんが言うには、いきなり在日の青年と結婚すると伝えれば、お父さんは発作を起こしかねないと。自民党の県会議員なので、社会的にも死ぬとも言っていました。だからまず子供をもうけ、段階的に認めさせるのがいいだろうとのことでした」

「早智子さんの父親や一族は、在日の男性と結婚するよりも、早智子さんが未婚の母になるほうがまだましだと思うということですね？」

「そのほうがまだずっと聞こえがいいと感じるような一族とのことでした」

「消えた理由について、伺ってもいいですか？」

「はい」とうなずいて、鄭は水を飲んだ。「ご承知かと思いますが、七〇年代の後半は、韓国はまだ朴大統領の独裁下でした。でも片一方で民主化運動も力を持ってきていて、韓国の情報部や警察には、民主化運動の活動家は、検挙や取り調べの対象でした。日本にいる在日の活動家に対しても例外ではありません。七四年には、在日の青年による朴大統領暗殺未遂事件も起こっています。このときは大統領夫人が亡くなっています。ですから日本で韓国の民主化運動を支援している活動家が韓国に入ると、すぐに逮捕されるような時代でした。わたしも、韓国の民主化自体は強く願っていたし、支援グループにも近いところにいたんです」

「朴政権に目をつけられるほどの、過激な活動家だったということでしょうか」

「自分では過激だったとは思っていません。音大の学生で、専攻科に進級したところでしたし、政治志向の青年ではありませんでした。当時の在日としては、ごくごくふつうに韓国の民主化を望む学生でした。ただ、思いもかけないことに、ベルリン留学中の友人を訪ねてヨーロッパ旅行をしたあの夏、わたしはうっかり北朝鮮の工作員と接触していたんです」

「北朝鮮の工作員と、ベルリンでですか？」

「コペンハーゲンです。工作員とは名乗らなかったけれど、韓国のひとですか、と接触された。あちらの魚市場で働いている北朝鮮市民とのことでした。大使館職員で工作員だとわかったのは、あとになってからです。わたしを偶然見つけたとは考えにくいのですが、事情はわかりません」

それこそル・カレか、と思ったが、それは口にせずに訊いた。

「そのころ、デンマークに北朝鮮大使館はあったんですか」

「あのころ、短い期間、国交があったんです。七〇年代に入ってコペンハーゲンに大使館が開設され、北のひとも少し暮らしていた。閉鎖されたのは、あの年のたしか十月です。北朝鮮大使館が薬物などの密輸に関わっていたということで、デンマーク政府が激怒して、外交団は国外退去処分となり、大使館も事実上機能しなくなった」

「でも、七六年の夏はまだ、大使館があったのですね？」

「ええ。その女性は短期の出稼ぎに来ているとのことでした。わたしにとっては、外国にいれば北の市民も同胞です。話しかけてくるのを無下に退けることはできなかった。三十分ばかり喫茶店で話をし、つい自分の家族や立場についても明かしてしまった。ヨーロッパ旅行の予定も含めてです」

「本当は接触すべきではなかったのですね？」

「神経質になるべきでした。ただ、あの時代、ヨーロッパで同胞に会うことはうれしいことでもあったのです。翌朝、その女性がホテルにやってきて、東ベルリンの郵便ポストに投函してほしいと、封筒を託されたのです。親戚が東ドイツで働いているのだが、デンマークからの郵送ではときどき届かないことがある、ということでした。東ベルリンには観光で行くつもりでしたので、西ベルリンに行ったとき、一日観光で東に入り、ポストに投函しました。いま思うと、わたしに小さな秘密を作らせて、次第に協力者に仕立ててゆくための手口だったのでしょう。あれは十分に、後々脅迫の材料になることでした。でも、大使館がその四カ月後には閉鎖になりましたから、わたしとの接触は、そのようには使われなかった」

鄭が言葉を切ったので、裕也は確かめた。

「それだけのことですか？」

「それが、帰国して七、八カ月になっていたあたりで、アパートに帰るところで中年男が近づいてきて、韓国の情報部だと名乗って訊くんです。コペンハーゲンの彼女からはその後は連絡があるのかと」

「それはどういうことなんです？」

「コペンハーゲンの北朝鮮大使館の職員はみな、韓国情報部にマークされていたということなのでしょう。コペンハーゲンでわたしが泊まったホテルがわかれば、わたしの身元もわかります。驚くと、彼は言うんです。あんたが会ったあの女性は北朝鮮大使館職員で工作員だと。ついては、その後のこととか、日本のあんたの友人たちのことを少し聞かせてもらえないだろうかと。わたしを韓国民主化運動についての情報提供者として使おうということです。もしかすると、北朝鮮の協力者にして、二重スパイとなることを強要するつもりだったかもしれません。断れば、スパイ容疑でわたしをひそかに引っ張ることもできる」

「ひそかに引っ張る？　韓国へですか？」

「日本の国内のどこかに拠点があっても不思議ではありません。事実はどうであったかわからないにせよ、在日の民主化運動の関係者は、韓国情報部の動向には神経質になっていました。独裁政権の時代です。大げさではなく、わたしは自分の人生が終わったと思いました」

松浦も、この時代のことを同じように表現していた。自分は、ろくに隣国の政治にはアンテナを向けておらず、当時の事情には疎いままだが。

鄭は、裕也がそのあたりの事情を理解しているのかどうか、確かめることもなく続けた。

「わたしは、きょうは多忙だからと男を相手にせずに、すぐに在日の民主化運動の友人に電話して相談しました。すると、彼はすぐに消えるよう忠告してくれました。その夜のうちに逃げろ、身を隠せ、同棲中の女性にも事情を告げずにだ、消息を消す手伝いはする、と。わたしは部屋に帰って早智子さんに、自分は民主化運動に関わっているので、少し身の危険が出た。しばらく連絡を断つ、と伝えて、東京から離れたのです。別離の時期がそれほどに長くなるとは思わずに」

「その懸念は、現実のものだったのですか？　心配しすぎということはなく？」

「韓国情報部は、わたしが北朝鮮工作員と接触していた事実まで把握していたのです。工作員とは知らなかったとはいえ、わたしが便宜をはかった事実はあるんです。あのまま東京で暮らしていて、その先何もなかったとは思いません。もし二重スパイとなってしまったら、スパイ戦の中でいつ殺されてもおかしくありません。かといって、国内の民主化運動についての情報提供者になった場合、日本での民主化運動支援の活動は大きな打撃を受けます。スパイとなるのも仲間を売るのも嫌なら、隠れるしかなかった」

「別離の時期は、どのぐらい続いたのです？」

「けっきょく、およそ二年半、隠れました。家族友人とも接触を断って、直接は電話もしなければ手紙も出さない。周囲に累が及ばないようにです」

「どこにいたかを訊いてもかまいませんか？」

「いまなら答えられますが、最初福島に、それから仙台。盛岡。青森。函館。都市部から離れたホテルで働いたり、あまり在日のコミュニティが大きくない都市を転々としました。危ないと感じたら、その街を引き払ったんです。いま思い返せば、青森を出たときは、少しナーバスになりすぎていたのかもしれません」

「生活費はどうされたんです？」

「最初のうちは、働くことも危険に思えていたので、何度かに分けて父親から現金を受け取りました。絶対に信頼できるひとに頼み、あいだに入ってもらったんです。父は、大阪でそこそこ事業には成功していたので、親に頼むことはできました」

「そういう暮らしのあいだ、鄭さん自身は何をしていたんです？　ブラブラしていたということはありませんよね？」

「ピアノが弾けたので、そういう仕事を探しては働いていました。主にホテルとかバーのピアノ弾きです。もちろんたいした収入にはなりませんでしたが、ひっそり暮らしている分にはなんとかなりました。そのうち」

　核心だな、と裕也は感じた。

　鄭は、妙に乾いた調子で言った。

「緊急に盛岡を引き払って青森に移ったときは、最初同じ在日の女性に頼ることになったのです。友人たちも、裕福なわけじゃない。ぎりぎりのおカネでの逃亡生活です。はっきり言えば、女性の部屋に転がりこむかたちでした。やがて彼女と深い仲になり、函館に移ってから、子供ができました。後に結婚した妻です。三歳年上になります」

　なんとなく予想していたことだった。裕也は訊いた。

「それが、逃走二年目ですか？」

「丸二年半経っていました。彼女の妊娠がわかったのは、七九年の九月です。わたしが避妊に失敗したんです。わたしは仲間と連絡を取りました。もうこの逃亡生活を続けることは無理だと。韓国にひそかに送られて何年か収監されるならそれでもいい。表に出て行くと。仲間は父と連絡を取り、どうするか話し合いました。父は在日本大韓民国民団の有力者でしたから、関係方面にあちこち接触し、わたしにかかっている容疑とか、情報部が望んでいることについて当たってくれました」

　関係方面とは、韓国情報部の出先と、という意味だろうか。それとも在日コミュニティの有力者らに、という意味だろうか。あるいはその両方なのか。

　鄭は続けた。

「父は関係方面に必死で事情を説明してくれたようです。北朝鮮ともあの一件以降は一切無関係、民主化運動とも完全に接触を断っていた。だからなんとかノンポリの在日青年として、無視してやってくれないかと。その最中に、朴大統領暗殺事件が起こりました。たぶんそのことも、日本での民主化運動への対応に影響したのでしょう。暗殺からひと月ほど経ってから、わたしは情報部の事情聴取を受けることになり、いったん東京に出ました。わたしは東京で八日間事情聴取を受けて、スパイ疑惑を晴らすことができました。というか、そういう扱いとしてもらえました。民主化運動との関わりについても、ノンポリだという父の言い分を聞いてもらっていて、そちらについての質問も通りいっぺんのものでした。情報部も、父との約束は守った。わたしは友人たちを売らずにすんだのです」

「鄭さんは、公式にも北朝鮮スパイの容疑がかかっていたんですか？」

「疑われていたことは確かです。ただ、情報部も、北朝鮮が大使館職員を使ってどんなふうに協力者を捕まえているか、手口を承知していた。わたしは協力者に仕立てられる前だったと理解してくれたようです。それでわたしは函館を引き揚げて東京に戻り、その女性と結婚したんです」

「いまも奥さんはご健在なのですか？」

「二年前に亡くなりました。女の子がふたりいるんですが、もういい歳です。当然ですが」

「早智子さんとは、連絡をずっと取らなかったんですか？」

「東京に戻ってから会いました。娘、久美子を抱いて、当時住んでいた牛久からやってきてくれたんです。事情を包み隠さず話しました。許してくださいとは言えなかった。ただ、申し訳ない、申し訳ないと、頭を下げ続けました。早智子さんは涙を拭きながら言いました。たぶん立ち直れると思う。傷ついているけど、娘がいるからと。そして、このことは誰にも話さない。娘には、お父さんは亡くなったと言う。だから娘の前には現われないでと。そのひとを大事にしてくださいと、こちらが恥じ入りたくなることを言って、去って行きました。それまで渡すこともできなかった生活費をやっと渡せるようになった。久美子が高校を出るときまで、年に何度かに分けて渡しました。もちろん微々たる額でしたが」

「チョコレートを贈っていたのも、鄭さんですよね？」

「はい。成人したあたりで、久美子の居場所がわからなくなり、それで終わりましたが、あとになってから結婚して苗字が大宮となり、自分には孫がいることを知りました」

「真紀さんに花を贈りました？」

「去年のことですね。それまで、自分の孫がどうしているのか、わからなかったのです。あの映画の出演者の中に名前を見つけて、もしやと思い調べてみたら孫だった。衝動のように贈ってしまったんです。孫を困らせることになるかもしれなかったのに」

言葉が途切れた。しばらくのあいだ、裕也もいま鄭が語った半生を反芻した。彼は、非難されるべきだろうか。どこかに、罵倒されても当然の部分はあるだろうか。

三十秒ほどの沈黙のあとに、裕也は訊いた。

「もう隠れていなくてもいいとわかってから、早智子さんときちんと結婚しようとは思わなかったのですか？」

鄭が裕也を見つめてきた。裕也は、いまの質問が鄭を刺したことを意識した。彼は痛みを感じている。しかし、これを質問しないわけにもいかないのだ。真紀から祖父探しを頼まれた以上は。鄭だって、その質問が来ることは予期していたろう。

「妻は」と、鄭は言った。「在日の貧しい家庭の娘でした。名古屋の出身で、当時青森で、ラブホテルの清掃の仕事をしていた。民主化運動の知り合いが頼んだというだけで、わたしを受け入れてくれたんです。最初は一泊させてもらうだけだったのだけど、けっきょくその後も函館に移って、酒場に勤めてわたしを支えてくれた。わたしも、その日々は荒んでいたし、妻に救われてきたんです。逃亡生活が終わったからといって、妊娠した彼女と別れることはできなかった」

鄭はテーブルに目を落としてから、裕也に訊いてきた。

「もしよければ、お酒を一杯いかがです？」

たしかにこの話題を、コーヒーだけで聞いているのがつらくなってきた。少しだけ神経を麻痺させなければならない。

ふたりともスコッチ・ウィスキーの水割りを頼んだ。

鄭は、運ばれてきたウィスキーをひとくち飲んでから言った。

「函館に逃げて、なんとかあの街での暮らしが落ち着いてきたとき、妻は、いや結婚前でしたけど、彼女はわたしを函館の楽器店に連れていって、高級品の電子ピアノを買えと言うんです。貧しい生活なのにです。逃亡生活の途中から、わたしは部屋では独学用に安物のキーボードを使っていましたけど、妻は、もっといいものが必要でしょうと。こんなことはいずれ終わる。あなたは元の生活に戻らなければならない。日頃からいいキーボードに触っていないと、ピアノ演奏のアルバイトもできなくなるでしょうと。アップライト・ピアノも、ピアノを置ける部屋を借りることも無理だけれど、少し高級な電子ピアノなら買うことはできる。あなたが元の生活に戻るとき、その電子ピアノはわたしに残していってと」

鄭はもうひとくちウィスキーを飲んでからつけ加えた。

「わたしが返事をためらっていると、彼女は言ったんです。それとも、電子ピアノは、やっぱり本物のピアノの代わりにはならないの？　と」

裕也もウィスキーのタンブラーを口に近づけた。沈黙が一分ほども続いた。

また鄭が言った。

「さっきお話ししたように、彼女の妊娠がわかったとき、世の中にもう一度出ようと思いました。韓国の国内法で自分がどのような罪になるのかわかりませんでしたけれど、殺人を犯したわけではない。厳しい尋問を受けたところで、自分が話せることは限られている。情報部も、もうわたしを日本での民主化運動をスパイさせることには使えなくなった、と見なしてくれないかという期待もありました。とにかく逃亡生活をやめ、自分が軽率であったことの罰は受けて、また自分の名前で生きると決めたんです。そして、結婚してくださいと彼女に頼みました。早智子さんと約束していたにもかかわらずです。早智子さんにとってみれば、わたしはひとでなしです」

鄭は裕也を見つめて言った。

「何か言ってもらえませんか」

裕也は感想を言う代わりに訊いた。

「奥さまは、なんという方なのです？」

「キム・ジウです。日本名は金森智子《かなもりともこ》」

「早智子さんも、奥さまのお名前は知っているんですよね」

「会ったときに伝えています」

またしばらく、お互いに何も口にしない時間が続いた。

鄭は、タンブラーをあおるようにして残りのウィスキーを飲み干して言った。

「恥ずべき過去に、いまでも逃げ出したくなる自分がいるんです。だから娘と孫の前に出てよいものかどうか、わかりません。彼女の祖母と結婚しなかった理由など、娘にも孫にとっても鬼畜の所業とも聞こえるでしょうし」

「少なくとも早智子さんは、鄭さんを許していた。娘さんにも、恨みがましいことなどひとことも語っていなかったようなんですから。真紀さんも、それを承知していますよ」

「ほんとうに?」

「花を贈られたことを、お祖父さんからだと喜んでいました。会いたいと願っています」

「いまみたいなことを、縷々話して弁解して、すまなかったと謝らなければならないでしょう? 許してもらえることではないけれど、あの時代のことを多少なりともわかってもらいたい。でもそれができるかどうか、わたしには自信がありません」

「早智子さんが許しているんです。真紀さんは、自分であらためて裁こうなんて思っていません。自分がすることではないと承知しています。会ったあとに、機会があればいずれ少しずつ話せばいいことです」

「心の準備が必要ですね」

「わたしが真紀さんに連絡するのは、鄭さんの心の準備ができてからにしますよ。急がなくてもいいでしょう」

ふと、昨日調べていたことを思い出した。鄭はこんどの釜山映画祭のプレミア上映のひとつ、韓国映画の音楽を担当してはいなかったか? 「鄭さんは、こんどの釜山国際映画祭には、行かれるのですか?」

鄭は答えた。

「決めていません。関係している作品は出るのですが。それが何か?」

「いえ。ただ、真紀さんが出演した作品も、プレミア作だったなと思い出して」

「そうなんですか」映画祭自体にはとくに関心がないと見えた。作曲家は、完全に独立した専門職だ。楽曲を映画のために作っても、その映画を自分の作品とは思えないのだろう。

裕也は言った。

「連絡をお待ちしています」

鄭はタンブラーを持ち上げて言った。

「本庄さんに、感謝しています」

このあと、と裕也は思った。鄭とここで別れたあとに、もう少し酒を飲みたい気分だ。すぐに頭に浮かんだのは『かがり火』だった。


津野恵は、まだ客のいない店のカウンターに片肘をついて言った。

「想像以上の事情だったね」

裕也は訊いた。

「鄭さんは、自分で言うようなひとでなしでしょうか？」

「そりゃそうでしょ。女に子供を産ませて消えたんだから。戦争なら、女だってあきらめもつくでしょうけど。言っておくけど、わたしはサッチの味方だよ。ほんの短い時間だったけど、あのお祭りの日々を一緒に過ごした。サッチの立場で、鄭民準を叩いてやる」

裕也が黙っていると、津野恵は苦笑してから言った。

「だけど鄭民準は、その在日の女性を捨てることも絶対にしちゃならなかった。くっつく前に思い止まれよとは思うけど、それでサッチと一緒になっていたら、やっぱり最低のひとでなしだった」

「どっちにせよ、ひとでなしですか」

「地獄に落ちるよ」

津野恵は、スマホを操作してから言った。

「それにしても、鄭民準は、早いころから活躍してたんだね。娘が中学に行くころには、もう連ドラのテーマ音楽を作曲している」

「アニメの主題歌でも、ヒットがいくつもある」

「四十ちょっとのときには大河ドラマか」

「ゲームの音楽も多いんですね。いまは韓国映画でも」

「サッチにしてみれば、男がどんどんビッグネームになっていけば、逆に身を引きたくなるな。誇りと、自尊心と、美意識もあるか、その男の活躍に自分は何も関わってはいないのだと、あの子はそういうことを強く意識しただろうと思う」

「そうですか？」強い疑問となった。「シングルマザーとして、生活も苦しかったでしょうに」

「サッチは、世間的には無名だったけれども、アーチストだったんだよ。サッチのひと目惚れは、アーチストとして相手の才能を見抜いた、って種類のひと目惚れだよ。フェロモンに反応したんじゃない」

「そうは思っていませんが」

「自分がいないのに、男がこれだけの才能を輝かせているとなれば、むしろ男との関わりについては語らない。黙り込む。たとえ生活苦があったとしても」

そうなのか？　もしかして、津野恵は自分自身のことを言っている？　窪田順も消息がわからないと言っていたくらいに、彼女はきっぱり男の前から消えたつもりだったのか？

　裕也は訊いた。

「どうでしょう。大宮真紀さんは、鄭さんと会うことを喜ぶと思いますか？」

「喜べると確信しているから、お祖父さん探しを本庄さんに頼んだんでしょう。母親が持っていた情報だけで、彼女はそれがどんな男なのか、とうに想像がついていたんだ。名前と職業がわからないだけで、その男の人柄は見えていたんだ」

　ならば、会う段取りをつけてやってもいいかもしれない。いまは鄭からの、会う覚悟ができた、との連絡を待つことになるが。

　そのうえで、少し落ち着いた喫茶店などを予約するのがいいのだろうか。いや、この場合、喫茶店がその場にふさわしいのか？　そこでふたりは、それぞれが得られなかった長い時間を埋めることができるのか。秘めてきた想いが、相手への思いやりをもってほとばしりうるか？

　いや、ぎこちないあいさつの後に、お互いの落胆と失望と後悔の沈黙が気まずく続くことになるのではないか？　そのとき自分は恨まれやしないか。他人《ひと》さまの家族のことにあえて首を突っ込み、余計なことまであぶり出して、いっそうその家族のありようをやりきれないものにしたと。やはり慎重にしたほうがいいだろうか。お互いに相手の連絡先を教えて、あとはふたりにまかせてしまうのが一番かもしれない。

　迷っていると、津野恵は背中を押すように言った。

「本庄さん、ここまで関わったんだから、もう当事者なんだよ。ベルリンのときみたいなコーディネーターやツアーガイドじゃなくて、当事者としてこのことに決着をつけたら」

　我に返った。

「どうやってです？」

「本庄さんを含めて、あの夏から始まったこのストーリーに、エンディングを作らなければ。本庄さんは、こんどはディレクターをやっていいんだから」

「そこまでは自分は」と言いかけると、津野恵が遮った。

「面倒くさい？　それとも、当事者にならなければ傷はつかないって思ってる？　あのベルリンに行ったひとたち、宮永さんも含めて、みんな傷ついた。マッチは自殺したし、宮永さんは二度と映画が作れなくなった。監督もしばらく休業。島さんだって苦労した。あっこさんだって、少なからずあったはず」

「恵さんも」

「窪田くんもね。だけど同じ夏に戻れるなら、わたしはやっぱりベルリンに行く。本庄さんは？」

「行きますよ」そんなふうに問いを立てたこともなかったが、問われてみれば、その答しかない。

「このままベルリンに残りたいって思わなかった？　世話係じゃなく、ベルリンから始まる物語の主人公として生きたいとは？」

「考えませんでしたね」

「当事者として行きたくない？」

「あの夏も、十分に当事者でした」

「企業派遣の雑用係じゃなくてさ。本庄さんはもうこの件の当事者であることを認めて、ふたりをいい形で引き合わせてあげたら。そして本庄さんは、その場に絶対いるんだよ」

裕也は津野恵を見つめてからうなずいた。

15

白子の海岸にある民宿に午後四時に裕也たちは到着した。裕也が都内でワゴン車を借り、新宿駅の西口から関係者全員を乗せて運転してきたのだった。

監督の香川俊彦以下、その映画制作のためのグループだ。顔合わせ以降、グループはなんとなく「香川組」と呼ばれるようになっていた。作る自主映画の仮のタイトルは『乾いた砂』というものだった。青年の感じる時代の閉塞感についてのショートムービーで、台詞はなく、映像だけでストーリーと主題を語ると、香川が説明していた。主役の男女を、じっさいに演技経験のある者が演じる。

監督の香川俊彦と、雑用全般の裕也。裕也は荷物運びのほか、たぶんレフ板を持つことにもなる。それに写真学校の学生で撮影担当の白石《しらいし》。その後輩だという撮影助手の田中《たなか》。俳優が男女ふたり。男は同じ大学の演劇サークルのメンバーの大迫《おおさこ》で、女性は別の大学の江藤《えとう》だ。夏美は香川の助手としての参加だった。メイク係も引き受けるのだという。

海開きもまだだったから、当然海岸には海水浴客もいなかった。民宿には、ほかにテニス合宿の客がひとグループ泊まっていただけだった。香川が手配したのはひと部屋だけで、十畳ばかりの部屋に七人全員が泊まることになったのだった。男女を分けることもなくだ。

直接の制作費は、全額香川が出すことになっていた。民宿の宿泊料も食事代もだ。撮影の白石と田中には、ギャラが支払われる。ほかのスタッフや出演者は手弁当での参加だった。

着いて一時間後には、撮影に出ていた。

オープニングは、自転車に乗る青年が、海岸近くの道を走るシーンだ。ロングショットと寄りのショットをいくつも撮るところから始まった。

日没までに、絵コンテにあるカットの大半を撮影し終えた。

香川は、アーチストとしてかなり暴君的だとわかった。俳優たちに細かく演技をつけて、何度も撮り直す。台詞も入らない自主映画で、ここまで演技や映像のクォリティにこだわる必要はあるのかと、裕也は何度も思った。しかし、制作費を出すのは香川だ。フィルム・カセットをどれだけ消費しようとも、香川が納得するならそれでいい。

日没まで砂浜とその周辺で撮影してから民宿に戻った。天候にも恵まれた。白子海岸で撮る予定のカットの九割までは撮影していた。翌日は朝のうちの一時間ほどで、撮影は終わるだろう。白子での追加撮影は必要なさそうだった。あとは都内での撮影に一日かけるだけだ。

民宿の居間での食事のあと、部屋に戻って酒盛りとなった。

香川は上機嫌で、ずいぶんよくしゃべった。

ボレックスが欲しいな、と香川が言ったのは、この夜だった。

「八ミリではどうしてもホームムービーになる。作品を撮るつもりなら、十六ミリだ。次の作品は、なんとか十六ミリで撮りたい。短篇映画を出せる外国の映画祭なんかにも出してみたい」

そうして夏美に言った。

「夏美ちゃん、そのときは役者で出てくれ」

夏美が冗談に合わせたという顔でうなずいた。

「いいですよ。だけど、裸にはなりませんよ」

「いいさ。そしてパリに行こう。パリでシネマテークに持ち込んで上映を頼んでみよう」

裕也は訊かれた。

「裕也さあ、あんたも八ミリ買うつもりとか言ってたよな」

裕也は答えた。

「貯金してますよ」

「また、堅気みたいなことを。おれ、自分の夢を貯金で実現させようって意識がそもそもだめだな。夢は貯金して買えるものじゃないぞ」

「夢じゃなく、器材を買うんです」

「それくらいだったら、祖母さんの遺産を当てにしたほうがいい」

ヌーベルバーグは祖母さんの遺産から始まった、という神話のことを言っている。

「金持ちの祖母さんはいなくて」

「ボレックス買えるギャラをもらえるなら、おれはどこか大企業のＰＲ映画を監督してもいいけどな」

まるでそういう打診がすでにあったような言い方だった。

大学では、新学期から仏文科の教員人事をめぐって大学と学生とのあいだで紛糾していたが、この翌週に全学生の投票によりストライキが決まった。裕也もストライキに賛同したが、意識にあったのはパリ・シネマテークをめぐる映画人の関わりだった。自分も同じような祭りに加わりたいと思っただけだ。友人たちも大半が、全学共闘会議のストライキ方針を支持した。あえて背を向けるだけの理由も、裕也は持たなかった。その日のうちに、校舎の一部が全共闘によってバリケード封鎖された。授業は全面的に休講となった。以降裕也は、友人に会うか、映画を観るためだけに、アパートを出るようになった。

六月の末には、香川は粗編集を終えた『乾いた砂』を、例の喫茶店で見せてくれた。関係者全員が集まった。裕也も、夏美と一緒に参加している。

八月中に音楽を入れて、九月に完成したものを見せる、と香川は言った。九月以降に開催される自主映画や実験映画の映画祭などには片っ端から出してみるとも。

終わった後に、香川が少し話があると言ってきた。喫茶店に残ってくれと。裕也は夏美と一緒に残った。

香川は言った。

「ボレックスの中古が出ているんだ。銀座のカメラ屋で十八万。おれは手付けを三万払って、来週まで取り置いてもらっているんだけど、いま残りが工面できない。裕也の貯金、少しのあいだ貸してもらえないだろうか」

裕也は夏美を見た。彼女は瞬きしていた。話題が唐突であったし、裕也がどう反応するかも気になったのかもしれない。

「いくらです？」

裕也は自分が見栄を張ったと後悔した。了解したのと同じだ。

香川は安堵したように言った。

「十五万あれば、足して買える。なんならおれの八ミリを預かってくれ。担保代わりに」

「そんなのいりませんけど、いつ返してもらえます？」

「九月の頭に。入る当てがある。もし返せない場合は、ボレックスを裕也にやるのではどうだ？」

「かまいません。いつ必要です？」

「明日、銀行に行ける？」

「ええ」

その夜、裕也のアパートで夏美が言った。

「夏休み、アルバイトするんでしょ？」

そのつもりだった。自分もひそかにボレックスを買うことを計画していた。まわりには八ミリ・カメラを買いたいと言ってはいたが、ほんとうに欲しいのはボレックスだった。しかし、香川に先を越された。銀座のカメラ店に、その価格で出ていたとは。

裕也は答えた。

「お盆前まで、やろうと思う」

「どんなバイト？」

「自動車工場で働くのもいいかなと思っている。ひと月で十五万円以上稼げるようだ」

そうした求人広告をよく見るようになっていた。関谷も、カネを貯めるにはあれはいいらしい、と言っていた。自動車学校の費用をそのアルバイトで稼ごうかと。

「寮に入ることになるんでしょう？」

「事実上、そうだね」

「そのあと、一緒に旅行しない？」

「いいな」

大学のバリケード封鎖はそのまま続き、夏休みの時期に入った。裕也は、都内で面接を受けて、京都にある自動車工場で組立工として働くことにした。休みの日に、多少京都見物ができるかと期待したのだ。

夏美にはときどき手紙を書いた。返事がきたのは最初の一通にだけだ。働き出して二週間たったときアパートに電話をしたが、不在だった。

お盆に入る直前、東京に戻ったその日に電話をしても、やはり不在。アパートに帰っていないようだった。

関谷と深田芳恵に連絡を取って、池袋で会った。

待ち合わせ場所に先に来たのは深田芳恵だった。心配そうな顔で裕也の前に現われた。

「知ってる？」

よくないことが起こっているとわかった。

「何が？」

「夏美ちゃんのこと」と深田芳恵が言った。「沖縄に行ってる」

その地名を、香川も口にしていなかったか？

「もしかして」

「うん。香川さんと一緒だって」

「映画の撮影？」

「ふたりきりでらしい。映画も撮っているでしょうけど」

その意味を理解するのに、数秒間必要だった。

「そうか」やっと声が出た。「そういうことか」

そこに関谷がやってきた。関谷の表情で、彼もそのことを知っているのだとわかった。

その夜、三人で遅くまで酒を飲んだ。裕也が初めて体験する痛飲となった。

深田芳恵が、途中から何度も訊いた。彼女も酔っていたのだろう。

「気づいていたんでしょう？　どうして行くなって言わなかったの？　沖縄にはおれと行こう、

パリも一緒だって言わなかったの?」

自分がどう答えたかも覚えている。

「彼女が選ぶことだから。彼女が香川を選ぶなら、そうか、どうぞ、って言うしかないよ」

「格好つけないで。裕也のことなんだよ」

「あっちのふたりのことだ」

「裕也は当事者じゃないの?」

「そこまで深くない」

ばか、と深田芳恵は言ったはずだ。

関谷が、泥酔した裕也をアパートまで送ってくれた。

そうしてけっきょくきょうに至るまで、香川に貸したカネは戻ってきていない。坂本夏美も、戻ってはこなかった。

大学のバリケード封鎖は、十二月には解除されていた。新学期から、裕也は就職活動を始めた。わりあいすんなりと、渋谷に本社のある流通系企業に内定が決まった。

七一年四月にはその企業に入社した。

旗艦店の売り場を順繰りに回る研修が始まった。覚えねばならぬことが多く、ほとんど何も考える間もないような忙しい日々が始まった。半年後には、本社の販売促進部に配属されて、また半年間の研修だった。その半年間は、さまざまなイベントや支店の応援が中心で、出張が多かった。

一年後に宣伝部に異動となり、いわゆるメセナ事業のセクションで働くことになった。異動してようやく、勤め人としての意識も出てきた。短い期間で違う職場を転々とする生活は、スーツこそ着るものの、アルバイトを続けているような感覚があったのだ。新しい職場で、自分はここに向いているかもしれないと感じた。

そのような時期に、裕也は渋谷にあるライブハウスに、学生たちの自主映画上映会を観に行った。夜遅くに始まって、翌朝まで続く上映会だった。

会場では、プロジェクターを持ち込んで、何も映っていない白いフィルムをほかの作品の上映中にスクリーンに写す学生のグループがいた。さすがに観客の一部が怒って、彼らの上映妨害をやめさせた。

このときの上映作の中に、素人離れしたクォリティの八ミリ作品が一本あった。映画好きの青年の、映画制作への夢を見続ける日常を、いくらかコミカルに劇映画として構成した作品だ。『昭和残侠伝』のパロディ部分には場内が爆笑した。長さは三十分ほどだったろうか。

裕也はこの作品の制作者の名を頭に入れた。森田芳光。作品のタイトルは『映画』だった。

朝になって、渋谷駅に向かいながら、裕也は自分が映画の世界から離れた判断は正しかったと確信した。そう判断した年齢も、時期も正解だった。

激しい盛り上がりも惨憺たる破局もなくだらだら続く、中途半端な祭りのような、自分の青春期はとうに終わっていたのだ。自分は自分を守り抜いた。

16

建物自体は、巨大な屋外劇場に屋根をかけたような造りだ。密閉空間ではない。

正面の、ステージの奥に、スクリーンが三面ある。メインのスクリーンは横長の、大劇場の規模のもので、左右のサブスクリーンは、ほぼ真四角の小さなものだ。スクリーンに映っているのは、いまの場内の様子だった。

スクリーンのすぐ前の、平坦な床の部分の椅子席は、関係者席だ。この映画祭に出品している映画のスタッフや出演者らが着席する。三、四百の椅子があるだろうか。

スクリーンの真正面に、緋毛氈が敷かれている。いわゆるレッドカーペットだ。出品作の関係者のうち、主演俳優や監督、プロデューサーが歩く通路だ。

レッドカーペットは、階段状の一般客の客席の前で直角に折れて、関係者席と客席とのあいだに延びる。その先に小さなステージがあって、レッドカーペットを歩く関係者がいったんここで写真撮影を受ける。

小さなステージの脇に、裏手に通じる出入口がある。その奥に、関係者の控室があって、レッドカーペットに出る順番を待つ。

その通路の向こう、建物の外側は車寄せだ。このメイン会場の裏手にある控室から、リムジンが関係者を乗せてやってくる。降りたところで、映画祭のホストが歓迎する。車寄せのカーペットの左右は、報道陣のためのスペースだ。リムジンから降りてカーペットを歩く関係者を、ごく間近から撮影する。

レッドカーペットは、車寄せから建物の中、控室のある廊下の方へと延びている。その先が大スクリーンのある映画祭のメイン会場だ。釜山国際映画祭のオープニング・セレモニーが、このメイン会場で行われる。

裕也は、一般席の前から二列目にいた。中央通路寄りだ。目の前、椅子席を一列置いて三メートルほどの距離にはもうレッドカーペットがある。映画俳優や監督たちの歩く姿を、その息づかいさえ感じられるほどのところで観ることができる。

右隣りには、大宮真紀がいた。

裕也が、直接電話で誘ったのだ。

「釜山の国際映画祭に行ってください。お祖父さんと、会えます」

「見つかったのですか！」と、そのとき真紀は、跳び上がるのが見えるような歓喜の声を上げた。

「誰なんです？　映画の関係者なんですね？　わたしの知っているひとでしょうか？」

「ええ。たぶん名前は。でも、お祖父さんは、真紀さんに会うことをためらっている。会ってよいものかどうかとさえ、悩んでいます。だからいまは言えません。でも、真紀さんが最近出演した映画、釜山国際映画祭のプレミア上映になっていますね。映画祭に行くとなれば、お祖父さんは確実に来るでしょう」

「わたしは、あの映画ではほんの端役です。映画祭に行けるものですか？」

「レッドカーペットは歩けないでしょう。でも出演者です。自分も自費で行きますと、プロデューサーに話すといい。チームの一員として、便宜をはかってくれるでしょう。早智子さんも、そのようにしてベルリンに行ったんです」

「行けば、映画祭の会場で会えるんでしょうか？」

「オープニングの会場に行くことにすれば、そうお祖父さんに伝えましょう。お祖父さんは、早智子さんとベルリン国際映画祭が開かれている夏に、ベルリンで会った。真紀さんとも、こういう縁を理由にすれば会いやすい」

「花を贈ってくれたのは、やはり祖父でした？」

「真紀さんの名を見て、衝動的に贈ってしまったと言っていました。真紀さんを困惑させるかもしれないのにと」

「祖父は、わたしを厄介なものだと思っていないでしょうか？　会って喜んでくれるでしょうか？」

「そのことを、お祖父さんのほうが心配しています。喜んで会ってくれるだろうかと」

「祖父さえいいなら、わたしは。行きます。釜山に行きます」

「むかし早智子さんと一緒にベルリンに行った関係者もふたり、今年の釜山には行くんです。『逃げた祝祭』の小坂部監督と、主演だった島崎洋司。小坂部監督はレッドカーペットを歩くでしょう。ふたりも、早智子さんのお孫さんに会うのを楽しみにしている」

「本庄さんは行かれます？」

「ええ。ただ、どの映画にも関係していませんから、オープニング会場の一般席を申し込みます。開会式は、一緒にいましょう。席が取れなければ、べつの案を考えましょう」

　それがひと月前だった。

　真紀は自分が出演した映画のチームと同じ飛行機で来て、同じホテルに泊まるという。裕也は小坂部のチームと同じホテルにした。

　開会式までまだ一時間半以上あるが、一般席はもう七分の埋まり具合だった。レッドカーペットを歩いての関係者の入場は、ある意味ではオープニング式典のメインのプログラムだった。女優たちはそのためにドレスを身につけて着飾るのだし、男優たちもタキシードかそれともスーツかを思案する。一般客がもっとも観たいのも、ひいきの俳優やスタッフのレッドカーペットを歩く晴れ姿だ。

　式典の開始は、すべての関係者の入場が終わってからになる。もうそろそろ、入場が始まるころだった。

場内がざわついて来ている。期待と高揚感が、一般席に満ちている。きょうから十日間の日程で、二〇二三年の釜山国際映画祭が開催されるのだ。

二〇一〇年までは、釜山港に近い南浦洞《ナムポドン》の繁華街の中で開催された。いまは主会場は釜山の海岸リゾート地区とも言えるこの海雲台《ヘウンデ》に移っている。今年は二十五のスクリーンで、ワールドプレミア八十本が上映される。全体では上映作品の本数は二百六十あまり。アジア一の規模の国際映画祭だ。

ソン・ガンホがホストであり、アジア映画人賞がチョウ・ユンファに贈られると発表されている。

真紀はプログラムを膝の上に置き、ときどき目を落としてはまた顔を上げ、場内を見渡している。落ち着かない様子だった。

白いシャツに、ベージュの上着。黒っぽいパンツ。これまで見てきたような、これからアルバイトに行くという服装ではなかった。少しドレッシーだ。化粧はとくに濃くはない。髪型はいつものままだった。

真紀と目が合うと、彼女は言った。

「ほんとうに、祖父はここに来てくれますか？」

裕也は笑った。

「三度目ですよ。きょう」

「ごめんなさい。来なくて、落胆することが怖いんです。安心したくて」

「来ます」

「祖父とは、きょう会っているんですか？」

「いいえ」

「でも、来てくれるとわかっているんですね」

「お祖父さんは約束しています」

「ここに来ると？」

「映画祭で真紀さんの前に出ると」

「ここでないかもしれないんですか？」

「わたしは、真紀さんが映画祭でここ以外にいつどこにいるか知らない。伝えたのは、オープニングの席が取れたということだけだし」

左手で控えめな拍手が起こった。ミニステージの上に、四人の男女が立ったところだ。彼らはすぐにレッドカーペットを歩き始めた。正面の大スクリーンに、歩くその四人の姿が大写しとなった。左右の小さなスクリーンには、別アングルからの映像が映し出されている。

スーツ姿の男ふたりと、ドレス姿の女性がふたり、すぐ目の前のレッドカーペットの上を通り過ぎていった。裕也はそれが誰なのかわからなかった。韓国人のようだが、裕也も知っているような有名俳優と監督たちではないようだった。

真紀が背を伸ばし、四人を目で追っている。四人はスクリーンの真正面まで歩いていったん立ち止まり、観客に手を振ってから、直角に折れたレッドカーペットを舞台に向かって歩いていった。左手を見ると、もう次の関係者がレッドカーペットの上を歩いていた。こんどは三人だ。男性ふたりと女性ひとり。

真紀はまたその俳優や関係者たちを目で追っていた。

三人が折れて行くときに、真紀が言った。

「知ってる顔をみつけました」

裕也も真紀の視線の先を見た。レッドカーペットが折れた先の通路に、鄭民準が立っている。グレーのスーツを着て、裕也たちの方向に目を向けていた。

真紀が言った。

「あのひと、作曲家の鄭さんですよね」

裕也は真紀を見つめた。彼女は不思議そうな顔となって、鄭から視線を離さない。鄭にもう一度目をやると、彼の視線は真紀に注がれている。遠目でも、鄭が何か祈るような気持ちでいるのがわかった。

真紀が瞬きして裕也を見つめてきた。そうなのですか？と訊いている目だ。

裕也はうなずいた。

真紀が鄭と裕也を交互に見た。

「鄭さんが、わたしの祖父ですか？」

「直接訊いてみたら？」

次の瞬間、真紀は立ち上がり、客席のあいだを右手の中央通路へと移動した。鄭も、中央の通路のほうへと近づいてくる。視線は真紀に向けられたままだ。彼の顔には、不安が見て取れた。

裕也も立ち上がり、真紀の後を追った。

ふたりだけにしてやったほうがいいかもしれない。でも、真紀は何か自分に質問してくるかもしれない。確認することがあるかもしれない。保証が欲しくなるかもしれない。無粋だが、そばに立ったほうがいいだろう。

裕也は中央通路から、一般席と関係者席とを分ける通路に出た。右手数歩のところで、真紀と鄭が向かい合っている。裕也は真紀の右後ろで立ち止まった。

真紀が、大柄な鄭を見上げるようにして訊いたのが聞こえた。

「鄭さんですね？」

「そうです」鄭が答えた。「鄭民準といいます」

「大宮真紀といいます。あの、失礼なことを訊いてしまったらごめんなさい」

「気にせずに」と、鄭が微笑した。

「鄭さんは、わたしの祖父ですか？」

まだそれを信じてはならないと、自分に言い聞かせているかのような声だ。

鄭がうなずいた。彼の目はうるんできている。

「真紀さんの、祖父です」

その言葉の最後がかすれた。

真紀が顔を振った。裕也の位置からも、真紀の顔が崩れかけているのがわかった。泣きだす寸前だ。

左手でまた拍手が起こった。ミニステージに新しい関係者が四人、登場したところだった。彼らは観客席に大きく手を振ってから、先行したふた組と同じようにすぐにレッドカーペットへと歩き出した。

裕也は、声もなく見つめ合っているふたりに目を向けてから、あの祝祭めいた日々がいま猛烈な勢いで映像として脳裏に甦ってくるのを感じた。奔流が堰を切って谷あいに溢れ出したかのように。速い速度で、きわめて高い解像度で。少しも色褪せることなく、音や匂いまでも明晰に。

たぶんこの記憶はこれからはいつでも容易に呼び出せると、いまは確信もできる。あの異国の都市の記憶。かつて自分が捨てたものと、短い時間に接近と遭遇のあった、ささやかな非日常。遥かな夏。

この作品は「小説新潮」（二〇二三年一一月号〜二〇二四年六月号）に「遥かな夏」として連載後、加筆修正し改題したものである。

装画　浅野隆広

遥《はる》かな夏《なつ》に

著者／佐々木《ささき》 譲《じょう》

発行／2025年1月15日

発行者／佐藤隆信
発行所／株式会社新潮社
郵便番号 162-8711 東京都新宿区矢来町71
電話 編集部 03(3266)5411／読者係 03(3266)5111
https://www.shinchosha.co.jp

装幀／新潮社装幀室
印刷所／大日本印刷株式会社
製本所／大口製本印刷株式会社

ISBN978-4-10-455513-0 C0093